JN009219

いつの空にも星が出ていた

佐藤多佳子
Takako Sato

講談社

目次

装画
木内達朗

装幀
長崎 綾
(next door design)

いつの空にも星が出ていた

レフトスタンド

しゃべんない人だなあ――それが真田先生のすべてだと思っていた。小柄で痩せていて、ネズミっぽい顔をしていて、いつもペラペラした生地の背広を着ている。古文を教わっていたが、授業の印象はほとんどない。

真田公吉先生――サナコウは、三人きりの俺たち囲碁同好会の顧問で、たまにふらりと放課後の教室に顔を出して、「どうですか?」と、か細い声で尋ねる。囲碁のことは何も知らないようだ。前任者がいなくなって、無理やり押しつけられた顧問なのだ。

「まあまあです」と答えるのは、いつも俺だった。三年の山本さんも、俺と同じ二年の滝口も、しゃべるのが嫌いだ。あの頃、俺たちのだれかが、サナコウに囲碁やってみませんか? と一度でも聞いてみていれば、案外、義務感にかられて覚えてくれたかもしれない。でも、なんせ、しゃべんない顧問に、しゃべんない部員たちだった。

三人とも、たいした棋力ではなかったし、それほどやる気もなかった。対局しながら教えてくれた、有段者の前顧問、岩田先生が退職してからは、同好会の存在自体がひどく頼りないものになっていた。学校、俺たち、どっちのモチベーション的にも。

それは、1984年、十月の初めのある日だった。活動日だから、月曜か木曜。北棟三階の特別教室に、サナコウがふらっと顔を出した。お決まりの「どうですか？」の台詞は出なかった。俺と滝口の対局が見える近い位置に腰をすえて、サナコウは、黙ったまま、じっと盤面を見ている。俺はひどく落ちつかなくなった。早くいなくなってくれればいいと願った。滝口も山本さんも同じ思いだったはずだが、もちろん、みんな黙っていた。対局が終わると、「どっちが勝ったんですか？」とサナコウは尋ねた。そんなこともわからないのかという顔で、滝口が小さく手を挙げた。「この中で一番強い人は？」という問いには、山本さんが小さく手を挙げた。サナコウはふうと大きなため息をついて、「むずかしそうだねえ」とつぶやいた。そして、まったく唐突に切り出したのだった。

「君たちねえ、野球を見に行きませんか？」

神宮球場は、かなりがんばれば、高校から歩いて行ける場所にあった。俺は行ったことがなかったし、他の二人もそうだと思う。しゃべんない部員同士のぼそぼそとした雑談の中で、野球を話題にしたことは、一度もなかった。

繁華街に近い住宅街の細い道をくねくねと曲がりながら俺たちは歩いて行った。サナコウは、道をよく知っているようで、おまけにとんでもなく足が速かった。体育以外に運動をしない俺たちは、ついていくのに息が切れた。

サナコウにチケットを買ってもらって入場し、階段をのぼって外野スタンドに出た。外から一度建物の中に入り、また外に出る——不思議な感覚だ。正確には、スタンドは建物の中だが、さっきまで歩いてきた戸外のどこよりも、広い空間にいきなり飛びだすのだ。頭上には暮れかけた藍色(あいいろ)の大きな空、眼下には広々とした緑のグラウンド。十月の少し冷たい夕風までも、変わった気がした。勢いよく吹き抜け、さわやかな匂いがする。

俺は知らず知らず立ち止まっていたらしい。サナコウに話しかけられて、はっとした。

「レフトスタンドでもいいかな？　どっちでも見られるんだけど」

ホームチームのスワローズのファンじゃないかどうかと重ねて聞かれて、みんなが違うと答えると、サナコウはなぜか少しはにかんだような顔で安心したようにうなずいた。

センターよりの中段のベンチシートに四人並んで座る。右側後方には応援団が陣取っている。まだ試合開始前だが、席はどこもがらがらにすいていた。後から知ったことだが、数日前に広島(ひろしま)カープが優勝を決めていて、この試合で戦うスワローズとホエールズは5位と6位のチームだった。ザ・消化試合というゲームには、両チームのファンすらそっぽを向き、スタンドは最後までがらがらのままだったのだ。

サナコウは俺たちを売店に連れて行き、カレーライスとコーラを買ってくれて、自分は飲み物にはビールを選んだ。サナコウが酒を飲むことに驚いた。いや、教師が生徒の前で酒を飲むことに違和感があったのかもしれない。

カレーの白いプラスチックの容器は熱くて持ちにくかったが、味はびっくりするくらいうまかった。スパイシーでこくがある。学食のカレーなんかと比べものにならない。俺たちがうめえなとぼそぼそつぶやいていると、「神宮のカレーはおいしいんだよ」とサナコウは自分の手柄のように自慢した。

そのうちに試合が始まり、背後の応援団が、ドンドーンと太鼓を打ち鳴らし始める。想像以上にでかい音だった。応援団以外の人たちも声をそろえて歌うことにも驚いた。時々違う歌になるが、たいていは「ここで一発ホームラン、ここで一発ホームラン、ライトへレフトへホームラン」と歌っている。サナコウは最初は大人しくしていたが、我慢できなくなったのか、途中から一緒に歌った。意外にもよく通る、音程のしっかりした歌声だ。俺たち三人は当惑して顔を見合わせた。しゃべる声すらろくに聞いたことがないのに、歌？

いくら運動と無縁に生きていても、この時代の男子は、さすがに野球のルールくらいは知っている。父が家にいる時は居間のテレビは野球中継が映っていた。ただ、テレビ画面と、外野スタンドから見るものは、えらく違っていた。マウンドははるか彼方(かなた)に見えた。ピッチャーもバッターも、まるで試合の主役ではないかのように小さく、遠く見える。近くにある外野という空間は、途方もなく広く、たった三人しかいない外野手は信じられない速さと軽やかな身のこなしで打球を追って走った。その打球の行方(ゆくえ)を目で追うことがむずかしかった。高々と打ち上がった白いボールは、内野フライでも全部ホームランに見える。俺をめがけて飛んでくるように思える。

完全に暗くなると、白いカクテル光線が闇に浮き立って燦然(さんぜん)と輝き、照らし出されるグラウンドは、すごく特別な場所のように見えた。身体を震わせる大太鼓の音、甲高い笛の音、少人数なのに熱心に歌う人々の声、拍手、歓声、野次、悲鳴。いつのまにか、俺たちもサナコウと一緒に手拍子を打ち、拍手をしていた。このレフトスタンドが応援している横浜大洋ホエールズが勝つことをぼんやり願っていた。もちろん、どっちでも良かったのだ。ゲームがすごく面白かったわけでもない。ただ、なぜか、俺は、この場所が気に入った。風通しが良くて、カレーがうまくて、人が少なくて、その少しの人々がえらく楽しそうなこの場所が。

一杯のビールでサナコウはご機嫌だったのだろうか。歌の合間、そして相手の攻撃の時に選手のことやチームのことをあれこれ話す。俺たちはふんふんとうなずきながら黙って聞いていたが、先生だけあって話がうまい、というか、古文の授業をこんな感じでやったら、もっと俺ら起きて聞いてるんじゃないかと思った。中でも、背番号24のホエールズの先発投手の話が特に熱かった。

「かっこいいだろう?」

ため息をつくようにしみじみとサナコウは賛辞を吐きだした。

「本当にすごいピッチャーなんだよ、遠藤は」

どんなにフォークボールがキレて、どんなにストレートが速くて、と説明されても、外野からでは、投手の球はよく見えなかった。ただ、その長身で痩身のすらりとした投手のマウンドの立ち姿が、凛として威厳があるとは感じた。「今日は調子がいいね」とサナコウが嬉しそうにささやくように、遠藤はほとんどヒットを打たれなかった。

「彼には美学があるんだ。男が見ても圧倒的に美しいね、遠藤という投手はね」

そういうサナコウを、俺は山本さん越しにちらっと眺めた。身長は160センチくらいだろうか。俺らより、ずっと小さい。顔はネズミだ。モテないだろうな。サナコウは幾つだろう、二十九にも四十六にも見える、結婚してるのかなとふと考えた。そんなことも知らない。顧問の年齢すら知らない。そして、俺はそれを聞かなかった。今更聞けないというより、そんなことは聞いてはいけない気がした。


試合が一番盛り上がったのは、7回の表だった。ホエールズが、トリプルスチールを決めたのだ。三つの塁を埋めた走者がみんな盗塁した。オールセーフになり、得点が入った。レフトスタンドは、もうお祭り騒ぎだった。サナコウは立ちあがってバッタのようにぴょんぴょん飛び跳ねていた。

「すごい！　すごい！　すごい！　君たちは、なんて強運の持ち主なんだ！　こんなの、一生に一回だって見られないよっ」

その裏の守備の時、応援団のハッピを着た口ヒゲのおじさんが通りすがりに「サナちゃん」と声をかけてきた。二人は興奮して手を取り合うようにしゃべり、サナコウは俺たちを「ウチの生徒です」ととても自慢げに紹介した。自慢してもらえるような立派なもんじゃない俺（とたぶん他の二人）は、尻がもぞもぞする気持ちになった。「大洋、好きなの？」とおじさんに驚いたように問われて、みんなで「えー」とつぶやいた時はもっともぞもぞした。「サナちゃん、本当に先生なんだね」とおじさんは笑って言って去っていった。

試合は2対1でホエールズが勝ち、遠藤は完投して勝利投手になった。

球場を出て、外苑の樹林に囲まれた暗い道を歩く。すいているほうから帰ろうとサナコウが案内する方向が俺はわからなかった。行きと違って、彼はやけにゆっくり歩いていた。止まりそうになることもあり、時々、後ろの俺たちを振り返った。「あのね」と一度言った。でも、その先は言わず、俺たちも聞き返さなかった。球場の明るさと、帰り道の暗さのコントラストが、今でも鮮烈に心に残っている。

野球観戦の日から一週間たたないうちに、サナコウは俺たちの高校からいなくなった。母親の看病のために退職して故郷の熊本に帰ったと教頭先生から聞かされた。囲碁同好会は顧問を失い、結果的にその年で終わりになった。「一言くらい挨拶してけって」と山本さんはぷんぷん怒った。「野球に連れてく暇なんかあったらさ」

あの日、部活の教室で碁盤を見つめていた時から、野球観戦後に青山一丁目の駅で別れる時まで、サナコウは、ずっと、その話をしようとしていたんだと俺は思う。真田先生はすごく熱心に囲碁同好会の次の顧問を探したのだと教頭先生は言っていた。でも、多忙な先生たちに引き受け手は現れなかったと。

翌年、四月になり、俺と滝口は三年生になった。山本さんは第二志望の大学に通い、髪を伸ばすぞと謎の宣言をする。同好会はなくなったが、俺と滝口は時々昼休みや放課後の教室で碁を打つ。サナコウの話をすることはなかった。学校の誰一人として、あの影の薄いチビの古文の教師のことを思いだしたりしないのではないか。俺以外は。

煙か霞(かすみ)のようにサナコウが消えてしまってから、俺はずっともやもやしていた。なんで、そんなにもやもやするのかわからないまま、四月の下旬、ふと思い立って、神宮球場に向かった。対戦相手がホエールズの日を調べて。

学校から歩いたが、サナコウが案内してくれた迷路のような裏道ルートはわからず、さんざん迷った末に、ようやくたどりついた。一人でチケットを買うのも、中に入るのも、適当な席を選んで座るのも、かなり勇気が必要だった。

レフトスタンドは、昨秋よりは人がいた。きょろきょろと見まわしてみたが、サナコウも、サナコウの生き霊(いきりょう)もいるはずがない。先発投手が遠藤ではないとわかった時、俺は帰ろうかと思った。あまりにも落ちつかないし、ここに来た理由もわからなかった。それでも、ホエールズの攻撃が始まり、応援が始まると、歌っていたサナコウの大きな声が頭に蘇(よみがえ)った。夕空はあの日のように広く、緑の芝生(しばふ)の色は鮮やかだった。風がさやさやと吹き抜けていく。春の風だ。

3回の裏が終わった時、通路を歩いてきた、応援団のハッピを着た、特徴のある口ヒゲのおじさんと目があった。俺が思わず「あっ」と言うと、おじさんは「お?」と言った。

「坊主、たしか、サナちゃんと前に来てたな」

おじさんに言われ、外見的に無個性な俺をよくぞ覚えているものだと感心した。おじさんはそのまま行ってしまったが、5回の裏が終わったあとにまたやってきて、「坊主、一人か？　サナちゃんは？」と聞いた。真田先生が退職して故郷の熊本に帰ったことを話すと、おじさんは「そう」とぽつんと言って、少し寂しそうな目になった。

「先生と親しかったんですか？」

思わず尋ねると、

「顔見知り程度だけどねえ」

おじさんは首を傾げた。

「ここではよく会ったよ。サナちゃんは川崎の生まれで、親父さんの代からの大洋ファンだと言ってたね。故郷は熊本なのかねえ」

この人もサナコウのことをそんなに知っているわけではなさそうだった。

「いつも一人で来て、一生懸命に応援してて」

おじさんは、まだいなくなって間もない人をやけに懐かしむようにしみじみと言った。

「あの日は、あんたらが一緒で嬉しそうだったねえ」

俺の肩をぽんぽんと何度も叩いて、

「また来てよ。大洋、応援してやってよ。サナちゃんの代わりにさ」

とおじさんは言った。

それから長い年月が流れた。今は横浜ＤｅＮＡベイスターズと名を変えたチームを俺は三十年近く応援し続けている。サナコウの年は結局わからないままだったが、おそらく、もう追い越している。ホームの横浜スタジアムの内野席で観戦することが多くなったが、たまに神宮に来ると、どうしてもレフトスタンドでカレーが食べたくなる。そして、習慣のようにきょろきょろとまわりを見るのだ。もう明瞭に思いだせない一つの顔を探して。

パレード

1

なんか面白いことないかなって、ぼやっと思ってたよ。別にナンパ待ちじゃなくてね。友達二、三人で、学校終わりに制服のまま、午後ティーのロング缶にストローさして飲んでた。横浜駅西口ビブレの横壁のとこ。

そこは、私らの居場所だった。

西口の繁華街は、制服姿の高校生ばっか。学校ごとのエリアみたいなのもあって、微妙にすみ分けていた。通りが一つ違うだけで、別世界になる。いていい場所と、よくない場所に分かれてる。

私は、中の上くらいの偏差値の県立高校に通っていて、習い事と予備校があるから部活はやらなかった。予備校には色んな学校の子が来てる。その子らと一緒に西口をぶらついてると、それぞれの友達に会って、すぐに仲良くなって、高校二年の秋には、プリ帳の女の子の顔が百は超えてた。

明日香（あすか）は、予備校の友達だ。ほとんどが就職する女子高で大学を目指してるのって、明日香だけらしい。それぞれの学校の中で、私は少し派手、明日香は少し地味で、ちょうどよかった。

ビブレの壁にもたれて座っている明日香のミニフレアのスカートから膝が出てる。明日香の制服はすごくかわいい。紺ブレの襟もお洒落だし。ウチの制服も悪くはないけど、やっぱ女子高には負けるな。

「あのさ、ちょっとヤバい用事、できちゃった」

ささやくように明日香は言った。

「テレカの受け取り、行くんだ」

「え？　偽造のヤツ？」

聞くと、明日香はうなずいた。

ポケベルへメッセージを送るのに、しょっちゅう公衆電話を使うので、テレカは女子高生の必需品だった。偽造テレカは、使用済みのカードを細工して新品のようにしたもので、イラン人が作っているって噂があった。違法だけど、大量に出回っていて、普通に学校でも安く買えた。私も買ってた。父親が厳しくてポケベルは持ってなかったけど、友達に連絡するのにテレカは必要だった。

学校で売り手になってる子たちは、ちょっとワルい。街で売ってる人は、本当にワルい。明日香がそんなことに関わってたら大変だと思ったけど、今日は特別に代理で「取引」に行くって話だった。明日香の学校は、ウチより怖いところだ。

「一緒に行くよ」

私は言った。

すごいドキドキした。怖かったけど、スリルもあった。私は、そんなに度胸がなくて、越えたらいけない線みたいなのを自分で決めて守ってる。学校で偽造テレカを売ってる子たちに誘われても一緒に遊びには行かなかった。その見えないラインを越える感じ？　向こう側に行ってみたい気持ち、ちょっとあったかも。

「ダメだよ」

って明日香は止めたけど、行くって私が何回も言うと、最後はＯＫしてくれた。

四時を過ぎると、十月の風は冷たくなってくる。まだ明るい時間でよかった。相鉄（そうてつ）出口のほうの繁華街は、日が暮れて、風俗店の電飾がギラギラして、バラックの屋台が並ぶ頃になると、女子高生なんか、何されても来たほうが悪いみたいな空気になる。今も、学校に行ってないような感じの男の子たちが地べたに座って群れてる。近くを通ると、みんなでじろじろ見上げて笑ったり、声をかけたりしてくる。明日香は、何も見えず聞こえずというふうに速足で進んでいく。

横浜駅からビブレに向かう時にいつも通る道の一つ裏――ここは、最新のプリクラが撮れるゲームセンターのフリーダムがあるので時々行くけど、怖くて、ゆっくり歩いたことがない。道の両端に西口五番街と書かれた青い鳥居のようなゲートが立っている。

フリーダムの隣にも、アメリカングラフィティというゲーセンがある。その二軒の間にのびる路地の入口にもゲートがある。

すっごくヤバい路地だった。細くて暗くて夜のオトナの店がごちゃごちゃ建っている。

明日香は振り向いて私の顔を見た。手に汗をかいていたけど、私はうなずいた。

ゲーセンのセブンアイランドは、路地の奥にあった。かなり奥にあった気がしたけど、実際はアメリカングラフィティの隣だ。

店内は、暗くて煙草臭かった。細長い造りで、人がたくさんいて、上に何階もあるみたいだった。迷路みたいで、壁にヘンな出っ張りがあって頭をぶつけそうになる。こんなところで、人を探すの大変だよ。

一階にいなそうなので二階に上がる。

「知ってる人？」

私は明日香の耳元に口を近づけて聞いた。

「知らない」

明日香は不安そうに眉をひそめた。

「写真見たけど。わりとカッコイイ。一コ上で……」

明日香は左右の人を忙しく見ながら言った。

「帽子でわかるって。青い野球帽かぶってるからって。横浜の野球のチームの」

「ベイスターズ？」

「あ、そう。それ」

私はついてきてよかったと思った。明日香がダメでも、私はわかる。

１９９６年秋、横浜の町に、ベイスターズのキャップをかぶった十代の男なんか見たことがない。球場にはいるだろうけど、町で見るベースボールキャップは、ストリート系かサーフ系かアメカジ。

「あ！」

思わず声が出てしまった。ベイスターズの帽子を見つけた。宇宙っぽい画面のシューティングゲームのマシンの椅子に座り、飛行機の操縦桿みたいなのを動かしてる後ろ姿の頭上。マリンブルーのキャップ！　ツバを後ろにしてかぶってるから、白い星の中にBをデザインしたロゴがよく見えた。

「いたよ！　そこ。ヨコハマのキャップ」

私は指さして明日香に教えた。


明日香と袋のようなものを交換する「取引」をする彼を脇から眺めた。どこかで見たことがある気がした。

店内は薄暗く、あちこちのモニターがカラフルにきらめき、服もヨコハマの帽子も、くすんだり照らされたり、まともな色には見えない。でも、シルエットだけでも、彼はすごくスマートだった。

落書きみたいな犬の線画のイラストの白いTシャツの上に、何色もの縦縞のシャツを着て、ダメージ・ジーンズを腰ばき。シルバーのペンダントやリングをしてて、そんな遊び人っぽいスタイルに、なぜかヨコハマのキャップがめちゃめちゃ似合ってる。

袋の受け渡しが終わると、彼は、明日香の隣のオマケのような私のことを無遠慮に見つめてきた。

「小野さん？」

いきなり名前を呼ばれて、ぎょっとした。

「覚えてね？　バスケ部だったよね？」

中学はバスケ部だったけど、こんな人、バスケ部にいたっけ？　一コ上……先輩に？

「コウタだ！」

めったに部に来ないけど、有名な先輩だった。前髪や後ろ髪が長くて、ブレザーの下にTシャツ着てたり、ピアスしてたりで、生活指導に毎日のように追い回されてた。ワルそうで怖かったけど、後輩の女子にもよく親しげに話しかけてきた。

「俺はさん付けなのに、おまえは呼び捨て」

そっちも、いきなり「おまえ」じゃんと思いながら、

「すみません。田沢さん」

思い出した名字を言って謝った。

「ケースケ、元気？」

田沢さんは聞いた。一瞬、誰だかわからなかった。ウチの兄貴の友達で、近所に住むあのケースケか。

「まだ、チーマーやってんの？」

私が生まれ育った芹が谷は、港南区の北のほうにあり、昔は農家ばっかだったっていう、さびしい町だ。そんなイナカのくせに、なぜかチーマーの産地で、有名なワルが何人かいる。

「……みたいです。悪い先輩がいて困るって」

「サカグチさん？　ここでよく会うわ」

チーマーのボスを知ってるってことは、

「田沢さんもチーマー？」

ビビって聞くと、ウハハと笑ってすぐに否定した。

「どっちかっていうと、ゲーマー？」

このゲーセンがヤバいことはよくわかった。しゃべってないで早く出ようと思ったけど、一つだけ聞きたいことがあった。

「なんで、そのキャップ？」

らしくないのに、やたら似合っててヘンで、気になる。

「ファンだから」

田沢さんはあっさりと答えた。

プロ野球を観るような人には思えなかった。ベイスターズは地元球団だけど、ずっと弱いし、学校でも好きだって子は男女ともほとんどいない。

「この前、知り合いに連れてってもらって」

田沢さんは私に話した。

「なんか良かった」

私はうなずいた。そういう感じならわかる。一回行っただけでファンって言っちゃうの、どうかと思うけど。

「似合いますね」

と私は言った。

「キャップ」

田沢さんは私を見つめた。普通よりかなり長めにじっと。そんなふうに男の子に見られたことがなくて、視線を受け止められずに目をそらしてしまった。

ゲーセンを出て、川沿いの道をビブレのほうに歩きながら、「野球なんか好きだっけ?」と明日香に聞かれて、ヤッちゃんの話をした。母方の叔父は、昔からの大洋ファンで、少し変わり者だった。親戚の集まりでも、大人同士の会話に加わらず、子供をつかまえて野球の話ばかりしたがる。私はヤッちゃんが好きだったから、いつも話を聞いてあげていた。

「カッコよかったね、あの先輩」

明日香に言われて、私は「そうかな」とぼんやり答えた。

「中学ん時は目立ってたけどね」

田沢さんは、どこの高校だろうって思った。そんな当たり前のことを聞かなかった。聞かれもしなかったけど。

全身のシルエット——あんまり背が高くない、173～174センチくらいかな。痩せてて、ちょっと猫背。かすれ気味なのにはっきり響く声で、なれなれしくしゃべる。顔は今イチ覚えてない。目も鼻も口もあごも、細長くて、さっぱりしてた気がする。

田沢さんのこと、何度も思い出した。なんで？　ってくらい何度も何度も。

この先は危険、の線の向こう。偽造テレカの売り手、ディープなゲーセンの常連。あんな人、ヤバいに決まってる。

でも、なんだかもう一回会いたかった。ちらっと見るだけでもいいから。

友達と一緒にフリーダムの店の前でプリクラを撮った。違う子を誘って何回も行った。これまでは五番街で声をかけてくる男の子の顔なんて見たことなかったのに、いちいち振り向いて確認した。チガウ、チガウ、みんなチガウ。そんなに簡単に会えるわけない。

田沢さんも、あんなふうに女の子に声かけるのかな？　想像すると、すごくイヤだった。想像できちゃうけど。ナンパしてるとこなんかは見たくないな。

セブンアイランドまで行く勇気は出ない。

日曜日、前にヤッちゃんにもらったベイスターズの帽子を出して部屋で見ていた。たぶん、古いヤツだ。この前、彼がかぶってたのと、なんか違う。星の数が違う。

持ってる服で帽子とコーディネートしてみる。私は明日香みたいなアムラーじゃなくて、裏原カジュアル系のファッション。小さめの青と紺のチェックTシャツの上は薄手のロング丈の縄編みの白いニットパーカー。デニム地のショートパンツ、ルーズソックス、ネイビーのオールスター。キャップはツバをまっすぐにして正面にかぶった。フツウだなあ。

二時過ぎに家を出て、一人で西口をぶらついた。しばらくビブレの前にいて通り過ぎる人を見ていた。それから橋を渡って、五番街のほうにゆっくり近づいた。

何やってんだろうなあ。休みの日でも制服着て遊ぶから、私服だとヘンな気分だ。

フリーダムとアメリカングラフィティの間の路地には入れなくて、メインストリートを端まで行って相鉄の出口のほうはやっぱり怖くて、またビブレに戻って二時間くらい壁にもたれてぼんやり座ってた。

そんな日曜日の午後を三回やった。ベイスターズの帽子かぶって、それに合う服着て、ビブレ発、五番街行き。セブンアイランドも、川に近いほうの入口の前までは行った。三回目の時、ついに中に踏み込んだ。これでもう終わりにしようって。全部の階を見てまわって、いなかったら、彼を探すのはやめようって。

女の子が一人で入るセブンアイランドは、想像以上に怖かった。男の人がめちゃめちゃ声かけてくる。五番街の通りよりひどくて腕までつかまれる。格ゲーのそろってる地下はもうのぞいただけで、店から飛び出した。あせって違う出口から出ちゃった。あの怖い路地。猛ダッシュして抜けようとしたら、いきなり、後ろからキャップをとられた。

「何すんの！」

夢中で叫んで振り向くと、彼だった。

横浜の青い帽子が目に入って、あ、いたって思う。それから、顔を見る。

「これ、いいよなあ。天野さんも、このキャップなんだよな」

田沢さんは言った。

キャップ……。

「換えっこする?」

私は言った。何言ってんだろう。

「マジで?」

大きく笑うと、同い年みたいに見える。

自分の帽子をとって私の頭にのせ、私の帽子をかぶった。ツバを後ろ向きにして。

「俺のは、どこでも買えるヤツだから、なんかおごるよ」

田沢さんは私の手をとった。

「ラーメンのうまい店。甘いもんがいい?」

「ラーメンっ」

喧嘩を売るように私は答えた。ナメられたくなかった。そのへんの純喫茶とか入りたくないし。

ナンパしたのか、されたのか、どっちだろうな。バカみたいに探して、怖いところをうろうろして、いきなり手をつないで歩いて。

モアーズのそばの西口の地下街の中華屋さんで少し並んでテーブル席で向かい合った。私は焼きそばを、彼はサンマーメンを食べた。

「安くて、うまいの」

と田沢さんは言ったけど、正直、味なんかわからなかった。当たり前のように、一緒に食事しちゃってるけど、すごい軽い女に見えてるのかな。

「俺と同じ帽子かぶってる女がいるって」

田沢さんは言った。

「なんか、あんたのような気がしたんだよな」

男子高生のネットワーク、すげー。

「だから、探してた」

私が探してたのに。でも、そう言ってくれるのが、すごく嬉しかった。

「星の数が違う」

私は素直にしゃべれない。

「三つのほうがカッコイイな」

田沢さんは言った。

「この今のキャップ、星一つだと思ったら、重なってるのな。二個なのかな？　それとも、一個は影みたいなのかな？」

自分のものになった帽子をよく見てみたけど、わからない。

「ほんとに、とっかえて、いいの？」

私は黙ってうなずいた。あんなに探してたのに、自分からぜんぜんしゃべれなくて泣きそうになる。

長くいられるようなお店じゃなかったから、食べ終えたら、すぐに出た。今度、天野さんの店に行こうよって言われた。最高のアクセサリー作る人で、野球詳しいって説明されて、ただうなずいていた。

2

宏太は叫んだ。

「なんもねーなー」

私がつぶやき、

「なんもねー」

開発途中のみなとみらいのだだっぴろい原っぱに、二人きりでいた。桜木町駅のほうに日本一高い横浜ランドマークタワーがそびえてるけど、道のわきは、どこまでも雑草だらけ。横浜駅付近と、関内、伊勢佐木町という、二つの大きな繁華街をつなげて再開発する、みなとみらい21は、バブルの崩壊でプロジェクトが遅れていた。

日曜日の午前中に予備校で模試があり、終わった頃に、宏太が迎えに来ていた。高島町の根岸線の線路沿いにある予備校から、国道1号線を渡り、まだ草しかない新未来都市の道なき道を歩くのが、二人とも好きだった。クイーンズスクエアから海のほうは、ホテルなどの建設が進んでいたけど、このあたりは、まだ手付かずのままだった。取り残されたような舗装道路の脇の空き地に雑草が生い茂り、フェンスで立ち入り禁止になっていたが、私らは平気で乗り越えて、好きなところを歩きまわっていた。

ススキとか背の高い去年の草は冬枯れで茶色かった。タンポポやヨモギみたいな新緑の色は明るくて、オオイヌノフグリの青、カタクリのピンク、クローバーの白、名前を知らない小さな色々な黄色の花がぽつぽつ見える。

たまに、似たような若いコが来てたりしたけど、見張っていて怒るような大人はいなかった。誰もいない、何もない、開発途中の荒れ地で、宏太と手をつないで、まだ冷たい三月の風に吹かれていると、過去も未来も現在も、街も学校も受験も、そう、すべてがなかった。頭上の空は薄青くて、ただただ大きかった。

「なんもねー」

私らは何度も言っては、ゲラゲラ笑った。

田沢宏太は、磯子にある工業高校の三年生だった。私らが付き合いだした冬に、来年はタメになるよって言ってて、本当になりやがった。井土ヶ谷の宏太の家に時々呼ばれてご飯食べさせてもらったりもしたけど、ウチには連れてってない。ダブるヤツが彼氏って親に言えないって話すと、すごい怒ってたけど、学校は行くと約束してくれた。

明日香には心配された。あんなコと付き合うなんて信じられないって何度も怒られた。でも、三人で何度か会ううちに、少しずつわかってくれた。言ってもムダってあきらめたのかな。私も、自分の気持ちをよくわかっていなかった。冬を越えて春になっても醒めずにいるこの気持ち。

ラーメン奢る、が最初で、次は天野さんとこ、だった。天野村雲というフザけた名前の男がやってるアクセサリーショップは、店主と同じくらい怪しいところだった。相鉄ムービルの裏の路地にある、古い民家。一階が店と作業場で、二階が天野さんの住居。店の看板はなかった。店の名前があったのかもわからない。シルバーの天野、もしくは村雲、どっちでも好きな人には通じる。

龍なのか蛇なのか、爬虫類的な地獄的な何か、長い舌とギザギザの羽と鱗、細部まで精密に彫り込まれた架空の生き物が、天野村雲のシルバーモチーフだった。ぞっとするほど気持ち悪くて、目が離せないくらいきれいだった。リング、ペンダント、ピアス、バックル、どれも手彫りの一点物の細工で、ものすごい値段がした。

普通のボロ家のドアを、ノックもせずに普通に開けて中に入る。暗くて狭い。壁に沿った陳列棚と中央の四角いテーブルに、その大小様々の銀色の怪物たちが並んでいた。奥のカウンターのレジの前にいる、長いあご髭と後ろでくくった長髪の痩せた男と目が合った。

「このコね、ヨコハマが好きなの」

宏太は挨拶もせずに、いきなりそう言った。

私は天野村雲のシルバーの怪物たちが怖くて凍りついていた。

「俺に、天野さんと同じ帽子くれた」

宏太は、私があげたキャップをかぶってた。言われていたから、私も宏太がくれたキャップをかぶってきた。

天野村雲は私をじっと見つめてきて、そのえぐるような視線はイヤだったけど、目をそらさないように頬骨(ほおぼね)のあたりに力をこめた。

「いいね」

と彼は言った。何のことかわからないから、黙ってた。

「いいよ」

今度は、宏太に向かって言った。自分が品定めされて、合格したらしいってわかったけど、そういうのイヤだったから眉をひそめた。

「いいね」

また私に言うと、からから笑い出した。

宏太は、天野村雲のペンダントを一つ持っていた。高校生が買える値段じゃないけど、もらったとも思えなかった。天野村雲を神のようにあがめるファンはたくさんいて、その中で、宏太は特別に気に入られているみたいだった。でも、そんな取り巻きに、自分の作品をタダであげるような人じゃない。きっと、宏太は、色んな色んなことをして、お金を作ったんだろうな。

宏太が指にはめているシルバーリングは、どれも自分で作ったものだった。天野村雲の作風とは正反対で、シンプルで明るかった。あんたの作るもんのほうが好きって言うと、おまえは馬鹿か？　あんな天才と比べんな、と本気で機嫌を悪くした。

十五歳くらいから作ってるっていうシルバーアクセを、宏太は、時々路上で売っていた。値段はあってないようなものだった。値切られると「いいよー」って売ってしまう。西口ではビブレの横、髙島屋の軒下（のきした）、閉店後のジョイナスの地下、東口はポルタの地下街。ゲリラ的に、大きな黒い布を広げて、あまり品数の多くない商品を置き、自分もそこに座り込む。ペンダントとブレスレットは直に並べ、リングとピアスは手作りの仕切りのある紙箱に一つずつ入れてた。場所のことで喧嘩したりもしてた。

春休みの間、宏太は、週の半分くらい、自作のアクセと一緒に駅前で過ごしていた。私は声をかけずに、離れたところから、宏太を見ていることがあった。

ジャックパーセル、天野村雲のシルバーペンダント、星が三つのベイスターズ・キャップ――宏太のトレードマーク。多くの人が宏太の前を通り過ぎる。うるさくしゃべりながら。せかせかと速足で。うつむいてぼんやりと。老若男女、色々な人、たくさんのたくさんの人。宏太が一つひとつ心をこめて作ったアクセを、ほとんどが目もくれずに、ただ通り過ぎた。そんな人たちの顔を、宏太のほうも見なかった。

彼は、曲げた膝を抱いて、背中を丸め、通行人の足元を見ていた。私は、宏太のシルバーを老若男女の首や腕に片っ端からつけてまわりたい衝動と、誰も彼に気づかなければいいなという奇妙な思いの間で揺れていた。

私が前に立つと、宏太はパッと目を上げる。私のネイビーのオールスターと白いルーズソックスを知っている。きっと、千や万の靴と足首の中から、私を見つけられる。

彼の隣に、肩をくっつけて座る。

「来んなよー。おまえがいると売れねえじゃん」

宏太は嬉しそうな声でそんなことを言う。

「二人でいたら、女の子が来ねえって」

「一人でいたって来ないよ」

「うっさい。どっか行け」

宏太が肩で押してくるから押し返す。しばらくじゃれていると、「ホテル行こうよ」って言いだすから「イヤ」って答える。「ホテル代稼いだら行く」って勝手に決めるから「売れたらね」って言ってみると、急にめちゃめちゃ元気になって通行人に声をかけ始める。何がいくつ売れたらラブホの料金になるのかなんて私は知らなかった。ヤバい。そんな時には、うっかり、リングが一個売れたりするし。

3

1997年のベイスターズは、オープン戦で優勝してファンをビックリさせ、いざ開幕すると、ぜんぜん勝てなくて、四月は最下位。まあ、そうでしょって私は思った。宏太は首をひねってた。天野村雲はロン毛をスーパーサイヤ人みたいにおったてていた。ムースだかスプレーだかでバリバリに固めて本当に逆立てていた。「怒りを体現するのだ」と彼は言い、勢い余って、宏太と私を横浜スタジアムに引っ張って行った。

四月二十九日、休日のデーゲーム。私は、野球場に行くのは十年ぶりくらいだった。

高いブルーの外野フェンスと、ライトスタンドにあるガラス張りの電子オルガンブースが懐かしかった。選手が出てくると音楽が鳴り、あそこでオルガン奏者が弾いているんだよってヤッちゃんが教えてくれたっけ。

入場前に、関内のセルテのショップで応援グッズのホッシーパンチを、モスバーガーでチキンとポテト入りのベイスターズボックスを買ってもらい、怒りを体現するスーパー天野さんも悪くないなって思った。

ものすごい試合だった。あんまりすごくて、天野さんの固めた髪はぐちゃぐちゃに崩れた。ファンの怒りは解放された。ヤクルト相手に11－2でバカ勝ち。ホームラン4本！　4番ローズの大爆発！

1打席目がいきなりホームランで、次が二塁打、ヒット2本続けて、5打席目、ここで三塁打を打ったらサイクルだって天野さんが目からビームが出るみたいになってた。サイクルヒットは、単打、二塁打、三塁打、本塁打を一つのゲームで全部打つこと――チョー珍しいって宏太が説明してる時に、ローズの大きな当たりはセンターにぐーんと飛んだ。ホームランかと思った。

フェンスに当たり、ローズはサードベースに頭から突っ込んだ。セーフ！　お客さんはみんな立ち上がって絶叫した。天野さんも宏太も私も。

　両腕を突き上げて叫んだ時、気持ちがサイダーの泡のようにしゅんしゅんはじけて、広い空やスタジアムの青いフェンスに吸い込まれていった。私と宏太の髪の毛も天に向かって、そびえたった。揺らいで、燃えた。

　その瞬間、ファンになった。

　横浜に生まれて、キャップを持ってて、何となく気になってたけど、この日から、私は真剣にベイスターズのファンになった。

　五月、六月、宏太と二人で観戦に行った。二人とも金欠だから、もちろん外野。球場で何か食べたりもしない。

　私は、三年になってからは、学校の帰りに毎日予備校に行っていて、授業がない土日も自習室で勉強していた。すごく頑張ってるっぽいけど、門限破りの狙いもあった。夜九時過ぎに帰ってもOKだから、親にバレずに宏太と遊べた。ただ、ナイターを最後まで観るのはきつかったから、球場に行くならデーゲーム。

　五月の広島戦は二つとも勝った。三試合、勝ちを見たから、六月の末、阪神にボロ負けした時は悔しかった。次の日、12点取って阪神戦での連敗を8で止めて、宏太と息が止まりそうなくらい抱き合った。悔しさも嬉しさも二人だと十倍くらいになる気がした。

　二人とも、特別に好きな選手ができていた。私はレフトの鈴木尚典（すずきたかのり）、宏太はピッチャーの戸叶（とかの）

尚。そのことで、たまにモメた。タカノリってぜんぜん俺に似てねーじゃんと顔をしかめる宏太は、ちょっとマジだった。私の応援する選手に焼きもちを焼くってグチると、明日香に、のろけるなよって頭をハタかれた。

別にのろけてない。わからなくて不安になるだけ。

宏太とは学校が違うし、共通の知り合いもいない。別々の時何をしてるのか想像がつかない。聞けば教えてくれるよ。学校は、男ばっか馬鹿ばっかで汚い、何か作るのは面白い、実習は好き、授業は寝る。いつか絶対作るっていう時間のかかる細かい細工のシルバーのことは、自分からよくしゃべった。

ディスクマンでいつも何か洋楽を聴いていて、好きな曲は必ず私に聴かせてくれる。でも、音楽のことって話さないね。聴くだけでいいってカッコつける。私は、本屋で洋楽の雑誌を立ち読みして、宏太のファッションが、ニルヴァーナのカート・コバーンを真似てるって知った。人気絶頂の時にショットガンで自分の頭を打ちぬいたカート・コバーン。宏太のカッコよさが誰かの真似なんだってのは、ちょっとショックだった。でも、隠してたり、照れてたりするんじゃなくて、大事すぎて言えないってことは、何となくわかる。だから、私も、簡単に言葉にしないようにしていた。

自分ばっかり好きな気がする。

宏太は、きっとモテる。女子のほとんどいない学校に行ってるくせに、ミカ、ハルカ、レイコとかが話にぽんぽん出てくる。女の子の名前がいちいち胸に突き刺さるのに、それ誰？　って私は聞けなかった。他にカノジョがいるって疑ったわけじゃない。でも、自信なんかない。

横スタで一緒に野球を観ている時が一番安心できた。肩を抱かれて、お互いの体でホッシーパンチをシャンシャン鳴らして、勝っても負けても楽しくて楽しくて。

悪いことは何も起きない。ライトスタンドにうるさい阪神ファンがいても、きつい野次を飛ばすヨコハマファンがいても平気。野球だから。野球場だから。勝っても負けても、ここには幸せしかない。

緑の人工芝、海の色のフェンス、オレンジの椅子、打球の描く白いきれいな線、震えるように響き渡る電子オルガンの音、ウグイス嬢の高い声のアナウンス、選手の名前のコール、手が痛くなる拍手。香ばしい初夏の風、まぶしい日光。キラキラ。

宏太と二人で、ずっと横スタにいたかった。24時間365日住みついていたかった。

4

熱い夏が来た。暑さを忘れるくらい熱い熱い夏。ベイスターズが強すぎた夏。

六月二十四日は借金9で最下位にいて、七月二日には首位ヤクルトと14ゲーム差があった。七月三十日に借金完済して勝率5割になり、そこから6連勝して、2位をキープしつつ貯金を殖やし、じわじわと首位に迫っていく……。そんな夏、そんな夏休みだけど、私は受験生だった。毎日、講習に通い、朝から夜まで予備校にいる、「勝負の夏」。

一学期の終わりにクラス分けテストがあった。その結果で志望校が決まる、くらいの重要なテストで、私は希望のクラスに入れなかった。お父さんにがんがん怒られ、予備校の先生にも集中力が足りないと注意された。明日香は私より上のクラスに入った。高校の偏差値の差を考えると、明日香の頭の良さと努力がわかる。夏期講習からは優秀な私立の子たちが入ってきて、前からいる私らよりぜんぜん「強い」と先生に脅されていた。あせった。反省した。宏太にも勉強頑張るからと宣言した。

でも……。

予備校の裏に川があって、生徒たちは、授業の合間に川べりの石畳の遊歩道によくたむろっていた。川向こうはマンションやビルが連なり、川は緑色に淀んでいて、ろくな眺めじゃなかったけど、友達数人で写真をよく撮った。鉄柵の向こうにまわりこんでピース。電気店の赤いのぼりを引っこ抜いて振りまわして爆笑。パチリ、またパチリ。しょーもない写真ばっか。

宏太は、よく、その川べりに現れた。約束したわけじゃなく、私らがそこに出てくるタイミングをはかって来ていたみたい。暑い中、汗びっしょりで待ってることもある。

「ご飯行かない？」はまだいいけど、「野球行こうよ」の時は予備校をサボるはめになる。

球場だけじゃなくて、天野村雲の家にも連れて行かれた。

六月の末頃から、天野さんチの庭はベイスターズファンのたまり場になっていた。ボロい木造の大きな物置小屋を、天野さんの指示通りに、二ヵ月くらいかけて宏太が改造した。エアコンとテレビの工事は業者を呼んだけど、ほとんどの大工仕事は自分でやってた。傷（いた）んだ床板や壁板を取り替えて、補修、補強。絨毯やテーブル、ソファー、クッションなんかは天野さんが買ってきた。庭もきちんと芝刈りをして、バーベキュー台を置き、ガーデンチェアーを並べる。

飲み食いしながら、ひたすら野球中継を見てわいわい騒ぐ――この庭と小屋を、天野さんは「ガレージ」と呼んだ。

色んな人たちが集まってきた。

「いいか、後半戦の2位なんて七年ぶりなんだぞ。その時だって、首位巨人に20ゲーム以上離されて、足跡のカケラも見えなかったんだ。今年はツバメの尾っぽくらいは見えてるぞ」

天野さんは、熱弁をふるった。

雑多な集まりとはいえ、高校生は、私たち二人だけだった。宏太は、毎日のように入り浸っていた。卒業できるかわからないし、将来のこともよく考えてないくせに、たまり場に来るオトナたちにウチで働けばなどと適当な誘いを受けると喜んでいる。近所の居酒屋店主、中華街の雑貨屋店員、タウン誌のライター……。

「俺さ、ずっと好きなもの作ってたいんだ。野球いっぱい観て。美咲と一緒にいる。ずっっと一緒にいる」

そう言う宏太の目は、けっこう真剣で、幸せそうで、困ってしまう。工業高校のスキルを活かした地道な就職、アクセサリー制作のような美術的表現を学ぶための進学、私なりの現実的な提案をしてみると、まあねえ、と彼は首を傾げてぼんやりとした顔になる。駅の近くで、自作のシルバーアクセを並べて、道行く人の足ばかり見ていた宏太を思い出す。あの姿は、いつも私の心の奥にあった。
高二と高三の間の春休み。宏太にとっては高三アゲインの春休み。現実なのに現実でないぼんやりした時間の中にずっと座り込んでいる——宏太はそんなコ。永遠の春休みの中の永遠の男の子。学校や仕事や家庭という枠の中で生きる大勢の人たちが彼の脇をただ通り過ぎていく。そんな現実的な何かの枠に入れなければ、宏太は賢くて有能でセンスにあふれ何でもできそうだった。信じてあげたかった。宏太のすべてを。私は、自分が何をしたいかだって、わかりはしないもの。

予備校で勉強しながら、いつも宏太のことを考えていた。外で待ってられたら困るなって思いながら、いなかったらがっかりした。どうしても休めない授業があって誘いを断ると、寂しそうな笑顔で頑張れよって言ってくれる。その声がずっとリフレインする。授業なんて何も聞こえなくなる。一人で去っていく宏太の後ろ姿が目の前にちらついて、もう二度と会えない気がする。こんな私はもうじきフラれるんだって怖くなる。

七月、ベイスターズは、勝って勝って勝ちまくった。春に崩壊していた投手陣を立て直して四月は5点台だった防御率が2点台になった。先発では三浦、福盛が頑張り、宏太が好きな戸叶も八月には調子が戻る。島田、五十嵐、関口ら中継ぎがしっかり踏ん張って、絶対的守護神佐々木に繋ぐ。そして、ホームランは少ないけれど、どこからでもヒットが出て次々と塁をにぎわす破壊力抜群のマシンガン打線が火を噴いていた。私の大好きな鈴木尚典が七月の月間MVPに選ばれた。勝負を決めるヒットをよく打つのがカッコイイ！　釧路でのサヨナラ打はもう最高だった。

　この夏、横スタは変わった。八月には、ベイスターズファンがぞくぞくと押し寄せるようになった。「どっから湧いて出たんだ」と天野村雲は眉をひそめていた。「急にファンになったのか、隠れてたのがのこのこ現れやがったのか」「天野さんのガレージから」と私が言うと苦笑いした。実際、あそこから五人くらいのファンは作りだしたんじゃないかって思うよ。

　私も、天野さんの野球応援会場のガレージにすっかり馴染んでしまった。最初はお酒や煙草を勧(すす)められたり、何してるのかわからない人たちと宏太が仲良くなるのがイヤだった。でも、無理を言われないし、子供扱いされないことが、だんだんわかると、独特の雰囲気も好きになってきた。煙草臭いガレージの空気は自由！　ルールは一つだけ。そこにいる時は、ベイスターズを応援する。

　自作の巨大な無線機のようなラジオを据え付けて、ビジターでの地方局の中継を必死で聴こうとする、横須賀の電気工事士のヒロムーさん。絶対にベイスターズと言わず、大洋やホエールズと言い続ける戸塚の布団(ふとん)屋の宮澤(みやざわ)爺。中華街の有名な広東(カントン)料理屋の女性店員で、選手のマル秘情報を持っている花村(はなむら)さん。新宿のショーパブのスターという美青年のミンミさん、一家四人で熱烈応援のお隣の全員声がデカい近藤(こんどう)さん。友達が友達を呼び、天野村雲の本業のお店が閉まっていることは多くても、庭の木戸とガレージの鍵はいつも開いていた。試合のある日には誰かが必ずいた。天野さんがいなくても、知らない同士が初めましてになっても、ぜんぜん問題なかった。今は単身赴任中のヤッちゃんが、前みたいに近くにいたら、絶対に連れて行ったな。

ベイスターズが勝つと、宏太が、金色の星型のステッカーをガレージの建物のドアに貼るようになった。七月の途中から始めたけど、月の終わりに勝ったぶんの十三個を全部貼った。ここまでシーズンで勝った全部の数を貼るかどうかで、みんなでやいやい喧嘩したらしい。私はその場にいなかったけど、後から宏太に聞いた。

「万歳ーっ、5割復帰だ！　全部貼っとけ」

と天野さん。

「この夏の勢いを大切にしよう。七月のだけ」

と宮澤爺。

「いっぱい貼ろうよ。全部貼って」

と近藤家父。

「一コの星を愛(め)でたいわね。七月だけにしましょうよ」

とミンミさん。

それから、1勝するのがどんなに大変か、夏にこんなに勝ってしまうのが不思議すぎて気持ち悪い、この勢いは本物だ、ヤクルトに絶対追いつける、そんなことを言い合って、夜明けを迎えたという。

結局、貼るのは七月の勝利数だけに決まった。大洋ホエールズ時代のたった一回きりの優勝を見ている宮澤爺が、酔っ払って泣きながらステッカーの星を一つひとつ手で撫(な)でて「よく勝った、よく勝った」ってつぶやいていた姿に、みんな頭を下げて譲ったたって。私もその場にいたかったな。

このガレージの空気より、横スタはもっと熱かった。八月七日の阪神戦を観戦した。天野さんがチケット代を出してくれて、内野自由席を五人分取るために、宏太が早くから並んだ。宮澤爺は自分が行くと負けるからって変なジンクスを信じて絶対に球場で観ない。私ら二人と、天野さん、ヒロムーさん、ミンミさんで行った。

苦手阪神に連勝して3タテを狙ったこの日、いつもなら人気球団のファンに圧倒されるスタンドが数や熱気で負けていなかった。五月や六月とは何かが違っていた。ファンがみんな勝ちたいと思っていた。勝てると信じた。勝とうとした。一球ごと、すべてのプレーにスタンドからぐわっと湧き上がる声に、私たち自身が痺(しび)れた。

「みんな、本気だな」

天野さんが、信じられないというようにつぶやいた。

「本気よ」

とミンミさんが大きくうなずいた。

「優勝……」

天野さんがつぶやいた瞬間、なんだか身体が震えた。

まだ優勝なんて口にできるような首位とのゲーム差じゃなかった。それでも、「俺ら、これまで観てたのって何だったんだろうな……」ってヒロムーさんが自ら問いかけるような、本物の戦いを、この日、私らは確かに観た。

鈴木尚典がタイムリーを2本打ち、私と宏太は抱き合って「タカノリ、サイコー！」と絶叫した。左腕エースの野村が7回途中まで2失点に抑え、そこからは頼もしい中継ぎ陣が踏ん張り、それでも残した8回ツーアウト満塁のピンチに大魔神佐々木が登板した。

佐々木がリリーフカーに乗って登場すると、ライトスタンドや内野自由席の前のほうのファンはフェンス際まで吸い寄せられるように集まっていく。球場中がものすごい歓声で沸き返る。天野さんたちは座ってたけど、私と宏太は我慢できずに少しでも近くから佐々木を観ようと突進した。金切声で名前を呼んだ。

9回も二つの三振を取って試合を締めた守護神大魔神は、150セーブという大きな記録を達成した。5－3で、春にはほとんど勝てなかった阪神を3タテした。チームは怒濤の8連勝！

私は途中で帰ることができなかった。これまでは、どんなに心残りでもしぶしぶ一人で帰ったのに。帰らないと世界が終わると言われても横スタから出られなかった気がする。

阪神戦の次は、首位ヤクルトとの直接対決。戸叶が頑張って一つ勝ったけど、二つ負けた。でも、十九日からの神宮でのカードは3連勝！

八月のベイスターズは3タテ五回やって、20勝6敗。九月の最初のカードは、横スタでのヤクルト戦。一度2・5まで詰めたゲーム差は3・5に戻っていて、連勝しても、まだ抜けない。でも、ここで頑張れば、優勝に手が届くかもしれなかった。そう――「優勝」という言葉を、私らは、もう遠慮がちに話さなくなっていた。

ガレージ・メンバーは、宮澤爺以外は全員チケットを取りに走った。横スタのヤクルト戦のチケットが買えないというのは考えられないことだと、みんなわいわい話していた。宏太が何とか二人ぶんの外野席を取ってくれたけど、天野さんたちは金券ショップで高いお金を払ってバックネット裏の席を確保した。

勝負の夏。高校三年生美咲の受験勝負の夏であり、ベイスターズが奇跡の逆転優勝に驀進する夏だった。八月は関東での試合、特にホーム横スタが多く、天野さんと宏太はもうほとんど球場にいた気がする。普通の社会人と受験生にそんな自由はない。それでも、私は四試合を横スタで観て、ガレージで過ごす時間も格段に増えた。ベイスターズを応援するぶん、それ以外の時間は三倍も五倍も勉強を頑張ろうとしていた。自分がちゃんとしないとチームが負ける気がした。エネルギーをたくさん貰ったし、結構頑張った。朝から夜まで、ずっと予備校にいて、授業がない時間は自習室にこもった。昼食も夕食もお弁当かファーストフードや近所の駄菓子屋のカレー。宏太が来て一緒に食べることもよくあった。裏の川べりで話したり、二人が好きな、みなとみらいの原っぱを歩いたりもした。

目がくらみそうな真っ白な夏の日差しの中、雑草は背の高さくらいまで伸びているものもあり、青臭い草いきれで息が詰まりそうだった。でも、ここは、相変わらず風通しがいい。色んな風が吹く。街中とは違う、からっと乾いた熱い風の日。潮の匂いの混じる湿っぽいぬるい風の日。草で足を切り、蚊に刺されまくり、日焼けして、たくさん汗をかいた。

この夏、私たちの時間は多くが野球と共にあったので、こんなふうに二人きりになると、違う世界に入り込んだような気持ちになった。まだ太陽が高い、暑い暑い真昼に、二人で原っぱを歩く。本当に誰もいないし、まだプレーボールまで時間があって、お互いのことだけ考えられた。

抱き合ってキスをした。つきあいたてのように唇を合わせるだけのキスではなくなっていた。宏太の手は私の体を自由に触れた。そのまま最後までいきそうになったこともある。真昼に丈高い雑草に守られて。「受験が終わるまで待って」と必死で頼む。「冗談じゃねえ」とすねられる。

「なんで、いつも制服なんだよ」

長いキスのあとで宏太は聞いた。

「いいじゃん」

私と明日香は制服大好き女子高生で、必要がなくても毎日のように予備校に着てきていた。いつも宏太にブラウスのボタンをはずされるくせに、なぜか制服を最後の砦(とりで)のようにも感じる。

「男はつまんないよね」

私はつぶやいた。

「男の子の制服なんてさ」

「服なんか」

宏太は吐き捨てるように言った。

「服、好きじゃん」

私は言い返した。

「こだわってるくせに」

「いらねーんだよ、服なんか」

宏太はそう言うと、私から体を離した。草むらに尻もちをつくように倒れ、さらにのけぞって、青い空と光る入道雲を見上げた。

だだっ広い空で、八月が終わろうとしていた。濃い水色と白のまぶしいコントラスト。

5

九月二日。横スタで、我らが自慢のマシンガン打線は、ヤクルトの石井から1本のヒットも打てなかった。ノーヒットノーラン。どれほど珍しい偉大な記録かというのは、どうでもよかった。レフトの一部を除き、ほとんどがベイスターズファンで埋め尽くされたスタンドの息もできないような重さ、それがすべて。

九月三日。負けると、ヤクルトに優勝マジックが点灯する大事な一戦。マジックがつくというのは、ベイスターズが残り試合に全部勝っても、自分の力だけでは優勝できないという状況。降りしきる雨の中、1－3とヤクルトにリードされた9回表、試合が中断になった時、ライトスタンドから、たくさんのメガホンが投げ込まれた。ゴミも。メガホンの投げ込みは、前からよくあった。昨日もあった。でも、今日のは酷かった。試合中だ。まだ9回裏の攻撃が残ってる。たったの2点差。マジックもまだついてない。もっと離れたゲーム差の時も奇跡を信じていたファンが、なんで、選手より先にあきらめてしまうの？

勝てない感じは、正直、わかった。勝てる気がしなかった。勝てる気というのは、昨日、ノーヒットノーランを食らった時に、一滴の残りもなく蒸発してしまったみたい。

「投げないで！」

私は叫んだ。後ろから飛んできたメガホンが頭に当たった。痛かったし怖かったけど、それより、とにかくイヤだった。

絶望、なんて、十七年間生きてきて、そんなに何回も考えたことない。私の後ろから、横から、前からグラウンドに飛んでいくメガホンとゴミは、絶望そのものだった。

「投げんなよっ」

見たくない。

マナーとか、そんなんじゃない。あきらめたってこと、そんなふうにわからすなよ。

宏太も持っていたメガホンをグラウンドに投げ入れた。

「投げんなよっ」

私は宏太のシャツの襟をつかんでわめいた。

「うるせえなっ」

宏太はわめき返した。

「怒ってるんだよ、俺たちは」

「俺たち」って誰？　私は思ったけど、言わなかった。自分が怒っているのかどうかもわからない。宏太がぜんぜん知らない人に見えた。勉強しなくても、学校サボっても、就職活動しなくても、街で悪いことしてても、そんなふうに見えたことない。

雨が小降りになった時、ベンチやブルペンからゴミ袋を手にした選手たちが現れて、投げ込まれたメガホンなどを拾い始めた。佐々木が、佐伯が、先発した三浦まで……。

スタンドは沈黙した。あんなに騒いでいた人たちが、みんな完璧に黙った。

試合はそのまま負けて、ヤクルトにマジックがついた。翌々日の阪神戦で、ライトスタンドに「選手のみなさんごめんなさい」というプラカードが掲げられた。私は、天野さんのガレージのテレビでそれを見た。

「謝んなよ。きれいごとにすんなよ」

って宏太は言って、みんなに怒られた。メガホンを投げたことも、さんざん怒られた。宮澤爺に「こいつの正しい使い方を教えてやる」ってメガホンで百回くらい叩かれてた。四月の連敗中にファンの怒りを体現してた天野さんは、「だせえな」と言った。「選手、拾ってから、ファンに投げ返しゃよかったな」その言葉に、ヒロムーさんだけが少し笑った。

二学期の予備校のクラス分けでも、私は志望校のレベルの組に入れなかった。すべり止めで受けるはずの学校群のクラスのままだ。もう一つ上の希望のクラスに明日香は留まった。私が野球を観て騒ぎ、宏太とデートしている間、明日香はコツコツと勉強していた。予備校の浪人生の先輩と夏前から付き合いだしたヤッコは休みの間に髪を金色にして、自習室にもあまり来なくなってた。

高三で彼氏いるとヤバいって、友達の間で時々話題になる。私は、親にバレずに勉強を頑張ればいいって思ってたよ。成績が落ちて上がらないのを、宏太や野球のせいにするのはダサい。シーズンが終わり、夢のような夏が去り、熱気や輝きが失われた秋に、恋まで醒めるなら、最初からその程度のもの。

「ちゃんと卒業して。進路もしっかり考えて」

私は宏太に話した。怒るかと思ったけど、「わかった」と笑い、なぜか頭を撫でられた。そんなふうに年上ぶられると、ちょっと嬉しくて悲しい。

メガホンのことは、私たちの間で話題にしなかった。野球の話自体、少なくなってた。私はとにかくヤケのように勉強するしかなくて、天野さんのガレージにも行けない。シーズンが終わっても、野球好きの人々は相変わらず集って、語り、飲み食いしているらしかった。「みんな、美咲に会いたいって」「俺は会えててうらやましいって」「受験頑張れって」宏太から、ガレージ・メンバーからの伝言を受け取った。「いい大学受かって、その馬鹿とは別れろって」最後のブラックなメッセージはミンミさんからで、宏太は冗談っぽく口にしたけど、なんだか試されているような気がした。

「ねえ、全部で星、何個になったの？」

私は七月からガレージのドアに貼られたベイスターズの勝ち星の数を尋ねた。急に頭に浮かんで、とても知りたくなった。

「あー、わかんねえや」

宏太は言った。

「途中でやめちゃったし。数えてねーし」

「ダメじゃん」

私は言ってから提案する。

「来年は違う色で四月から貼ろうよ」

「金じゃない色？」

「銀？」

「金より下じゃんか」

「青？」

「そうだな」

宏太はうなずき、

「何個あればいい？　百？」

私は聞いた。

「アホか。七十？　八十？」

優勝するための勝ち星を現実的に宏太は考えた。

来シーズンが始まる四月に、私たちは、どこで何をしてるのかな。一緒にいて笑っているとい い。これからも、ずっと一緒にたくさん野球を観て、百の青い星のステッカーをドアに貼る。きっと、きっと。

6

横浜市長選の投票日が近付いていて、事務のスタッフはめちゃめちゃ忙しかった。四月一日付で市役所に入庁し、一ヵ月研修の真っ最中。そのうちの一週間の区役所研修が、選挙事務のサポートだった。女子は窓口、男子は設置、運搬など力仕事が多かった。この時のメンバーはすごく仲よくなって、日曜の投票日の代休に、二十人くらいでドリームランドに行って一日遊んだりした。毎日バリバリに緊張してるせいか、もう、全力で騒ぎ倒してると、村上(むらかみ)さんに「若いね」って笑われた。

村上さんは、大卒で、スーツがよく似合って、すごく大人に見える人だ。自分の車を出してくれて、私は助手席に乗せてもらった。後部座席にも三人乗ったけど、四歳年上の男性の隣に座るのは少し緊張した。

研修は、文章の書き方に始まり、局の仕事の見学、東京の代々木(よよぎ)での宿泊もあり、色々だ。横浜市役所の同期は千人近くいるから、その時々でメンバーは変わる。一番つらかったのは、病院での研修だった。やはり命にかかわる場所ってことで、雰囲気がぴりりと張り詰めている。先輩がサポートしてくれるけど、患者さんと対する窓口を任されるプレッシャーを強く感じてしまった。病院の研修をやると、そこに配属になるという噂もあって、余計に緊張した。

辞令交付式は、関内ホールで行われた。

私の配属は、中区役所だった。式のあと、同区配属の四十人くらいでひとまとまりになって移動する。中区役所の向かいが、横浜スタジアムだった。

衝撃だった。間違った入口から入って、少しズレた出口から出てしまったような。

98年のシーズンが開幕してから、私は一つの試合も観ていない。今、横スタはすごくすごく遠い存在。それなのに、職場が球場の庭先みたいなところなんて!


戸籍関係の窓口に配属されてから五月中は、とにかくやれと言われたことをやるので、せいいっぱいだった。隣に先輩がいて困ったら助けてはくれるけど、いつも聞くわけにはいかず、わからなくても一人で対応する。態度や口調に不安がにじんでいるのか、お客さんに信用されなかった。しょっちゅう怒られたし、怒鳴られた。「上の人を出せ!」「男に代われっ」——何度言われたことか……。

それでも、自分でも意外なことに、私は仕事が楽しかった。戸籍の窓口業務は、冠婚葬祭など、人生が大きく動く事柄に関係する。世間知らずの十八の小娘には、何事も新鮮だった。人に会うのが好きだったし、人の話を聞くのも得意なようだった。窓口に用事がない近所のおじいさんが白黒の古い写真を持ってきて昔話をえんえんとするのを面白がって聞いたりした。適当に追い返しなさいと先輩に言われたけど、他に待っている人がいなけりゃいいじゃんと思った。

出生届を出しに来た父親が、人名で使えない漢字を書いてきて、ダメだとわかると激しくショックを受けて、その場にしゃがみこんでしまった。それから、立て続けに、これは？　これは？と繰り出すのが、やはり使えずに、やっと大丈夫なのがあると、そのまま出そうとするので、「奥様と相談なさらなくていいんですか？」と聞くと、「仕事で今日しか来られないから」と真剣な顔で提出、受理した。

こっちが嬉しくなるほどウキウキと婚姻届を出しに来た外国人のカップルが、のちに重婚だとわかり、人間不信になりかかった。

高卒の資格で横浜市の事務職採用試験を受けたのは、ちょうど一年前のことだった。父親が横浜市職員で、叔母も高卒で市役所勤務だったので、女性が一生働くにはいいからとかなり強引に受験させられた。その時は、普通に大学受験して進学するつもりだったし、断り切れずに採用試験を受けたけど、すっかり忘れていた。今年の一月、受験の追い込みの時に採用通知が届いたけど、ろくに見もしなかった。

確実なすべり止めを受けずに、大学を全落ちして浪人かーと地の底まで落ち込んでいた時に、父に就職を勧められた。嫌だったらやめればいい、予備校に通って再受験してもいい、とまで言われて、それならと思った。春からの確かな居場所ができるのが嬉しかった。進学を諦めるつもりはなかったので、ひとまず就職して仕切り直しをしようと考えた。

親に悪いって、どこかで思っていたのかもしれない。すべての力と時間を注いで受験をしたとは言えなかった。恋人がいたことを母には気づかれていた。母は父に黙っていてくれて、全落ちがわかった時に、よく考えなさいと言われた。

宏太のせいには絶対したくなかった。去年の秋からは本気で頑張った。模試で、志望校を受けられる結果も出してクラスも上がった。冬になるとほとんど会えなくて喧嘩ばかりしてたけど、宏太なりに理解してくれた。春と夏は、恋人がいなくても、野球に熱狂しなくても、私はサボッていたかもしれない。

全部、私が悪い。甘かった。足りなかった。


宏太とは五月の末に別れた。

受験の追い込みで会えない、までが、彼の限界だったと思う。浪人せずに、就職して、その上で再受験を考えていることを告げると、「俺との時間は？」と聞かれた。怒りではなく、諦めたような冷めた口調だった。

四月は研修、五月は初勤務、気持ちに余裕がなかった。その中で、週末は予備校に通って朝から晩まで勉強した。残業のない職場なので平日の夜に宏太と会っていたけど、高校生だった時とは、あきらかに何かが変わっていた。宏太は、美術系の専門学校生になり、夜は野毛の居酒屋でバイトをしていた。宏太がデートのために簡単にバイトを休むこと、私が仕事で頭がいっぱいなことが、お互いに不満だった。「お金もらってるんだから、もうちょっと、ちゃんとしなよ」「仕事してるのがそんなに偉い？　おまえの話、つまんねえよ」そんな喧嘩は、去年の冬の「会いたい」「ごめん、今は勉強しなきゃ」っていうのと、ぜんぜん違った。

どんどん離れていく。もう同じ地面に立ってすらいない気がする。島と島。波の高い海が隔てて、舟を出しても沈み、大声で呼んでも呼ばれても聞こえない。

宏太と会うことを最優先できなかった。開幕しても、野球も観なかった。四月と五月は、とにかく、自分が立っている場所と向かう道をはっきりさせて、しっかり固めたかった。

人生が大きく動く時。

父、叔母、学校や予備校の先生、大人たちの意見に押されたところもあるけど、結局は、自分で舵を切った。

私のほうから別れようと言った時に、宏太は黙ってうなずいたけど、最後に一言尋ねた。「美咲は何が一番大事なの？」

答えられなかった。

ちゃんと生きること――それでいいのに。大学も仕事も未来も将来も、大事だよ。でも、あのふらふらした頼りない宏太に、まっすぐに見て聞かれると、私の頭からすべての言葉が消えてしまった。

「ちゃんと」って、何？

宏太と別れた六月の一週目、二週目……。

仕事をして、勉強もして、新しい人間関係を築いて、人生は、まあまあ「ちゃんと」している。なのに、大声で叫んでいる夢をよく見る。球場で応援しているような叫びじゃない。そんないいものじゃない。やばくて、やばくて、つらくて、我慢できなくて、もう必死で叫んでいる。夢の中の気持ちだけは濃く残り、内容は何も思い出せない。その夢で夜中に起きてしまうと、どんなに疲れていても、もう一度眠るのは難しかった。


「美咲、顔色悪いよ。仕事、大変なの？」

明日香に会うなり聞かれる。

「まだ慣れないけど、でも、すごく楽しいよ」

それは本当。

私も行きたかった志望校に合格し、大学生になっている明日香の口からは、華やかな言葉がぽんぽん飛び出してくる。履修、新歓、サークル、キャンパス。栗色のパーマのふわっとしたセミロングにしてフルメイク、たった二ヵ月で別人みたい。受験をする人が他にいない高校から志を貫いて、たった一人、有名な四年制大学に進学した明日香の姿はまぶしかった。本当にうらやましい。尊敬する。

でも、私は私で、仕事の話を明日香にするのは楽しかった。避難所みたいにバタバタと就職してしまったけど、思っていたより、ずっとやりがいも喜びもある。

「すごいよね、美咲。仕事しながら、勉強して再受験なんて、ほんとに根性だよ」

明日香に言われて苦笑する。

「普通に受かっとけってね」

すべり止めを受けなかったことは後悔していなかった。

「お正月にさ、駅伝、見たじゃん」

予備校のすぐ近くの国道を、箱根駅伝の復路のランナーが走るので、三日に自習していた私らは応援に出て行った。

「明日香は、行きたい学校のランナー見て、頑張れーって」

苦い記憶を振り返る。

「私はさ、うわあ、ヤバいって。後輩になれる気がぜんぜんしなくて」

もう、そこで勝負がついてた気がする。

「初詣(はつもうで)に行くとか行かないとかでもめてたね」

明日香は、遠慮がちに言った。宏太と別れたことは電話で話した。簡単に、私が振ったとだけ。

「大喧嘩して電話ぶったぎったのに、宏太は、湯島天神(ゆしまてんじん)のお守り買ってきてくれたんだよ」

私は話した。

「ご利益(りやく)なかったよなあ。一緒に、八幡さま、行けばよかった」

明日香にだけ、こんなことが言える。言ってもしょうがないこと。

「前言ってた同期の大卒の人は？」

明日香は、過去ではなく未来の話に切り替えてくる。

「村上さん？　仕事のことで色々教わったりしてるけど」

法学部出身の村上さんには、民法、戸籍法などの難しい事例について教えてもらっていた。自分で勉強して、わからないところを聞く。電話をかけて質問すると、わざわざ時間を作って会って教えてくれる。

「すっごい親切。めちゃめちゃ頼れる。先生みたいな、お兄さんみたいな……」

「いいね。その人がいいよ」

明日香は熱心に言った。

「仕事のことばっかじゃなくて、遊びにも行きなよ」

「……ドリームランドに、また行くけど」

研修の合間に同期で行った時に私がめちゃめちゃ楽しそうだったからって誘ってくれたと話をすると、

「ちゃんと化粧して行くんだよ。遊園地だからカジュアルでもいいけど、かわいい服にしなよ。野球の帽子は絶対にダメだよ」

明日香は自分のことのように細かく指示を出す。

野球の帽子と言われて、急に頭がぼやっとした。

前にかぶったのって、いつだっけ?

ドリームランドには、村上さんの車で行った。私は必要以上にはしゃいだ気がする。村上さんに、どんなふうに見られてるのか気になって落ちつかない。子供っぽくないかな? そのほうがいいのかな？

宏太とは一度も遊園地に行かなかった。

宏太といた時の自分がどんなふうだったか、よく思い出せない。

頭の中に、宏太の写真やビデオが千も万も残ってる気がする。逆に、一緒にいた時の私はぼやけている。宏太の目に自分がどんなふうに映ってるのかって、ほとんど考えたことがなかった。

厚底のロングブーツに青のマニキュアにシャインリップの日、すっぴんでメンズTシャツにジーンズの日、笑いたい時だけ笑って、言いたいことは全部言った。気持ちのまま。いつも、そのまま。そのままの自分を抱きしめてもらい、そのままの宏太を抱きしめてきた。

だって、私らは、ただ一緒にいて、「なんもねーっ」って言ってればよかったんだもの。

春休みのような男。進級しない春休みのような男。田沢宏太。

私には、もう、春休みなんかない。


六月二十日の土曜日にヨコハマは首位にたっていた。初出場のサッカーW杯で日本中が沸き返っていたから、ウチのテレビでもスポーツニュースがついていた。プロ野球の扱いなんて粗末だったけど、ヨコハマ首位のニュースに、私は家族が椅子から飛び上がるほどの大声で叫んでしまった。

広島相手の函館での2戦目、二十一日は、戸叶で勝った。宏太の笑顔がシャボン玉のように、たくさんふわふわ浮かんでは、はじける。はじけては消える。

二十二日、月曜日の朝、出勤前に、足を止めて、横浜スタジアムを仰ぎ見た。

二十三日、火曜日、平塚(ひらつか)で試合があることを新聞で読む。その試合は雨で流れた。

二十四日、水曜日、ホームのナイトゲーム。私はまた、朝の出勤前、足を止めて、一分以上、スタジアムを眺めていた。

頑張れ！　頑張れ！　頑張れ、ベイスターズ！

定時の退勤の時に、応援グッズを手にしたたくさんのファンとすれ違う。行けば、入れるのかな？　当日券買えるのかな？　一瞬、まわれ右してチケット売り場に走りそうになる。

野球を観ない理由が、自分でもわからなくなった。受験に失敗した罰のように勝手に遠ざかり、それで、宏太からも、ますます離れてしまった。

私は、何をなくしてしまったんだろう。

宏太と野球は、私の中で一つになっていて、バラバラにできない。野球に触れて、宏太のことを思い出すのが怖い。

一番大事なもの——宏太の最後の言葉が、いつも、耳の奥、心の奥にある。

予備校は土日だけにしたから、平日は家で勉強した。仕事のための法律。受験のための英語と歴史。時間はいくらあっても足りなかった。だけど、本当に、この時間のすべてから、宏太を締め出さなければいけなかったのかな？

宏太に会いたい気持ちと、勉強しなければいけない気持ち。去年の夏からえんえん続けてきた、この戦いに、ただ疲れてしまった。もう待たせたくない——違う、もう待たれるのがイヤ。

結果が出せなかった自分にイラついた。また結果が出ないことが怖かった。

7

横浜の町が変わっていた。

去年の夏、横浜ベイスターズは嘘のように強くてファンは熱狂した。そして、今年、98年の夏、我らがチームは、また、夢のように強く、多くの人々を魅了した。

応援する人が増えていくのが、よくわかる。横浜に――神奈川に、我らがチームがあることを、たくさんの人々が自覚したようだった。

ウチのテレビが、普通に野球中継をつけていて、野球に興味がなかった父や兄が熱心に観ている。母ですら、私に選手のことを聞いてくる。職場でも、雑談に野球の話がよく出る。市内各地の商店街に、ヨコハマの小旗や応援幕が飾られるようになった。弘明寺(ぐみょうじ)商店街の真ん中には、前日の試合結果や前売りチケット情報などを掲示した応援ボードが登場したらしい。

そして、そう、ヨコハマの青いキャップを町でたくさん見るようになった！　子供が多いけど、若者、おじさん、おじいさん、色んな人がかぶってる。私は、キャップを見るたびにぱっと振り向いて、じっと眺めてしまう。目が合うと、笑ってしまう。笑い返してくれる人も結構いた。私も同じ帽子をかぶってたから。外を歩く時はいつもかぶっていたから。

私も戻ってきた！　キャップをかぶり、テレビを観て、球場にも行く。試合の結果すら見なかった春が嘘のように、熱く応援する夏を迎えている。

去年の夏も熱かった。でも、その去年があって続く今年の夏は、めちゃめちゃ激しい。遠く独走するヤクルトを追うのではなく、ヨコハマが先頭を走っている。七月は、12勝5敗1分、二桁(けた)得点での勝利が六試合。そして、中旬に奇跡としか言いようのない、決して諦めない大追走、大逆転劇が三試合あった。

十二日の帯広(おびひろ)での中日戦は、3－9から9回裏に6得点して追いつき、延長12回で日没コールド。十四日、十五日の巨人戦も、すさまじかった。私は、この十四、十五日で、横浜スタジアムに帰還した。

私を横スタに連れ戻してくれたのは、市役所のスポーツ課に勤務する叔母だった。父の妹のこの叔母と話をして、私は市の事務職員になる最後の決断をした。決断というと大げさで、そもそもはやめる気まんまんで、とりあえず勤めたわけだけど。

涼子(りょうこ)叔母さんは、高卒で入庁し、窓口業務を六年務めてから、港湾局にまわり、希望が通って、花形の国際室、そして、また、多くの職員のあこがれのスポーツ課に配属された。勤務の傍(かたわ)ら夜学に通って大卒の資格を取り、やりたい仕事を勝ち取ったスーパーウーマンだ。子供の頃は母方の親戚のほうが親しかったけど、進路について相談するようになってから、明晰(めいせき)で頼もしくて飾りっ気のない叔母が大好きになった。

スポーツ課には去年配属され、プロスポーツ支援が主な業務だった。今年からは、野球の担当となり、子供向けの野球教室を主催している。スポーツ観戦はサッカー派って人だけど、仕事柄、野球も好きになり、球場に足を運ぶことも増えた。十四日も、市役所の同僚と横スタ観戦の予定だったのが、連れの都合が悪くなったということで、私に連絡が来た。「美咲、野球好きよね？　仕事終わったら、行かない？」って。

自分でも驚くくらい、すぐに「行く」と答えた。その瞬間、どんなに行きたかったのか気づいて、なんだか笑ってしまった。バカだなあ。すぐ向かいなのに。あんなに近いのに。試合の音が聞こえてくるのに。

席についたとたん、ああ去年と同じだ、去年とぜんぜん違う、という、正反対の二つの気持ちに襲われた。ここにしかない、ヨコハマファンの発するエネルギーは同じ。優勝を願う熱い気持ちは同じ。でも、何だろう、もっと、もっと、もっと、何だか……すごい。試合開始前なのに、ただ座っているだけなのに、感情が高まって、うわあっと叫びたくなる。

「絶対、絶対、絶対、絶対！」

私は早口で繰り返した。

「優勝するー！」

涼子さんは、目を細めて優しく笑った。

「そんなに好きだっけ？」

「感じない？」

私は涼子さんに尋ねた。

「この……」

私が言葉にできなかった、このものすごい、煮えたぎり、噴き上がるマグマみたいな何かを、涼子さんも試合中には感じたみたいだった。

突発的に何度もやってくるスタンドのウェーブ。腹の底から、魂の底から絞り出すような声、声、声。地鳴りのように沸いて、音だけでなく振動としてグラウンドに伝えていく怒濤の応援。涼子さんは、そのエネルギーを感じて身震いしていた。

「殺気、みたいなのがあるのね」

私は、権藤(ごんどう)監督のスローガンを口にした。

「kill or be killed。殺(や)るか殺(や)られるか」

前年度のピッチングコーチから昇格して監督になった権藤博(ひろし)は、言動のはっきりした人だった。逃げることを激しく叱り、常に攻めのスタンスを崩さず、指揮官として動揺を見せない。その強靭(きょうじん)な精神は、選手に浸透し、98年のチームは、惚(ほ)れ惚(ぼ)れするほど思い切りが良かった。

でも、涼子さんが言うのは、グラウンドというよりスタンドのことだな。

去年、私たちは、「勝ってほしい」と思ってきた。応援で「勝たせたい」と。今年は、「絶対勝て！」「オレたちが絶対に勝たせる！」「勝たなきゃ殺す」くらいの壮絶な勢いがあった。

序盤からローズのホームランなどで大量リード。スタンドはお祭り騒ぎだった。5回に三浦が崩れて1点差に追いつかれるものの、7回にローズの2本目のホームランでリードを2点にする。9回に佐々木が出てきた時、ヨコハマファンは皆これで勝ったと思ったはず。次々とセーブの日本記録を塗り替えていく、偉大なる無敵のストッパーは、9回のマウンドを完璧に守り抜いてきていた。たまにランナーを出すことはあるが、とにかく失点をしない。大魔神の異名を持つ絶対的守護神であり、巨人の長嶋監督に、横浜との試合は攻撃機会が8回までと言わせていた。

スポーツの試合で、ミスは絶対に起こる。でも、たった一つのエラーが、流れを大きく左右してしまうことがある。エラーが壊した試合を幾つか見てきた。一試合だけじゃなくて、もっと大きなシーズンそのものの流れを変える失策もある。

ヨコハマの切り込み隊長、1番ショート石井は、誰もが認める守備の名手だ。佐々木のバックでゴロをファンブルするような男じゃない。でも、そのエラーは起こった。目の前で見ても信じられないプレーだった。それでも、佐々木ならおさえてくれるという信頼は、その日に限っては覆された。勝ち越しは許さなかったが、同点に追いつかれた。佐々木は失点しない。1点ではなく2点もとられるなんて見たことがない。

一塁側のスタンドは凍りつき、そして殺気立った。殺られたら、殺りかえせ！

9回裏、先頭打者の谷繁が四球を選び、進藤が正確にバントを決めて送り、続投志願した佐々木が打席に立つも三振、その時に次の打者だった石井に声をかけたのがわかった。

石井の打球は、巨人のセンター松井が差し出すグラブの上を越えて、右中間のフェンスに当たった。

なかなか出てこなかったヒーローインタビューで、石井琢朗は泣いているように見えた。ファンにエラーを詫び、これからの戦いへの熱い思いを語った。私も泣いてしまった。宏太と別れたあとでも一度も泣かなかったのに。

私は、その翌日も、横スタに行った。仕事を終えて駆けつけて、外野のチケットを何とか一枚手に入れた。

十五日は、ヨコハマファンが一生語り継ぐような試合になった。

史上三度目という両軍20安打の大乱戦。序盤に7失点したのを4回の7連打で1点差まで追い上げ、7回に松井の本塁打などで3点差に突き放されてもその裏に反撃して9対9に追いつく。大量リードされて追いついた帯広、鉄壁の守りが崩れたのをはねかえした前夜の記憶がなまなましく蘇る。このチームは不死身なのか。でも、巨人の大砲たちは恐ろしく、8回、高橋にまたスリーランを打たれる。追いかけては引き離され、追いついてはまた越えられる。ここまでかと思う。でも、ヨコハマは諦めなかった。

8回裏ツーアウト、ランナー一塁、佐伯の打球はライトフライ、チャンスを逃してチェンジ……のはずが、投手槙原のボークによりノーカウントとなる。一度死んだはずの佐伯は蘇る。不死鳥だ。打ち直しのフルスイングからの大きな打球。ライトスタンドの私たちは一斉に立ち上がった。向かってくる。こっちに来る。届く！　落ちる！　ホームラン！　土壇場の同点。これは、もう、本当に奇跡だ。スタンドは狂乱だった。誰彼かまわず抱き合い、叫びあった。

9回、この奇跡の試合に幕をおろしたのは、ファイターの波留だった。連夜、センター松井の頭を越えるサヨナラヒットで、走者万永がホームを踏んだ。

こんなことがあるのかな？　あるんだな。二日連続で奇跡を見た。「諦めない」ということを目の当たりにした。

8

「つまり、ホームラン打者がいないことが、逆に相手チームの脅威になっている。次々とヒットでつないで、常に塁にランナーがいる状態が続く。攻撃が終わらないから、相手の投手が息をつく間もない。一気に5点も7点も取ってしまう。マシンガン打線って、いいネーミングだよね」

八月末、元町(もとまち)のイタリア料理屋で、村上さんは語る。野球を観ない人だから、何かのメディアで知った知識だと思う。私が好きってことで話題にしてくれている。

「そうそう。すっごいんですよ」

何度もうなずきながら、私は今やっている試合が気になって食事の味もわからなかった。

八月後半は、苦しい戦いになっていた。ヤクルト、巨人、中日、阪神相手の4カードで、1勝2敗と全部負け越した。昨日で2位中日とのゲーム差は1。今、横スタで広島との試合中。負けると0・5ゲーム差。六月から、ずっと守り続けた首位の座が風前の灯火(ともしび)に……。

村上さんは、時々、こんなふうに食事や映画に誘ってくれる。いつも穏やかで、年下の私に、豊富な知識を披露するのが好きだ。最初に出かけた日に、いきなり手をつないできた宏太と違って、恋愛的な雰囲気にぜんぜんならない。仕事周辺のこと、世の中のこと、色々教えてもらえて、割り勘にしてと頼んでも絶対に奢りになる。同期で、お気に入りの妹分なんだって思ってる。ありがたいし、嬉しい。でも、「二人きりで何度も会ってるんだから、もう付き合ってるでしょ」って明日香は言う。「キスもしないで、いきなりプロポーズしてくる堅物くんかもよ」

まさかね。相手の気持ちもそうだけど、自分の気持ちがわからない。こういうことをしていていいのか、時々不安になる。聞いてみようか？「私のこと、どう思ってるんですか？」ただの妹分だったら、恥ずかしい質問だな。

村上さんの話に集中してなくて、相槌を間違えたのか、妙な顔をされる。

「あの……」

言いかけて、唐突すぎると思ってやめて、「今度、野球に行きませんか？」と聞こうとして、急に胸が苦しくなった。涼子さんとなら行けるし、一人でも平気だけど、村上さんとは無理だ。なんで……？

「ちょっと失礼します」

私はトイレに行って、じわじわと出てきた顔の汗をぬぐった。そして、買ったばかりの携帯電話から、ベイスターズダイヤルにかけて試合経過を聞いた。おっ！　3回終わって7－0で勝ってる。急に、お腹の底から力が湧いてきた。

席に戻ってから、横スタに行きたいという思いで頭がいっぱいになる。バカじゃん。行ったって今から当日券なんか買えるわけないし。テレビは？　どこかでテレビ観られないかな？

十五分に一度くらいの間隔でトイレに三回行き、「お腹でも悪いの？」と聞かれた。まさかべイスターズダイヤルにかけてるとは言えない。でも、誤解を利用して、早めにお店を出る。送ってくれるというのを断って、前に涼子さんに連れて行ってもらった、関内の居酒屋に走って向かう。あそこのテレビは、いつもTVKの野球中継をつけてるはず。けっこう迷ったけど見つけた。

居酒屋に一人で行くのなんか初めてだよ。カウンター席。めちゃめちゃ緊張する。未成年だってバレたら捕まる？　お酒飲まなければいい？　ヤバい。ビールを頼んでしまった。なるようになれ。

先発川村、二番手阿波野で6失点して1点差まで追い上げられて、無死二、三塁の大ピンチになる。マウンドには、セットアッパーの一人、ヒゲ魔神五十嵐が上がった。ものすごい気迫のインコース攻め。マウンドには、決め球のスライダーで三者三振！　絶体絶命のピンチを救った。いつものように五十嵐は吠えた。居酒屋で観ていたファンも同時に吠えた。私も吠えた。左に座っていたおじさんと右のお兄さんと抱き合って、13－7で勝った時には、店中の人たちとビールで乾杯した。

私はダメなヤツだ……。色々とダメだ。

九月に入り、野球のない月曜日に、私のほうから、この前のお詫びと言って、村上さんを誘った。茅ケ崎のアメリカン・レストランで会うことになった。ウッディーでお洒落な内装のお店で、ＢＧＭの音量が大きかった。

村上さんは、勤務が戸塚区役所、家は平塚で両親兄弟と五人暮らし。帰りは近いから車を出して家まで送ってあげるよと言うのを断り、お酒を飲むように勧める。今日は絶対に私が支払うと言っておいたけど、またレジで争いになるんだろうな。

宏太とのデートは簡単でよかった。その日、たくさん持っているほうが払った。偏(かたよ)って不公平になると、借りがあるほうが召使になるという変なルールができた。寒い日に宏太の上着をぶんどったり、暑い日におんぶで歩道橋上がらせたり。宏太からの命令は、いつもキス。

野球の話をされないように、自分から他の話をした。

「受験のこと、迷ってるんです」

私は言った。

「仕事、好きだし。面白いし」

逃げでも言い訳でもなく、進学して就職し直したとしても、今ほど充実した気持ちで働けない気がした。

「でも、やっぱり勉強もしたくて……。大学ってところにも行ってみたいし。友達の話聞いてると羨(うらや)ましい。だから、二部の受験にしようかって考えてます」

仕事をしながら通える夜間の大学。ただ涼子さんの真似をするのではなく、やりたい仕事ができるように、本気で目指したい。

「頑張り屋さんだよね」

村上さんは笑って言った。

「小野さんは、しっかりしてるから、何をやっても大丈夫だよ」

安心させてくれるような微笑み。言ってほしいような温かい言葉。ありがたい。本当にありがたい。でも、そんなふうに褒められると、安心するより不安になるんだ。なんで？めったに食べることのないステーキを切っていて、ナイフを取り落としそうになった。店内のBGM……。

「ニルヴァーナ」

思わず口をついて出た。

「スメルズ」

『スメルズ・ライク・ティーン・スピリット』は、ニルヴァーナの代表曲。最も有名なアルバム『ネヴァーマインド』の中の曲で、シングルにもなってる。

「ニルヴァーナなんて聴くの？」

意外そうに村上さんは言った。

「Hello, hello」カートがけだるく繰り返すこの部分が好き。ここから叫ぶように歌い上げるサビのボーカル。

去年の秋、雨の中で、めちゃくちゃに叫んでいる宏太が頭に浮かんだ。メガホンをグラウンドに投げてる。つきあってた時に最低だった宏太。こんなヤツ知らないと思ったくらいイヤだった宏太。その最低の思い出の宏太は振り向いて、私に言った。「おまえ、つまんねえよ」

曲が終わってから、最後のフレーズを小さく口ずさんだ。歌詞の和訳はよくわからない。ただ、拒否、拒絶、否定、そんな言葉みたい。

「すみません」

私は村上さんに頭を下げた。

「私、こんなふうに会ってもらう資格がない。色々教えてもらって、何も返せなくて。ただ馬鹿なだけで」

「急にどうしたの？」

村上さんは、ぽかんとしている。

「資格って……」

「わからないんです」

私は村上さんの言葉を遮った。

「何が一番大事なのか。わかるまで、一人でいなきゃいけないと思う」

村上さんは首を傾げた。

「好きだった人に言われたんです。おまえは、何が一番大事なのかって。それから、ずっと考えていて、でも、わからない」

「そんなの、誰だって簡単にわからないよ。答えを出す必要なんかあるの？」

村上さんは静かに言う。

「人生を生きて、時間をかけて、ゆっくり答えを出せばいいんじゃない？」

その通りだった。正解で、正論で、そう、村上さんは正しい。その正しい人に、私は、ただ、

「すみません」とひたすら繰り返して困らせた。

9

「美咲は、ファンの人、たくさん知ってるよね？　一人でも多く球場に来てもらって！」

電話の向こうの涼子さんの声は、切羽詰まって、珍しくめちゃめちゃ興奮していた。

十月八日。

マジック1。

今夜、甲子園の試合で勝てば、横浜ベイスターズの三十八年ぶりのリーグ優勝が決まる。

その甲子園の試合を、横浜スタジアムのオーロラビジョンに流して、地元の球場からも応援しよう——急な企画だ。今朝、急遽、決まったって。

ビジターの試合を横スタのスタンドから応援するというイベントは、十月一日の中日との直接対決の初日に、ニッポン放送の主催でやっていた。グラウンドは空っぽで選手たちはナゴヤドームで戦っていたけれど、雨の横スタに四千人を超えるファンが集まり大声援を送った。横浜の声は名古屋まで届いて、貴重な勝利を後押しした！　……というわけで、その流れで、今夜は西宮の甲子園まで届け！　という企画がぶちあがったのだ。もう勢いで。やらなきゃ嘘だろ、みたいな勢いで。お役所らしくなく、いきなりのぶっつけ本番。

「地下鉄とバスが車内放送で宣伝してくれて、京浜東北線もやってくれることになったの。すごくない？　あのJRがよ？　口コミでも、どんどん広げないと！」

涼子さんは熱っぽく語った。サッカー派だった涼子さんも、スポーツ課で野球に関わる仕事をして、町の熱気にもあおられ、ベイスターズの勝敗に一喜一憂するようになっていた。

　1998年は、神奈川の年だった。年明けの箱根駅伝の神奈川大学の完全優勝。全国大学ラグビー選手権は関東学院大学が優勝。高校野球では、春夏の甲子園大会、国体でも、松坂大輔(まつざかだいすけ)を擁(よう)する横浜高校が優勝。社会人の都市対抗野球大会は日産自動車が優勝。そして、プロ野球セ・リーグを横浜ベイスターズが……。

　苦しい八月を、投手陣の踏ん張りで、13勝11敗でぎりぎり勝ち越し、九月の初めに5連勝して、中日を突き放した。直接対決を3タテしてゲーム差が5になった時に、もしかしたら、もしかするかもしれないって、初めて本気で思った。

　その天王山の初戦の四日に、佐々木は通算200セーブを記録する。十九日には今季39セーブ目をあげて、プロ野球記録を更新した。その日、横浜駅東口の地下街ポルタに、優勝祈願のハマの大魔神社が登場した。青い鳥居の奥に、フォークの握りでボールを持った佐々木の腕を模した金色のモチーフが飾られている。この冗談のような神社の賽銭箱(さいせんばこ)にお金を入れて、ファンはけっこう真剣に祈った――と思う。前にいたカップルは笑ってたけど、私は真剣だった。

　二十四日に、野村が前回に続く完投をして、マジック9が点灯した。去年、メガホンが投げ込まれて選手が拾った雨の試合で、ヤクルトにマジックがついたことを思い出した。あの時、消えた光が、今年、ヨコハマに灯(とも)った。

　親会社のマルハの本社ビルと新横浜プリンスホテルは、窓の照明とブラインドの開閉などで大きな9の字を作った。ニュースで見て、本当に光だって思った。光の9だよ！　大きくて輝いている。

喜びと同じくらい不安もあった。本当にあれが一つずつ減っていくのか？　9って、戦って勝って減らす数字としては、そんなに小さくはない。ヨコハマが勝ち、マジック対象チームの中日が負ければ二つ、引分けでも一つ減る。すぐに8になったけど、7にはなれずに消えてしまった。まだ、中日と5ゲーム差あるし、あせることはないのに、マジックが消えただけで死にそうになった。

再び、マジックがついたのは、十月一日だった。横スタからもファンが大声援した最後の天王山。相手が中日だったので、5が再点灯する。翌日、連勝して3に。もう届いたと思った。でも、ここから、去年の敵ヤクルトの三本柱に完全におさえこまれて3連敗。もしかしたら優勝を目の前で見られるかもしれないと思って必死でチケットをとった五日の横スタで、去年のノーヒットノーランに続いて完璧におさえられて、ヤクルトの石井の顔は二度と見たくないと思う。マジックは消えなかったけど、なんだか、もう一つも勝てないような絶望的な気持ちになる。

この「マジック3の呪い」を打ち破ったのは、佐伯のバットだった。重い重いプレッシャーをすべて粉砕するような豪快なライトスタンドへのスリーラン！　そして、三浦の好投！　昨日じゃなくて今日横スタに行きたかったなんて、もはや思わなかった。観られなくても、結果しかわからなくても、ただ、ただ、ただ、勝ってくれればよかった。一日から連戦で、七日は甲子園の阪神戦だったけど、雨で中止、その間に中日が負けて、ついにマジックが1となった。

昼休みに、中華街まで走って、広東料理『七龍』に飛び込んだ。名物女性店員の花村さんは、明るい茶色のポニーテールを揺すって、一階の奥のテーブルを忙しそうに拭いていた。

「花ちゃん！」

呼びかけると、振り向いて、

「美咲ー！」

いきなり抱き合った。話したいことは山のようにあったけど、時間がなくて用件だけ伝えた。

今日の夜、横スタのオーロラビジョンで、優勝をかけた甲子園の試合を映すから来てって。

「天野っちには、美咲から電話してやって」

花村さんはそう言って、私を控室に連れて行き、天野さんの携帯電話の番号を教えてくれた。

「あいつもね、美咲の声が聞きたいと思うよ。今、甲子園だけどねっ」

「そうだよね。そりゃ、そうだわ。天野さんが行かないわけないや」

私はうなずいて、二人で馬鹿みたいに笑った。花村さんは、まだ何か言いたそうだった。何が言いたいのかわかった気がしたけど、聞かずに七龍を出た。

歩きながら、聞いた番号に携帯電話からかける。「はいー」聞きなれた声が答えた。

「天野さんっ。美咲！」

「おおーっ」

この声、ほんとにイヤになるくらい懐かしい。

「あのねっ、あのね。甲子園なんだよね？　天野さんは来れないけど、あのねっ」

せき込むように話す。

「おまえ、何してんの？」

「何って……仕事。今昼休みで」

「何してんだよー。こっち来いよ。早く来いよー。チケット買っといてやるよ」

何もかも放り出して、駆けつけたくなった。隣に宏太がいるかもしれないけど。絶対いるだろうけど。

大きなものを飲み下すように深呼吸して、横スタのイベントのことを話した。

「甲子園に行きたいけど行けなくて、こっち残ってるファンの人に、みんな教えてあげて。一人でもたくさん来て欲しいの」

一生懸命に頼んだ。天野さんは任せろと請け合ってくれた。全員送りこんでやるって。


その瞬間は、横スタの一塁内野席で、近藤家の次男のゆーちゃんを膝に乗せ、宮澤爺の手を握りしめながら、迎えた。宮澤爺が横スタに来るのは、「思い出せねえくらい昔、たぶん二十年ぶりくらい」だそうだ。リードされた序盤から、「俺がいると負ける」と何度も帰りたがるのを手を握って引き留めていた。

近藤家の長男タッチンは通路でずっと飛び跳ねていた。近藤夫妻も手を握り合っていた。花ちゃんはお店だ。テレビ観られてるといいな。ミンミさんとヒロムーさんは甲子園組。宏太も……。

涼子さんは、やはり甲子園の試合を大画面で流すクイーンズスクエアのイベントのほうに行ってた。横スタのオーロラビジョンの映像は、大阪のサンテレビとスポンサーの許可をとって流すもので、段取りがすごく大変だったと聞いた。おかげで、我らの横スタの中で、優勝をかけた甲子園の試合が観られる。

8回表、2－3でリードされた、ツーアウト満塁、低い球に食らいついた進藤の打球は一、二塁間を鋭く破った。ローズ、佐伯が次々とホームを踏んで、大きく両手を挙げる。ローズが万歳！　佐伯も万歳！　一塁ベース上、進藤は笑っていなかった。泣きそうというのとも違う、深い表情。

あ、優勝するんだ――その顔を見て、もうわかった。本当にわかった。

逆転し、1点リードした8回の裏から、佐々木がマウンドにあがる。勝ち越して、佐々木に任せる。いつものヨコハマの野球。一丸野球。8回は三者凡退。9回の裏は、先頭打者に二塁打を打たれたけど、そこから三振、また三振。三塁側のベンチから、選手たちが身を乗り出している。先発した斎藤がいる。三浦もいる。優勝の瞬間に、グラウンドに真っ先に飛び出すために、見たことがないような笑顔で身構えている。もうあと何分？　何秒？

打席は新庄だった。最後は空振りだった。優勝への最後のボール。落ちた。フォーク！　佐々木のフォーク！　三振！　ゲームセット。優勝！

佐々木と谷繁が、お互いに駆け寄って飛びついた。ベンチから選手たちが、ものすごい勢いで出てくる。抱き合ってる。みんなで、ひとかたまりになるみたいに抱き合ってる。

私は、ただ、観ていた。声も出せず、立ち上がりもしなかった。ゆーちゃんは、いつのまにか膝から降りて、タッチンと通路を走っていた。宮澤爺も私のようにじっと黙っていた。そして、ぽつりと言った。

「田代(たしろ)と遠藤(えんどう)がいるよ」

宮澤爺の視線の先は、オーロラビジョンの甲子園ではなく、横スタの同じスタンドで固く抱き合っている二人。

「大洋ホエールズの4番とエースだ」

それは私も知ってる。

「今は二軍のコーチだ」

宮澤爺は深く息をついた。

「なあ、美咲ちゃん、来てよかったよ。ありがとうな」

ありがとうと宮澤爺に言われて、何かが切れたように涙がこみあげてきた。

「一緒に優勝できたな。みんなで」

宮澤爺と近藤夫妻と四人で抱き合った。

オーロラビジョンには、甲子園の胴上げが映っている。権藤監督が高く宙に舞った。

10

横浜駅前の髙島屋やそごうの店先で、ベイスターズの球団歌が鳴り続け、中華街では優勝記念メニューや特別割引がぞくぞくと登場。花村さんの七龍に100円のランチメニューを食べに行こうとしたら大行列で入れなかった。あらゆるところで、優勝の文字が輝き、記念品の発売やセールの貼り紙が踊っている。

三十八年ぶりのリーグ優勝が、あまりに切実な夢で、その先の日本シリーズはおまけのように思っていた。日本一なんて贅沢（ぜいたく）、みたいな。でも、リーグ優勝が決まってから、気持ちが変わった。この優勝にケチをつけられたくない。最高の最高の輝きのまま、完全な輝きで、残したい。自分の中に。ファンのみんなの心に。この世の中に。

一試合でいいから球場で観たかった。天野さんから、「チケットは何とかする、いつがいいんだ？」と電話がかかってきたけど、断った。三十八年ぶり、もしかしたら一生に一度あるかないかの、これほどの時でも、やっぱり、宏太にはもう会えないと思った。天野さんが私を誘うくらいなら宏太は絶対に来るはずだ。

シーズン終盤でも無理だったチケットの電話がつながるとは思えなくて、横スタの窓口での販売の日に休みをとった。徹夜は親が許してくれなかったから、早朝に家を出て並び、やっとのことで買えたのは、第6戦のレフトスタンドの一席だけ。

1、2戦が横スタ、3、4、5戦が西武ドーム、6、7戦が横スタ。どちらかが4勝すれば終わりの日本シリーズ。6戦目があるかどうか……。
でも、もし、万一、試合がなくても、このチケットは、一生の宝物だ。横浜ベイスターズが、日本シリーズに進出した証だ。私は、チケットの入ったバッグを、ぎゅっと胸に抱きしめた。試合が始まるまで、ずっと、こうして持っていたい。

横浜の町が、優勝にうかれ騒ぐ中、涼子さんは、すごい仕事に取り掛かっていた。

「日本一になったら、パレードをやるのよ」

シリーズの始まる前日に、電話で教えてもらった。球団が希望して、リーグ優勝決定の前から地元の商工会等も含めて実行委員会が設立された。警備や道路の使用許可が必要だが、横浜は交通量が多くてむずかしく、警察との話し合いを進めている。役所っぽい実務的な話がばんばん出てくるけど、まず、私としては、パレードって何？　だった。

「ブラスバンドに演奏してもらって、お祭りのようににぎやかに町を行進することね」

涼子さんは説明してくれた。

「行進……。あ、選手が？」

私は叫んだ。

「町を？　え？　歩くの？」

場所は検討中。選手はバスに乗る予定だという。

「バス？　窓から顔出して？」

「違うの。オープンバスよ」

「何それ？」

「オープンカーってあるでしょ？　屋根のない車。ああいうバス。屋根のないバス」

「そんなのあるんだ？」

「ないのよっ」

涼子さんは叫んでから笑った。

「作ってるの。秘密よ。誰にも言ったらダメよ。極秘情報」

うっわ、めちゃめちゃ誰かに言いたい。こんなこと黙ってたら死にそう。宮澤爺にだけ、こっそり教えちゃおうか。ダメダメ。


日本シリーズは、第1戦から5戦まで、家のテレビで観た。家族全員で、こんなにヨコハマの試合を一緒に観るなんて、いまだになんだか信じられない。優勝って、本当に本当にすごいことだ。

初戦は雨で中止。スケジュールは、そこから一日ずつズレて、日曜、月曜が横スタで行われた。まず、地元で二つ勝った！

第1戦はシリーズ初打席の1番石井が、いきなりセーフティーバントを華麗に決めて、すぐに盗塁。鈴木のライト前タイムリーで先制。ものすごくヨコハマらしい攻撃だった。第2戦は、斎藤が3安打完封。右のエース斎藤が勢いに乗り、切り込み隊長の石井と勝負を決められる強打者鈴木が絶好調になったのが、短期決戦の中で大きかった。

西武ドームに移動し、水曜日はまた雨で中止。せっかく、いいスタートを切ったのに二日空いて、勢いがそがれて敵地の試合なのが、気がかりだった。心配的中で、第3戦と第4戦は負け、2勝2敗のタイに持ち込まれる。追いつかれたほうが気分的にイヤなものだけど、今年のヨコハマは、そんなチームじゃなかった。土曜日の第5戦目、中盤までに7点、8回に3点、9回に7点、計17点、マシンガン打線が大爆発した。日本シリーズの打撃の記録をあれこれ塗り替えての大勝。日本一に王手をかけて、横浜スタジアムへの凱旋となった。

月曜日、朝から仕事に集中できなかった。しっかり働かないとヨコハマが勝てないぞと自分を叱りながら、ずっとドキドキしていた。あと一つ勝てば日本一。でも、負けたらタイになって、明日の第7戦の勝ち負けで、すべてが決まる。リーグ連覇してきている西武は、本当に強いチームだ。隙なんか見せたら、簡単に食われるだろう。

勝ちたい。今年は六月からしか観ていないけど、去年より、ずっと勝ちたい。六月より七月が、七月より八月が、八月より九月が、九月より十月がもっと勝ちたくて、ここまで来てる。この勝ちたいという気持ちはファンの思いだけど、たぶん、選手たちから来ている。ヨコハマは、勝ちたくて勝ちたくて、勝とうとして、奇跡のように頑張って勝って、ここまで来た。あと一つだ！

仕事終わりと同時にダッシュして、お向かいの横スタに全力疾走した。もう開門していたけど、外野自由席の列には、大勢の人が並んでいた。やっと入場できて、センター寄りの後ろの席に座る。どこでもいい。入れて観れたら。座れたのはラッキーだけど。

すごい！　レフトスタンドも横浜ファンばっかりだね。キャップ、メガホン、ユニフォームやTシャツ、青、ヨコハマの青ばっかり。試合開始が近づいて席が埋まると、レフトスタンドのビジター応援席のわずかな一塊をのぞいて、ほぼ360度近く、横浜ファンなのがわかる。去年の九月もこんなふうだったけど、もっとすごい。

ホームだ。ホーム・スタジアムだ。私の居場所だ。いつもいつも、ずっとずっと、ここに来たいと、ここにいたいと思ってた。リーグ優勝もここで観た。日本一もきっと。

日本シリーズは、やはり、特別な試合だった。球場に来て、初めて、その異様な張り詰めた緊張感がわかった。

　ヨコハマの先発は川村だった。予告先発がわかった時に、正直、え？　って思った。昨年ルーキーで10勝した川村丈夫（たけお）は、今年の開幕投手に抜擢（ばってき）され、1安打完封という記録に残る快投を見せる。その勢いのまま前半は8勝。……という素晴らしいところを私はあまり観ていない。調子を崩して、一つも勝てなかった後半戦の印象が強かった。日本シリーズで先発があるとは思わなかった。

　耐えるピッチングだった。4回まではずっと得点圏にランナーを背負いながらもふんばって無失点。外野から観ていても、決して好調とは思えない川村の背中から、絞り出すような気迫や根性が伝わってくる。粘って、耐えているうちに調子が上がり、5、6、7回はあぶなげなくおさえた。一昨日20安打17得点の打線は、西武の先発の西口（にしぐち）から、6回までたったの1安打。0－0

でも、ずっと殴られっぱなしの気持ち。そのまま7回まで凍りついたような、両軍無得点のまま。もう、観ているだけでへとへとになった。野球を観てて、こんなに疲れたことはない。

幸せだった。好きなチームと共にいる喜びは、言葉では説明できないものだ。日本一の頂上決戦の場で、息もできないようなぎりぎりの空気を共有している。

携帯電話に何回か着信があったみたいだけど、出なかった。天野さんは、球場のどこかにいるだろう。きっと、宏太も。花村さんも、今日はお店が休みで、常連客の人と来ているはず。ミンミさんはダフ屋から買うと言ってたから、きっとどこかにいる。宮澤爺や近藤ファミリーは家だと思う。それとも、ガレージに集まってるかな？　涼子さんは、またクイーンズスクエアのイベントの仕事に行ってる。今日は甲子園じゃなくて、この横スタの試合を流している。

私は一枚だけチケットを手に入れて、一人で来たけど、一人ぼっちじゃない。一緒にいなくても、応援している人たちのことがよくわかる。そして、球場では、私の隣に、その隣に、ずっと隣に、たくさんのたくさんの仲間がいる。

8回表、川村が先にマウンドを降りた。この試合を、ここまでゼロでおさえた勇姿に、スタンドから大きな拍手が起こった。1アウト二塁のピンチで登板したのは、セットアッパーの阿波野。近鉄のエースだったスター投手はベテランになり、巨人を経て、横浜に来た。島田、五十嵐らと共に、佐々木の前を投げ、権藤監督の信頼は厚い。スタンドから湧き上がる拍手、歓声。そして祈り。セカンドゴロ、レフトフライ、二人の打者を危なげなく切ってとった。ガッツポーズ！

そして、その裏、試合が動いた。波留と鈴木を塁に置いて、駒田のバットが炸裂した。右中間の金網に当たる二塁打！　点が取れる雰囲気なんかなかった。そのくらい、今日の西口は隙のない好投をしていた。

でも、今年のヨコハマは、勝てそうもない試合を勝ってきた。一昨日のように打線が奇跡的な爆発をして。今日のように投手が耐えて耐えて守り抜いて。

マウンドに佐々木が立った時、スタジアムは揺れた。本当に揺れた。まだ2点差で、まだ、わからないけど、でも、私らは、佐々木が出てきたら、もう勝ったと思うんだ。

先頭打者の大塚のレフトフライを鈴木が取れなかった時、何が起きたのかわからなかった。球場中に金切声が響くのを初めて聞いた。私の大好きなタカノリは、最高のバットマンだけど、守備はあまり得意じゃない。「照明に入ったな」って、後ろで誰かおじさんが言っていた。三塁打になり、中嶋のサードゴロで1点入った。1点差。

生きた心地がしなかった。名手石井がエラーして佐々木が追いつかれた試合を観たっけ。あれから、私は横スタに戻ってきたんだった。石井が打って、取り返したから。今日も、そんな展開になるのかな。いや、このまま、どうか、このまま終わって。頼む、大魔神！

最後の打球は二塁へのゴロ。ローズ、石井、駒田とボールが渡る。ゲッツー。試合終了。勝利。

360度、球場のすべてのフェンスから紙テープが投げ込まれる。完全な円。色とりどりのたくさんのテープ。

ああ、きれいだ。きれいだ。きれいだ。

こんなにきれいなものは見たことがない。

欠けることがない、完全な輪となった、すべてが光のような幸せだった。


球場を出ても、外の道が、街が、どこまでも中のスタンドのようだった。車があちこちでクラクションを鳴らしまくっている。歓喜のファンファーレだと気づく。万歳してる人たち、飛び跳ねている人たち、抱き合っている人たち。私も踊るように歩いた。キャップを脱いで高く掲げて振る。目が合った人とハイタッチしたり、一緒に踊ったり。

海のほうに歩いていくと、汽笛が聞こえる。これも、歓喜のファンファーレ。山下公園にも、日本一を喜ぶ人たちがあふれていた。

一人で歩いていても、一人じゃない。街全体がスタジアムになってしまった。

携帯電話が何度も鳴る。天野さんから。花村さんから。涼子さんから。誰と会っても、どこに行っても、終わりがないようなお祝いができるだろう。でも、私は、どの電話にも出なかった。ただ、一人で歩きたかった。桜木町のほうに。横浜駅のほうに。一人なのに一緒に歩いている気がした。隣にいる。腕を組んで。笑いながら。

今日は、朝から、ずっと探していた。球場のどこかで、日本一を祝う町のどこかで、宏太の姿をちらっとでも見たくて。

この喜びを分かち合いたい人は、宏太しかいない。どうしても、宏太じゃなきゃダメだ。宏太に会いたい。会いたい。会えないのだから、一人でいる。

感動でまだ心も体も震えている。喜びのぶんだけ切なくて、切ないと思うと、見える物すべてが信じられない美しさに輝いて見えた。

11

黄色い襟。光沢のある紺のポリエステルの生地に、白で、Vと星とボールを組み合わせたモチーフと、「BayStars」のロゴ、「'98」「YOKOHAMA」「WE GOT THE FLAG!」の英数字がデザインされている。フリーサイズで、基本男性用なので、着てみると、かなり大きかった。そのスタッフジャンパーを着て、トランシーバーを手に、みなとみらい大通りの横浜銀行本店近くに立っている。

十一月三日。午前十一時過ぎ。秋の空はすっきりと晴れていた。横浜ベイスターズ日本一を祝うパレードが、もうじき始まるところだ。

赤レンガ倉庫で祝賀式を行い、監督や選手たちは十一時十五分までにパレードの始点のパシフィコ横浜に移動する。三十分にスタートし、けやき通り、みなとみらい大通り、桜木町駅、大江(おおえ)橋(ばし)、尾上町(おのえちょう)、市庁舎前を通り、ゴールが横浜スタジアムというコースだった。

この道を通行止めにして、警備をしくのは、想像を絶する困難だったらしい。涼子さんは、パレードのボランティア関係を主に担当していた。市職員の募集は、日本一が決まった十月二十六日開始で、締め切りが二十八日の午後一時。教育委員会、総務局、港湾局、西区、中区などにFAXを送って動員をかけた。短い募集期間なのに、定員百人の枠に百五十九人が集まった。私はその一人だ。たまたま、関係部署の中区勤務だったから、応募できた。

実際に、女性の警備ボランティアは少なかったと思う。こうして、スタッフジャンパーを着て沿道に立っていても、何かあった時に、騒ぎを静める役に立てるのかわからない。予定より多めに集まったから、オマケで入れてもらったようなものだ。でも、もし、何かあった時には、死んでもいいから選手やスタッフを守ろうと勝手な決意をしていた。

本当は、普通にファンとして見たほうがいい。沿道の人々を見張るから、パレードには背を向けることになる。近くにはいても、よくは見られない。でも、募集のFAX用紙を見た時、やりたいって強烈な気持ちが込み上げてきた。

涼子さんが進めてきた優勝パレードの仕事に関われるチャンスだった。中区役所で働いているからこそ参加できる。もう運命みたいに感じた。

いつか、本当にスポーツ課で働きたい。大きすぎる夢だけど追いかけたい。二部の大学に合格して、仕事ときっちり両立させる。受験のためだけじゃなくて、英語を勉強する。窓口に来る外国人のお客さんに、しっかり対応できるようになりたい。

窓口業務は、まだまだ怒られてばっかりだけど、自分で気づいたことがいくつかある。まず、任されて仕事をしている以上、新人で経験や知識がないという雰囲気を見せたらダメだ。その場で自分でできる限りの対応をして、どうしてもわからない時は迅速(じんそく)に先輩に聞くか代わってもらう。できることとできないことを自分でよく理解していれば、誠実でしっかりとした態度でいられるはず。それから、怒っているお客さんの言葉を遮ったり、反論したりしないこと。それをやって、相手の怒りが少しでも静まったことは一度もない。どんな馬鹿な無理な話でも、とにかく最後までしっかり聞くこと。受け入れること。ちゃんと聞いてもらっているとわかると、相手の顔つきが変わってくる。

　毎日、たくさんの色々な人に対面して、一つの手続きが終わると、その都度、よしっと思う。一つひとつこなしていくことに充実感がある。必要とされているって思える。

　区役所の仕事の服装に規定はなく、私服でも良かったけど、私は支給された事務服を着ていた。ハンコで腕が汚れるし、お洒落する場所じゃないし。

　一年前は、女子高生で、制服ばかり着ていて、自分たちの価値観が世界を制圧しているような気分でいたんだよな。ファッション、音楽、言葉——女子高生は色んな流行を作り出し、先端を行き、ダサいものすべてを見下ろして厚底ブーツで踏んづける。なんであんなに無敵だったんだろう。根拠もなくエラくて、ひたすら楽しかった。あの頃の私が、今の事務服姿の私を見たら、ダサッと笑うだろう。笑え、笑え。置き去りにした何かは、たった一年で、もう遠くて、ぜんぜん手が届かない。なつかしいけど、もう手を伸ばそうとは思わない。

　こんな私を村上さんは褒めてくれた。仕事をする仲間として。その感謝をいつかきちんと伝えて、教えてもらったことの恩返しをしたい。

道には、どんどん人が増え続けていた。制服姿の警察官が四方に目を配りながら、ぞろぞろ歩いている。神奈川県警から七百人が動員されている。沿道では、早くも、大小のフラッグがたくさん振られていた。今か今かと待つ人たちの期待と興奮のエネルギーがどんどんふくらんでいくのがわかる。

十一時半になり、花火が打ち上げられた。

昼間の青空で見えなかったけど、音は聞こえた。始まった！　大歓声が起こる。パレードの隊列が、ここまで来るには、二十分くらいかかる予定だ。

何かおかしな動きがあったら、すぐにトランシーバーで連絡するようにと言われている。目の届くところの人を見回したけど、みんな、ただ、ただ、胸を高鳴らせて待っている。みんなの心臓の鼓動の速いリズムが聞こえてくるようだ。キャップ、ジャケット、ユニフォーム、ホッシーパンチ、メガホン、球場で見なれたものたちが目につくけど、普通の服で何も持っていない人も多い。野球を観ないような人も来ているのかもしれない。でも、どの顔も嬉しそうだ。横浜の町の横浜のチームの日本一をお祝いする、なんてたくさんの人たち！

ブラスバンドの大太鼓の音が響いてきた。横浜市消防局の音楽隊だ。十月八日の横スタでも、甲子園に行っている応援団の代わりに、鳴り物の応援を頑張ってくれていた。小太鼓のリズミカルに刻む音。

来た！　先頭は、機動隊と広報車だ。沿道の人たちに注意を呼び掛けるアナウンスが広報車の拡声器から流れる。一瞬、振り向いて見てしまってから、沿道の人たちに目を走らせた。歓声。

悲鳴。天に突き上げた腕。揺れるフラッグ。
　ブラスバンドの音楽がはっきり聞こえる。隊列の外側を警備する警察官の人たちが、通ってい
く。
「権藤さーん！」
「ありがとう！」
「大ちゃーん」
　白いブレザーのブラスバンドの隊列。
　球団旗を持つマスコットガールたち。
　ペナントを運ぶチアリーダーたち。
　白いオープンカーに乗った権藤監督、山下ヘッドコーチ。
　体は観衆に向けたまま、首をねじって見てしまった。監督やコーチの名前を呼ぶ声、ありがと
う、おめでとうと叫ぶ声。全身と胸いっぱいの声で喜んでいる人々は、前のほうに押したりはし
なかった。みんな、自分たちの居場所をわかっていた。
　コーチたちに続いて、ホッシーファミリーもオープンカーに乗ってくる。中継車両をはさん
で、そして、ああ、選手たちが乗るオープンバスが来た！　来た！　来た！
　沿道から紙テープがたくさん投げられる。選手たちは、バスの縁から身を乗り出して、ファン
に手を振った。紙テープをまとめて投げ返したり。ファンの差し出す手にバスの上から触れても
いた。

みんな、みんな、いる。あの勇士たちが、みんな、いる。

「タカシー！」

「タカノリー！」

「タクローさーん！」

「ミウラー！」

「サエキー！」

「ノムラさーん！」

「ありがとう！」

「ありがとう！」

「おめでとう！」

鈴木尚典が投げ返した黄色いテープの行方を思わず、私は目で追ってしまった。

ぜんぜん警備しなかった。必要なかったけど。観衆の皆さんはみんな、行儀が良くてちゃんとしてたから。すごい近くで、見てしまったよ。


パレードの列は、ゆっくり進んでいたのに、通り過ぎるのは、一瞬のように思えた。沿道の人たちは、まだ高揚した顔のまま、じわじわ動き始めていた。

これから、パレードの終点に向かう最後の場所、尾上町交差点から横浜スタジアムの間で、涼子さんたちが用意したイベントがある。横浜市長がヤンキースの優勝パレードのようにしたいと、紙吹雪を降らせることを企画したのだ。

道沿いのビルに入っている色々な会社を訪問して直接頼み込んで、紙吹雪を作り、撒いてもらうことになった。多くの人たちが、喜んで協力してくれるらしい。予算も時間もなかった、このパレードは、厚意で無償で働いてくれるたくさんの人たちの力が頼みだったと涼子さんは熱く語っていた。

紙吹雪が一番美しく、ひらひらと舞い落ちるのには、ふさわしい大きさがある。サッカー日本代表やJリーグを応援する人たちが、そのサイズをよく知っていた。小さすぎては落ちてこない。大きすぎてはきれいに見えない。ジャストサイズは私が思ったより、はるかに大きくて、お札くらいだという。新聞紙やチラシなど手持ちの紙をたくさんたくさん切って、ビルの上階の企業の人たちは準備してくれている。それがパレードの上に、いっせいにひらひらと舞い落ちる光景を見たかった。

減っていく沿道の人たちを眺めながら、もう紙吹雪が舞っているかなと思う。

少しぼんやりしていた。

私の肩をかすめて後ろから通り過ぎた人。お腹のあたりに触れられた。何？　通りを越えて全力で走り去っていく後ろ姿。

なんで？　なんで、ここにいるの？　ツバを後ろにしてかぶっているキャップはヨコハマの、三ツ星、初代の……。

あまりに驚いて、体がかたまっていた。追いかけようとした時には、もう宏太の姿は見えなかった。

12

見間違いかな？　気のせいかな？　家に帰ってから何度も思った。会わなくなってから、ずっと、街で、球場で、宏太を探していた。いつのまにか、勝手に、目が、心が、求めてしまう――あのシルエット、無造作にのばした髪、細い体、特に足が細くて、私より細いかもしれなくてイヤ。ダルそうな時と、うるさく騒いでる時の、どっちかしかないようなテンション。首を傾げたり、指さしたり、しゃがんだり、そんなちょっとした身振りの一つひとつが目立つ。カッコイイって言われるのは、顔立ちじゃなくて、身のこなしのせい。それと服の着こなし。

私が宏太を誰かと見間違うことはない。でも、宏太の幻を見たのかもしれない。宏太のことを、考えないように考えないように、せいいっぱいの努力をしてた。でも、どんなに頑張っても、私の目は宏太を探すことをやめない。

部屋で、まだ着たままのスタッフジャンパーをのろのろと脱ごうとして、あれ？　と思った。ポケットに手を入れる。冷たい金属の手触り。感電したように身がすくんで震えて固まる。しばらく、取り出さずに握りしめる。

チェーンとペンダントトップ。触っただけでわかる。シルバー？　宏太が創ったもの？

ポケットから出すのが怖かった。それが何であっても怖い。がっかりするのも、喜ぶのも、全部つらい。やっと決心して取り出して手を広げた。

「タカノリ」

私は目を見開いた。

大きめのチェーンにつながれた五センチほどの長さのペンダントトップのモチーフは、左打者。右足をぐっと踏み込み、左肩から左膝まで斜めに一直線、体のすべての力がしなやかに強くバットに乗っていく。左手を伸ばした大きなフォロースルー。このバットの美しい軌道は、ファンの胸を希望と幸せでいっぱいにする。

鋭い打球音が聞こえた。大きな当たりだ。右中間を抜けてフェンスに当たる。二塁打。タクローが、波留が、ホームに還ってくる。タクローは軽やかに駆け抜け、波留は猛然と滑り込んでくる。セーフ。セーフ。タカノリはセカンドベースでガッツポーズ。ものすごい歓声。横スタが揺れる。頭がくらくらした。

ペンダントトップは、磨きぬかれた、燻(いぶ)しのないシルバー。バットとヘルメット、縦縞のホームユニ、ざっくり彫られた7の背番号。どこまでもシンプルで、でも、一目でわかるタカノリの打席での姿だった。

宏太は、どのくらいの時間をかけて、これを作ったんだろう。何回作り直したんだろう。技術的なことは私にはわからない。わかるのは宏太らしいってことだけ。

駅まで走って電車に乗って駅から走って、ここに来てしまったけど、来て、どうするんだ？

一年ぶりくらいかな。天野さんの家の庭の木戸は今も鍵がかかっていなかった。庭に入り、ガレージの前に立つ。ガレージの扉は閉まっていて、青い星のシールで埋め尽くされていた。私は思わず星を数えてしまった。七十九……あるよね？　なかったら優勝が嘘だったみたいな気持ちになり、必死に数える。青の星が確かに七十九。そして、同じ色の少し大きな青の星が四つ。リーグとシリーズの勝ち星。

あたりに人の気配はなかった。ガレージ、庭、母屋（おもや）からも物音は聞こえてこない。少しためらってからガレージの扉を開いた。やはり、誰もいない。中はあまり変わっていないように見えた。家具の配置も同じ。木の床に散らばってる青、白、黄色のクッション、壁際の棚の上にはメガホンやホッシーパンチ、テーブルの上にベイスターズのファンマガジンが三冊、灰皿には吸い殻が山もり、誰かの灰色のカーディガンが椅子の上で丸まっている。ガレージの基準からすると、これはかなり片付いているほうだった。

私はソファーに座って、ついていないテレビ画面をぼんやり眺めた。首につけたペンダントを指先で触り、触れたら減るような気がしてあわてて手を離す。

人がいた名残があるのに、もう長いこと誰もいなかった気がする。ここにみんなが集まって熱狂的な応援をしていたなんて、まるで嘘のよう、ぜんぶ夢のよう。

静かだ。十一月の午後の時間がゆっくり過ぎていく。どこにもつながっていないような時間。ここは、どこからも行き来できない場所。なぜか、時の狭間に取り残されたような恐怖を感じて、私は立ち上がった。

庭に面した母屋のリビングのガラス戸は開かなかった。レースのカーテンの隙間から見える薄暗い室内に動くものはない。私は一度庭の木戸から外に出た。天野さんの家の正面にまわり、入口のドアに手をかけた。裏口と違い、店に続くこのドアは施錠されていることが多い。ドアチャイムはあるものの、天野さんはめったに応えてくれない。

私は、もう、ここに出入りできる人じゃない。日本一になった日に、天野さんが三回も電話くれたのに出なかった。

何をしに来たのかな？

宏太に会いたいなら、宏太の家に行けばいい。ペンダントのお礼が言いたいなら、宏太の家に電話すればいい。

ここでなら会ってもいいって思った？

私は重い木の扉をぐいと手前に引いた。開くわけないし。あ、開いた。

入るのに、すごく勇気がいった。相変わらず、暗い店内だった。ショーケースに、天野さんの怪物たちが、ちゃんと鎮座している。久しぶり。君らは、ずっと、ここにいたの？　前に見たコたちじゃないの？　あのコらは売られていったの？　君らは新しく作られたの？

店の奥でカタリと音がした。レジカウンターの前で立ち上がった人。絶対に見間違えないシルエット。薄暗がりで、お互いに、ただ、相手を見ていた。何も言わず、動きもせず。

永遠に思われるくらいの時間のあと、

「ありがとう」

やっとのことで言葉を絞り出した。ペンダントトップを指でつまみあげて。暗い店内、宏太のところから見えたかどうか。

「警備員なんて」

宏太はそう言って笑った。

「美咲が」

やっぱり、宏太だった。わかってるけど。今更だけど。やっぱり。

「なんで知ってんの？」

私は尋ねた。

「花村ちゃんが」

宏太は答えた。

「俺さあ、もう昼前から行って、ずーっと探してたの。パシフィコからスタジアムまでさ。ぜんぜん見つかんねーし。人、来すぎだろー」

「なんで……？」

なんで、わざわざ、あのパレードの混雑の中で私を探したのか。

「見つけたら。もし、見つかったら、渡そうって」

宏太は答えた。

「誕生日プレゼント、あげてなかったじゃん」

ああ、シルバー作ってて、直したいから、もう少し待ってって言ってたっけ。去年の話よね。

「もう今年の誕生日過ぎてるよ」

「一年遅れ」

宏太は言った。

「今年のにしといて。あ、二年ぶん」

二年ぶんって言われて、なんだか過ぎた時の重さがずっしりのしかかってきた。

「本当にありがとう」

私はまたお礼を言った。

「一生ぶん、くらい、嬉しかった」

宏太が笑ったのがわかった。よく見えないけど、照れたような口を大きく広げる独特の笑い方だ。

私が一歩も動けずにいるので、宏太のほうが、近寄ってきた。

「職場行くのも、家に送るのも、なんかちげーなって。球場で会えねえかなって、ずっと探してた。来てたよな？」

手を伸ばせば届くところまで来て、そう言った。

「行ったよ。夏からね」

私はうなずいた。

「七月十四日」

最初に横スタに行った日を口にすると、

「タクローの！」

宏太は叫んだ。

「お立ち台でっ」

私もつられて叫んだ。

「十五日も」

「佐伯の打ち直し！」

「波留のサヨナラ！」

それから、二人とも止まらなくなった。それぞれが横浜スタジアムに行った日のこと、宏太がビジターに遠征した試合のこと。

「戸叶が8回ゼロでおさえて！」

「巨人戦、すっげー強い！」

「ヒゲ魔神の、あの三者三振！」

「ガッツポーズ！」

五十嵐のたけだけしいガッツポーズと雄叫(おたけ)びを私がやると、宏太は腕をつきだしてキャッチャーのサインをのぞきこみ、返球を前に出てわしっとつかみとる、という真似をした。

二人で笑った。笑って、笑って、笑って、止まらなくなった。私は立っていられなくなって、しゃがみこんでしまった。それでも、まだ笑い続けた。宏太も膝を折ってしゃがみ、おでこで私の額を小突いた。

「俺、紙テープ投げたよ。美咲は?」

日本一の日のことだ。

「投げてない。でも、見たよ。ずーっと、ずーっと、まあるく、ぜーんぶヨコハマファンが。紙テープも大きな丸い大きな大きな輪の……」

うまく言えない。あの完璧なきれいさを。

何とかもっと言葉にしようとする。宏太の顔が近すぎるところにあって、つたない言葉のカケラもみんな消えてしまう。

ただ、見ていた。何も言わず、お互いに触れず。

本当に、全部、消える――言葉も声も、天野さんのお店も、外の世界も、何もかも。私に唯一見えている宏太も、夢の中の人のようだった。こんな夢を何度も見た。宏太がそこにいる夢。

13

宏太は、専門学校をやめていた。やめたと聞いた瞬間、ダメじゃんって思ったけど、「天野さんがうるさくて」という意外な話だった。「やってることとか、先生にケチつけまくりで。そんなら聞くなって話だけど、すげー聞いてくるし。それで、俺が教えるって言い出して」

ビックリした。天野さんは、友達や知り合いが多いけど、自分の仕事の「創る」というところには、絶対に近寄らせない。宏太をどんなに気に入ってかわいがっていても、たまにアドバイスくらいくれても、弟子のように教えるなんて考えられなかった。どこまで本気なんだろうって心配になって、「ちゃんと教えてもらってる？」って聞くと、まじめな顔でうんとうなずいた。

いい顔だった。

よかった。大丈夫だ。宏太もそうだけど、なんだか自分まで大丈夫、これで生きていけるって思えた。

「おまえが、だっせーカッコで窓口にいるの見たよ」

宏太は言った。

「見たくて見に行ったの。クソだっせーなって。あの美咲ちゃんが」

あの美咲？　宏太の中の私って、どんなコなんだろう。

「すげーいい顔してた」

宏太は続けた。

いい顔？　私も？

「キリッとしてた。美咲っぽかった」

「どっちだよ？　私っぽいの、ぽくないの？」

「両方」

宏太は答えた。

「でさ、俺も働こうって思った。影響されやすいから」

アルバイトじゃなくて就職するつもりだと宏太は話した。

「何ができるのかよくわかんねえけど、美咲みたいにちゃんとしてたら、俺、一生、シルバー創ってられるかなって思ったんだ」

ちゃんと……。「ちゃんと」って言われて、ドキリとした。私が宏太に求めていたこと。自分でもよくわかってないくせに強く要求していたこと。

「シルバー創るの、やめないように。やめたくないから」

でも、天野さんに教わってると、やめたくなるんだと宏太は言った。

「教えるのヘタで、すぐキレるし、天才すぎてイヤになる。人ができないってのわかんないし、言ってることもわかんねえし」

「最初で最後の弟子かな」

と私は言った。

「やめろ」

と宏太は顔をしかめた。

サヨナラとも、またねとも言わずに別れた。

宏太の今と夢を聞き、私も話した。二人とも少しだけしっかりしたかもしれない。

宏太の夢は、まだ固まっていないシャーベットのように、もろく、流れてしまいそうで、甘く、きれいだった。私の夢への道は、前よりもっと自由時間がなかった。

どんな約束もできなかった。

それから、毎日、ずっと嬉しくて、悲しい。この気持ちがいつまでも続くなら、やっぱり生きていくのは、つらい。

「優勝パレードの時のオープンバス、見たい？」

涼子さんからのお誘いがあった時に、真っ先に宏太を思い浮かべた。

パレードの日に宏太と会ったから。宏太も見たいはず。というより、いつも、どこかで宏太のことを考えている。

もう一度会えるかもしれない。

もう一度会ってどうするんだろうって、正しい疑問を二日かけて押しつぶして、宏太の家に電話をした。

十一月末、涼子さんが平日の休みをとれる日に、私も半休がもらえた。

磯子駅の改札に、宏太は、私たちより先に来て立っていた。日差しも強くないのに、まぶしそうに目を細めている。どこを見るともなく、ゆるやかに視線をずらしながら。宏太は、ぼんやりした感じの時でも、どこかで神経が張り詰めたように見える。

「あなたたち、ファンの人たちって、いつも、その帽子なのね」

私が宏太を紹介すると、涼子さんはそう言ってニコニコした。

「宏太は、みんながかぶってない頃から、そのキャップ」

と私は言った。

「これは、美咲にもらって」

宏太は、今日は普通にかぶっている帽子のツバをちょっと下に引いて笑った。私は何も言わずに帽子のツバに手をかけた。サイン交換をするピッチャーみたい。

大事だな。

帽子。

心臓の鼓動が速くなった。この思いを、どうしたらいいんだろう。

横浜市交通局の磯子営業所に向かって歩き始める。

ベイスターズの名誉応援団長の市長が、夏に海外出張でサッカーチームのパレードを見て、ヨコハマが優勝したら、あんなのをやりたいって言いだしたのが始まりだった、と道すがら涼子さんは話してくれた。

「オープンバスは日本になくて、製造したらものすごいお金がかかるのね。それで、交通局に市バスを改造できないかって打診して」

「え？　市バス？　町を走ってるヤツ？」

宏太は驚いたように聞き返した。

市営バスは十二年くらいで寿命がくるので、廃車予定の車両がいくつかあった。一度しか使わないし、走る距離は短いので、大丈夫だろうということで、エンジンの調子が一番よさそうな一台を使った。腕のいい整備士が磯子営業所から一人、滝頭（たきがしら）営業所から一人、選任されて作業の中心となった。そんな話をしながら、

「この二人は、技術者として本当に腕がよくて、〝神〟って呼ばれていたんですって」

と涼子さんは言った。
「神……」
宏太はつぶやいた。
「その人に、話を聞けると思うのよ」
と涼子さんは言った。

市バスがたくさん停められている駐車スペースの脇を通り、営業所の建物に入る。ここには、所長、副所長、整備士、乗務員、車両係員、嘱託など、二百名近くが在籍しているという。涼子さんが所長のところに挨拶に行っている間、私と宏太は、乗務員の休憩所の外で待っていた。テレビやソファーや仮眠するスペースなどがあり、制服姿の人たちが思い思いに体を休めていた。

廊下の壁の張り紙やスケジュール表、事務室の雰囲気などは、役所で働く私には、どこかなじみ深いものに感じられた。

涼子さんが戻ってきた時、作業服を着た、眼鏡の似合うシャープな顔つきの四十代くらいの男性と一緒だった。薄いグレーのシャツ、濃いグレーのズボン、ズボンと同色のキャップ。車両整備の仕事をしていて、パレードのバスを中心になって作った……と涼子さんの紹介を聞いて、神だ！　と思った。

廊下を進み、一度外に出て、排水溝のある細いアスファルトの通路を越えて、重そうな鉄の扉が開かれている違う建物に入る。広いスペースだった。右手がさっきのバスの駐車場に面している。格納庫と呼ばれているらしく、主な用途は、バスの点検、整備、修理など。壁も床も天井もがっしりした灰色のコンクリートで造られている。

その格納庫の端に、目に鮮やかな青と白のオープンバスが停まっていた。

「うわ！」

私と宏太は見つけたとたんに叫んだ。宏太は、案内者を追い越して、バスのそばまでダッシュした。逆に、私は足を止めて、遠くからオープンバスを眺めた。

本当は見てはいけない警備中、思わず目を奪われてしまった優勝パレードの隊列。選手ばかり見ていたけど、この何ともヨコハマらしい、お洒落で親しみ深い、オープンバスの記憶ははっきりとあった。

こうしてじっくり眺めると、確かに市バスを切って作ったことがよくわかる形だった。前面ガラス、運転席、ドアのある前面は屋根つきで、そのまま残されている。乗車席のところが、屋根から上半分なくなっている。

「はじめは、やっぱり、バスの強度が弱くなるから構造的に難しいだろうって思ったね」

神こと根岸(ねぎし)さんは語った。

「前例も見本もないしね。自分たちで考えてやるしかない。時間がなかったから、とにかく、まず、切っちゃえってね」

「どうやって切ったんですか？」

宏太が尋ねた。

ガラスを外し、電気整備担当の職員に頼んで配線をとって、天井に入っている断熱材を抜いたと、根岸さんは説明する。

「断熱材ってガラス繊維だからチクチクして痛かったよ」

車体を丸ノコで手作業で切っていったというくだりは、私には想像もできなかったけど、宏太は何度もうなずいて「すっげー」と繰り返した。

根岸さんと、滝頭営業所の金子さんは、バス製作中は、他の業務はせずに、朝から晩まで作業を続けた。二人の他に二十四、五人の整備士が手の空いている時に入れ代わり立ち代わり来て手伝ってくれた。

九月二十一日に製作を開始し、ほぼ一ヵ月で、本体の製作はおおむね完了となった。まだ、リーグ優勝も決まらないうちに始めたこともあり、製作は極秘だった。格納庫の奥に、目隠しのブルーシートを張り巡らせたスペースを作り、箝口令をしいて、作業した。営業所の運転手たちも、その謎の青い覆いの中で何が行われていたか、知らなかったという。

「面白かったよ」

根岸さんは言った。

「なんとかして作ってやろうって思ったね」

口調は淡々としてるけど、技術者としてのプライドと心意気が伝わってくる。

「最初っから、イメージあったんですか？　この形。完成形。完成のプランが」

宏太は聞いた。

「まず、やれること、必要なことから進めていったね。不安点も問題点もあって、その都度、考えて工夫してクリアして」

根岸さんは答えた。

バスの上部を切ったことで、エンジンの空気の取り入れ口がなくなってしまい、営業所の隅にある廃材置場から接続ホースのサイズにあった廃材を見つけて自前で製作した。車体を切ったことにより、バスの強度が弱くなり、エンジンを積んだ後部が下がって、非常口部分がひろがり出してしまったので、非常口部分に鋼材を補強固定し、エンジンそのものを上にあげる工夫をした。

そんな話の途中で、宏太が何度も細かい質問をするので、根岸さんに詳しいねと不思議がられた。出身の工業高校のことを話すと、知り合いがたくさんいるらしく、二人で盛り上がっていた。

使った廃材や作業用具も見せてもらった。

格納庫の壁際には、プレハブの物置がいくつかと、青や赤のドラム缶、金属パイプの棚などが並んでいる。奥のほうは資材置き場のようで、四角や丸の長い鉄材、缶に入った太い金属チェーン、そしてバスの格納庫らしく巨大なタイヤが山積みになっている。棚には、大きなプラケースに入った未開封のタイヤチェーンもたくさん積んであった。

こういう作業場の実務的でダイナミックでどこか荒涼とした雰囲気は、私の知らない世界で刺激的だった。逆に、宏太には馴染みがあるようで、野球場で応援する時とはまた違うエネルギーに満ちて生き生きとしていた。目につく物のあれこれで、根岸さんを質問攻めにする。その話があまりに専門的になったので、私と涼子さんは聞くのをやめて、オープンバスのところに戻ってきた。宏太が、パレードのバスそのものより、製作過程やその素材、道具のほうに惹かれていることが、驚きだったし、納得もした。

宏太は、物を作る人だ。

シルバーだけじゃなくて、自分の手で道具を使って物を作るのが本当に好きなんだな。その新しい発見のような再確認が、すごく嬉しかった。


バスの行き先表示には、NIPPON CHAMPIONSの英字。前面ガラスの下、二つのライトの間にあるVや球団ロゴなどの白い丸いモチーフは、私のスタッフジャンパーと同じものだった。そのモチーフを見ていると、私も優勝パレードの一部になれた気がして、じわじわと喜びが湧き上がってきた。

バスの後ろには、帽子をかぶった笑顔のホッシー。後部の横手には、交通局のキャラクターのはまりんが描かれている。

「ラッピングは一日でやったんだよ」

私たちのところに戻ってきた根岸さんが、そう言った。バス本体を作り終わり、その上に、ベイスターズブルーとホワイトの着色をし、優勝にまつわる色々な英字、ロゴ、モチーフ、キャラクターを貼り付けた。ラッピングを担当したベイスターズのデザイナーが、はまりんを入れるのをすごく嫌がったと根岸さんは笑って話した。

「でも、交通局としては、そこは譲れないってことでね」

この十月に誕生したばかりのキャラクターのはまりんが、ホッシーと一緒にバスを守ってくれているみたいで、私はほのぼのとした気持ちになった。

「十一月一日にラッピングをして、二日に選手たちが全員乗った体重合計ぶんの重りを載せて、試運転したんだ」

根岸さんは、外の駐車スペースのほうを指さし、あそこをぐるぐるまわったと言った。

「袋入りのチェーンをどっさり積んで。心配だったね。ちゃんと走れるか。何度も何度も走らせたよ」

試運転は問題がなかった。そして、翌日の三日が、もうパレードの当日だった。本当にぎりぎりだったんだなと驚いた。

「リーグ優勝より前から、やってたんですよね。無駄になるかもって思ったことなかったですか？」

私は気になって聞いてみた。そこまで楽々と優勝できたわけじゃなかった。

「マジックが消えた時は、ちょっと心配になったね。でも、なぜかね、このバスが走れないって思ったことは一度もなかったんだ」

根岸さんはゆっくりとそう答えた。

「作業していた人は、ヨコハマファンの人も他のファンの人もいたけど、でも、みんな、応援してたよ。優勝を信じてた」

「今年は、町がもうみんな、そんなふうでしたね」

涼子さんが、ため息をつくように、しみじみと言った。

「三十八年ぶりの優勝って、本当にすごいことだと思いました。地元意識の希薄な横浜が、あんなに結束して盛り上がるなんて」

地元意識か……。横浜市で生まれ育ったけど、まんなかへんじゃない。横浜駅近くで遊んでたけど、それがカッコよかったりしない。横浜ベイスターズを本気で応援したのは、この二年だけ。それでも、私は、横浜の子で、ここが好きで、ずっと住んでいたい。横浜市の職員として働いていきたい。

「美咲」

涼子さんが私の名前を呼んで、手を差し出した。手のひらに乗っているのは銀色の……。

「鍵？」

「これ、ちょっとだけ借りてきたの。このバスの鍵よ。運転席で使う鍵」

五センチほどの銀色のシンプルな鍵だった。指でつまみあげると、小さいわりに重い気がした。左手に乗せて、よくよく眺めた。ヘッドの中央にＵＤの字が浮き彫りにされている。

この鍵を差して、パレードのオープンバスが動いたんだ。運転手の人は、どんな思いで、この鍵をまわしたのかな？　私は長い間眺めてから、鍵を宏太に渡した。

宏太は、作り方でも調べるように、何度も裏返して隅々まで見ていた。次に、目を閉じて拳を握った。感触を確かめているのか、何かを想像してるのか……。

目を開くと、私のほうを見て笑った。

鍵を親指と人差し指ではさみ、目の高さに掲げる。そして、手を下ろし、見えない運転席の鍵穴に差し込むようにして、また私の顔を見た。手をひねって、鍵がまわる。

「聞こえる？」

宏太は聞いた。

私は黙ってうなずいた。

エンジン始動。バスの大きなエンジンの音。その響きが聞こえ、振動がブルブルと体に伝わる。発車する。ゆっくりとバスが走る。パレードの行く沿道から降り注ぐ割れんばかりの祝福の声、歓声、悲鳴。

宏太は、空いている左手で、私の手を取って握った。

「見える？」

今度は、私が聞いた。

宏太はうなずいた。

オープンバスから身を乗り出して、ファンの人とタッチしている選手たち。

ああ、横浜スタジアムも見える。

パレードのゴール。私たちの横浜スタジアム。３６０度からの色とりどりの紙テープ。

別々に応援した今年。
一緒に観ていた去年。
そして、来年。
ヨコハマは、来年、どんな戦いをするのかな？　私たちは、どんな応援を……。
未来は見えなかった。色も形も。
それは、まだ透明で、ただただ、なーんもない。なーんもない。
私たちは握り合った手に力をこめた。同時に。ぎゅっと。強く。優しく。

ストラックアウト

ストラックアウト

忘れられない大切な記憶がある。

三振の記憶だ。

マウンドで三振を取ったのではなく、バッターボックスで三振を喫したのでもなく、二十年くらい前、ガキの頃、野球場のバックネット裏から見た、三者三振の記憶だ。

1

横浜の山手町（やまてちょう）の高台にある保坂（ほさか）邸は、築二十五年ほどの４ＬＤＫの二階屋だ。クラシックなレンガ壁、アーチ形の窓、四季とりどりの花であふれた庭——絵本に出てくる外国の家みたいにかわいいお宅だ。

仕事で始終来るので、すべての部屋、屋根の上の様子まで熟知している。地デジのアンテナを取りつけ、エアコンを各部屋に増設し、浴室に暖房乾燥機、トイレにウォシュレットを入れ、代々のテレビや冷蔵庫や洗濯機を記憶している——正確に言うと、全部知っているのは親父で、俺は初代家電についてはわからない。

保坂夫人から預かった鍵を開けて、暗い室内に入り、玄関、ダイニング、リビングと電燈をつけていく。玄関や廊下は天井に直接埋め込む小型のダウンライト、ダイニングとリビングは大型のシーリングライト、台所の流しの前は蛍光灯と、電燈も色々使い分けられている。明かりをつけていくうちに、大晦日の年中行事を思いだす。二十年以上続いている習慣だが、ウチ――小南電機は、保坂邸のすべての電球を交換にうかがうことになっている。ご主人が、電球が一つずつぽつぽつ切れることが嫌いで、新年を迎える前に一斉に新しくするのだ。長くもつＬＥＤ電球をお勧めしてみたが、光り方が嫌いだと断られた。


誰もいない。俺しかいない。保坂夫妻が長めの旅行に行く時に、植木の水やり、庭の手入れを頼まれることがある。鍵を預かり、留守宅に入るのは初めてじゃないが、夜に来たことはない。もちろん、仕事以外で来ることはない。

リビングのソファーセットの脇に立ち、座ろうとしてためらう。二階のどこかからきしむような音が聞こえてきて、ビクッとする。いかん、いかん、俺は本当に小心者だ。そうだ、テレビを見よう。これから、好きな時に好きなだけ好きなものが見られる。そのために、ここに来たようなものじゃないか。

大理石の天板のリビングテーブルに置かれた籐の籠からリモコンを取りだし、テレビのスイッチを入れた。

日立のUT800シリーズ、47V型、HDD内蔵ハイビジョン八倍録画。ウチの32型に比べると、巨大だ。画面デカい。液晶キレイ。

CS放送のTBSニュースバードにチャンネルを合わせる。

おお、相模原球場。そうだったな、今日は、横浜スタジアムじゃなかった。

阿斗里が投げてる。対戦相手は日本ハムファイターズ。7回表で、3－9。うーん、負けてる。阿斗里は何人目の投手かな？

横浜ベイスターズは、現在、4連敗中だった。それは、特に珍しいことじゃない。一昨年が94敗、去年93敗だ。年間で90以上負けるのは、ここ八年で最下位六度の横浜といえども、かなりの力技だ。今年は、三月末にスレッジのサヨナラスリーランで盛り上がり、四月末に借金3という上々のスタートで、よしっ、今のうちに喜んでおけっと思ったが、五月になると案の定、投手陣が崩れてアップアップになり、交流戦が始まると、はい、パ・リーグ様にはまったく勝てませんというギブアップ状態になっていた。

俺はソファーに腰かけて、ふうと息を吐いた。なんだか体の力が抜けた。野球場の景色を見ると、ほっとする。壁紙みたいに、ずっと身近にあってほしい眺めだ。見られないと困るんだ。見られなくなって初めて、本当にどんなに困るかに気づいた。

プロ野球というのは、一年の半分くらい、一週間に五、六日くらい、やってる。オープン戦から、CS、日本シリーズまで含めると、やってない時が三ヵ月くらいかな。まあ、とにかく、毎日のように試合があって、今日負けても明日も試合があり、明日負けても明後日も試合がある。

どんなに敗戦が多くても、どんなに頼りないスタメンでも、その日試合開始の時は、何とかなるような気がする。不思議だけど、そんなものだ。淡い期待を抱く。負けると、いちいちがっかりする。たまに勝って、選手の笑顔を見られると、疲れが全部ふっとんで芯から幸せになる。こんな気持ち、説明しろって言ったって無理だよ。

姪っ子たちのアニメDVD地獄の隙をついて、テレビを野球に替えると、姉さんが「また負けてるの？」と聞く。「そんなの見たって、しょうがないでしょ」と容赦なく言う。「たまには見せてくれよ！」俺は必死に反撃するが、姉とその娘たちには絶対に勝てない。もともと、子ども時代から、姉とのチャンネル権争いに勝てたためしがなかった。

ああ！　目の前に野球がある！　誰も邪魔をしない。負けていても、負けていると非難されない……。

鋭い打球音にハッとする。いつのまにか8回になっていて、阿斗里がホームランを打たれている。ランナーを溜めて、また一発。速球投手なのにもったいないな、阿斗里。昔は選抜で二十個くらい三振とったスーパー高校球児だったのにな。

3－13の敗戦を見届けてからテレビを消した。

球場の景色がなくなると、リビングが急に見知らぬところになった。保坂さんご夫妻が、八ヶ岳山麓の別荘に旅立ってから、まだ一週間ちょっとしかたっていない。でも、この家には、もう留守の匂いがする。埃、何かの調味料のような、革製品のような、かすかな雑多な匂い、重い空気。真っ先に、換気しないといけなかったな。

冷蔵庫がぶーんとうなる。ウチと違う音。

さて、とりあえず帰るか。徒歩十五分ほどの距離の実家へ。実家ってヘンな感じ。生まれてからずっと暮らしていて、初めて出ていこうとしている。引っ越しは、次の日曜日の予定だった。でも、身の回りの物だけ持ってきて、明日の夜から、ここに来てもいいな。

外に出ると、六月の夜気は、少し湿っぽく、ゆるやかな風が肌にひやりと沁みこんだ。不揃いの歩きにくい石段を下り、途中で足を止めて、崖の上の一戸建てを見上げた。擁壁をつたうツタの上、木立の合間にぼんやり黒っぽくそびえている。俺には、きっと、一生住めないようなゴージャスな家だろう。

2

吉川家は、保坂邸より標高が低く、バス通りに近く、小南電機にも近い。豪邸というよりも標準的な日本家屋だが、お得意様であることに変わりはない。今日は、洗濯機から水漏れしているというので調べに来た。色々な原因が考えられるが、今回は、排水ホースに小さな穴が開いているという、修理が簡単なトラブルだった。一度店に戻って、新しいホースを取ってきて付け替える。ホースがはずれないように止める金具はそのまま使えるので、奥までしっかりホースを差し込み、エルボをつけ、ビニールテープで補強して結束バンドで止めて仕上げる。

作業が終わると、吉川さんは、いつものように、お菓子と冷えた麦茶を出してくれる。今日は、クリームがうまそうな生どら焼きだ。ダイニングでご馳走になると、向かいの椅子に奥さんも座って、会話タイムになる。暑い季節には、冷たいものを出してもらえるのは本当にありがたいし、お客さんとのコミュニケーションは大切なので、基本、喜んでいただく。ただ、時間がない時や、話があまりにも長い人の時は、困ることもある。

排水ホースに穴が開く原因は、ペットのこともあり、吉川家の飼い猫のメロンちゃんが犯人かもしれないというような業務関連の話題から、世間話に。

「保坂さんって、お引っ越しされたの？　こちらにはもう戻ってこないの？」

「そうですね」

俺は少し考えた。吉川家と保坂家は、同じ町内で、お互いの家族構成や勤め先を知る程度の付き合いがある。ご夫人同士が友だちというほどの親しさではない。でも、このくらいは、別に普通の話題だ。多くの家で多くの家の噂話が出る。町の電気屋という商売は、噂話の語り部になりがちだ。親父なんか、本当にいいのかというくらい、色々なことをナチュラルに聞きだしてはさくさく話してまわっている。でも、話好きの明るい還暦男は、町内でけっこう人気と人望がある。おまえはもっとコミュニケーションをとる努力をしろと、よく親父には怒られる。俺は仕事のことなら、けっこう弁が立つのだが、ゴシップ系はどうも苦手だった。

「山梨のほうでペンションを経営されるとか、そんなお話を聞いたんだけど」

吉川さんは、かなり興味を持っているようだった。

「ペンションは、ご主人の定年後の夢と伺っています。でも、長期計画のようで、まずは定住して土地に慣れながら、菜園で野菜や果物を作り、かまどでパンやピザやお菓子を焼いて、販売するところから始めるそうです」

俺は知っていることを正確に話した。

「へえ、とても夢のあるお話だけど、実際は大変でしょうねえ」

吉川さんは軽く首をひねった。

「気が変わって、いつ、ひょっこり帰ってくるかなんて、ぜんぜんわからないわね。あなたも正式にお宅を借りたわけじゃないんでしょう？」

「業者さんを通したりはしてませんが」

正式というのがそのへんのことかなと見当をつけて答える。

留守宅の管理人として住んでほしい、いやになったら、いつでもやめていい、家賃はいらず、管理業務の賃金を支払う、そんなありがたすぎる申し出だったが、光熱費と家賃のぶんを管理業と相殺(そうさい)してお金のやりとりをしないという話に、何とかとりまとめた。何か要望があったらと繰り返し言われたので、スカパー！のプロ野球セットを申し込んでほしいとお願いした。そんな詳細を、別によそで話すつもりはなかった。親父がどこかでしゃべってしまう可能性はあるけど。

「息子さんが、いらっしゃるのよね？　東京にお勤めじゃなかったかしら？」

吉川さんは、まだ色々知りたそうだった。

「なんで、息子さんが住まないの？　まだご結婚されてないのよね。通えない距離じゃないし、よその人に留守番を頼むくらいなら……」

――あの子はねえ……。

保坂さんの奥さんの笑いを含んだ声が頭によみがえった。

――家には寄りつかないし。電話かけても出やしないし……。

「時間が不規則で多忙なお仕事なので、都心のお住まいのほうがいいようです」

俺は言葉を選んで答えた。

「広告代理店だっけ？　お父様と同じ会社に入ったのよね」

吉川さんの情報は、少し古かった。業界トップのその会社を二年ほどで退職して、フリーランスのコーディネーターをやっていると聞いた。なんだ？　コーディネーターって？　俺が迷いながら言葉を選んでいるうちに、吉川さんの話題は変わっていた。俺と元同級生だった三男の話だ。シアトル勤務の商社マンは、嫁と二人の子供のいる幸せそうな人生を送っているようだ。俺はぼんやりと聞いていた。二十八歳にもなると、友人の結婚式に呼ばれることも多くなる。子ども……嫁……。三年間つきあったコに大学卒業直前に振られてから、ずっと、彼女の一人もいなかった。

ダイニングとつながっている台所のだいぶ汚れが目立つ古そうなトースターに目をつける。そろそろ買い替え時ではという営業トーク、どうやって切り出そう。俺は、世間話以上に営業トークが苦手だった。でも、やらないと親父がうるさい。……というか、時間がヤバい。次の仕事に行かないと。

吉川さんは熱心に息子の話を続けている。どうやって、ここからトースターに話をねじまげるか、いや、そろそろ失礼しますと言わないと、とにかく、吉川さんの話を止めないと……。困った、まったく隙がないぞ……。

トースターのトの字も言えずに吉川家から逃げ出した時は、もう日が暮れていた。あわてて次の仕事先に電話をして、バイクをふっとばす。家に帰れるのは早くても八時か。

試合、少しでも見れるかな？

今日は、どんなゲームになるのかな？

3

休日の朝は、庭の手入れをする。店の定休日は日曜で、よほどのことがなければ、平日にもう一日休みをもらえる。実家にいた時は、だらだらと寝坊していたが、保坂家で暮らすようになってからは、むしろ早起きしている。あまり暑くならないうちに、芝生の雑草を抜いて、鉢植えに水やりをする。紫陽花（あじさい）は盛りを過ぎたが、バラはまだきれいに咲いている。他にも色々花は咲いているが、名前がわからない。あの紫のヤツはラベンダーかと思う。

庭も、家の中の観葉植物も気にしなくていいと奥さんに言われている。庭にも室内にも、もっとたくさん鉢植えがあった記憶がある。別荘に持って行ったのか、誰かにあげてしまったのか。それでも、赤、黄、白、桃色のバラの花だけでも目に鮮やかで、庭に降りると濃い甘い香りに包まれる。

梅雨があけたら、芝刈りをしよう。スプリンクラーを倉庫から出そう。図鑑を買って、花の名前でも調べてみようか。

トーストとベーコンエッグで朝食にする。コーヒーメーカーがあるので、豆を買ってきて淹れるようになった。初心者なので、適当なブレンドをとりあえず飲んでみる。

台所に立ったことがなかったが、ここに来てから休日には簡単な料理をするようになった。母さんは、俺の食生活を心配して、いつでも家で食べるようにとしつこく言うが、引っ越してからは一度も店の上にのぼっていない。小南電機のビルの二階、三階が住居で、祖父、両親、姉と二人の娘が暮らしている。姉と娘たちは、去年の冬にいきなりやってきて、ずっと留まっている。俺は彼女たちに部屋を追いだされて、祖父と同室になり、保坂家に流れついた。

ダイニングとリビングは別の部屋だが、ドアを開けると、リビングのガラス戸の向こうの庭が見える。戸を開けてあるので、時折、風にのって、バラの香りが漂ってくる。コーヒーとトーストの香ばしい匂いと混ざる。

知らない世界。

今の俺の日常は、非日常だ。

食べ終えたら、家の全部の窓を開けて風を通して、掃除をして、布団も干して——それから、デーゲームをゆっくり見よう。

七月四日、日曜日、アメリカの独立記念日、暑い、ベイスターズはマツダスタジアム、先発は清水。冷凍のピザを焼いて、コーラの缶を開けて、テレビの前に陣取る。広島は、もっと暑いんだろうな。31度だって？

ここ横浜も暑いけど、冷房はなるべくつけずにいる。遠慮がある。光熱費を払わせてもらうように交渉しようかな。夏場の仕事は、だいたいクソ暑いので、体は慣れている。マツダのマウンドの清水はもっと暑いよな。でも、まあ、清水はプロの投手の体だからな。

ベイスターズは3連敗中だった。六月の末に沖縄でヤクルトに二つやられて借金が早くも20になった。ジャイアンツの有能な投手コーチだった尾花を監督として引き抜いて、今季は投手陣も良くなるかと期待したんだが、三浦が不調、寺原が故障、メジャー帰りの大家もまだ本領発揮とはいかず、結局清水を中心に何とかまわしている、まわっているのかな？　まあ、横浜のローテーションは、だいたい、いつも、こんなもの……。

こんなものではなかったんだけどな——と時々頭をかすめるのは、やはり、１９９８年の優勝チームのことだった。あの時、俺は高校二年で、世界は何一つ欠けることなくピカピカに輝いていたような気がする。

ベイスターズが燦然と輝き、横浜の町も燃えるように輝いていた。本当にすべてが明るかった。俺の未来も。いや、未来なんて特に考えていなくて、でも、生きていくことに不安も不満もなかった。

おお、吉村がツーラン！　2点のビハインドを5回に追いつく。そうだ、打線は悪くはないんだ。吉村は、きっと復調する。内川、村田、吉村が絶好調になれば、和製クリーンアップはすごいぞ。それに、スレッジがいる！　投手陣の多少の不安なんか、打って打って取り返せば……。

あの優勝チームのマシンガン打線は、何点のビハインドもものともせずに打ち砕いて、諦めることを知らなかった。

粘って好投していた清水が、6回につかまる。3連打で2失点。これで、もう、勝てそうな気がしなくなるところが、98年の頃との違いだった。違い？　違うに決まってる。いちいち思いだすほうがバカだ。

清水は頑張ってる。吉村もよく打った。2点くらい何とかなる。ならなくても、それも、また、よし。

玄関でガタガタと音がした。

鍵、開いてる？　昨日の夜、締めてない？

鍵が開いていたとしても、誰が勝手に入ってくる？

俺は立ちあがって、玄関に確かめに行こうとした。もし、強盗だったら、どうしよう？

玄関の廊下からリビングにつながるドアは開け放っていた。俺がそこから出る前に、その男は入ってきた。

背が高い。ハイビスカスのような真っ赤なシャツを着て、高そうなサングラスをかけている。サラリとした茶色の髪は襟足（えりあし）を長く伸ばしていた。大きな黒いスポーツバッグを肩にかけ、足を止めて、こちらを見た。

「何してんの？」

見た目の印象より高い声だった。

どう考えても、ここにいる権利のある人間の態度だった。俺より、ずっと堂々としている。そのぶん、こっちはオタオタした。

「野球を……」

留守番をしていると言うべきだったのだろう。俺は動揺していた。間違ったことは言っていない。

「まーた負けてんのかよ」

と男は言った。姉さんのようなヤツだ。

「ちょっと前まで同点だったた！　清水はよく投げてた」

俺は必死になって、そう言った。

「石川(いしかわ)がストライクを見送ってバントしなくて、下園(しもぞの)がつり出されてサードでアウトになったんだ。あのプレーで流れが変わった」

一気にまくしたてた。たぶん、誰かにそう言いたくてたまらなかったんだ。たまたま、目の前に現れて野球の話をするから悪い。どいつもこいつも、負ける負ける言いやがって。

「イシカワ……」

男は茫然(ぼうぜん)とした顔をした。そりゃ、そうだな、清水だの石川だの言われても、わかるわけがない。

「すみません」

俺は、得体のしれない侵入者にうっかり謝ってしまった。

「あなたは誰ですか？」

「あんた、誰？」

両方で同時に言った。

「小南良太郎です」

俺のほうが先に答えた。

男はサングラスをはずした。整った、くっきりした濃い目鼻立ちだった。

「むすこ」

男は平仮名のような発音で答えた。

「ここんちの」

「あー」

俺は半ば叫ぶように言った。バカ息子か。噂の。何某かのコーディネーターとかいう。

「あー」

とヤツも叫んだ。

「マジかよ？　誰かに貸すとか言ってたけど、ほんとに貸したのか？　オヤの知り合い？　それとも、不動産屋で？」

「麦田町の小南電機の小南です。こちらでは長らくお世話に……」

「電気屋さん！」

保坂家の長男は目を見張った。

「はいはいはい。バス通りのね。電気屋さんが、ウチに住んじゃってるの？」

俺は一度深呼吸する必要があった。

「聞いてないですか？」

「聞いてたかもしんない」

保坂家長男は、しれっと答えた。

「でも、なんか冗談だと思ってた」

「ご両親が引っ越しされたのは、ご存知ですよね？　旅行とかじゃなく、お引っ越しですよ。長く不在にされるんですよ。その時、いらっしゃってないんですか？」

俺は問い詰めた。

「あの時は、日本にいなくてさ」

保坂家長男は言った。

「ロスにいたんだ。仕事みたいなもんで」

「そうですか」

と俺は言った。他に言いようがなかった。

「ま、とにかく」

保坂家長男は、スポーツバッグを床にどさりと下ろした。

「今、帰ってきたからさ。でさ、俺、ここに住むことにしたから」

「はい？」

と俺はさけんだ。

「そんなわけで」

と保坂家長男は言った。

4

保坂家長男の名前は、圭士（けいし）といった。保坂圭士は俺に出ていけと言いたいようで、俺も別に異存はなかった。でも、彼の両親に確認せずに行動するわけにもいかなかった。

その結果として、俺の携帯電話で、保坂圭士は父と母にそれぞれ五分ずつはたっぷりと怒鳴られた様子だった。そして、俺にまた代ると、奥さんからはっきりと告げられた。出ていっては困ると。引き続き、保坂邸で留守宅管理をしてほしいと。バカ息子はソッコー追いだして構わないと。

電話を切ってから、俺と保坂圭士は、互いの顔を無言でじろじろ見ていた。ウチの親も、俺に当たりはきついほうだ。貴重な跡継（あとつ）ぎなのに、文句ばかり言うし、人前で誉（ほ）めたことなんかない。小南家でのヒエラルキーは最下位だ。姉ばかり大事にされて、結果的に家も追いだされている。でも、たぶん、この圭士さんよりは、少しはマシな評価をされている気がしてきた。

「オヤはああ言うけど」

圭士は形のいい目を細めて言った。

「色々ワケアリで、俺、ここにいたいのよ。いられないとヤバイんだよ」

「そうですか」

と俺は言った。

「それでいいですよ。僕は出ていきます。週に一度、休日にお邪魔して……」

掃除くらいは、この人が自分でやるかな？

「……必要なことをします」

バカ息子がやらずにいることをフォローすればいいかな？　やれやれ。いい迷惑だ。せっかく気分よく暮らしていたのに。

つけっぱなしのテレビに目をやると、ゲームセットでベイスターズは負けていた。

「4連敗か……」

ため息と共につぶやくと、

「4連敗でも5連敗でも、どーでもいいじゃん」

圭士は、どの字にやけにアクセントをつけて言い放った。

セ・リーグの中での位置づけ的には、確かに、もはや、どうでもいいかもしれない。でも、横浜を応援する者にとっては、どうでもよくはない。ただ、姉さんに反論できなかったのと同じで、やはり、今、俺は何も言えずにいて、そんな自分がじりじりと悔しくなった。

「まあ、それはそれとして」

圭士は、軽い口調で言った。

「あんたを追いだしたら、オヤが怒る。家がちゃんとなってないと怒るだろうし。だから、部屋はあるわけだから。いてくれていいから。ていうか、いてください」

「でも……」

俺は眉をひそめた。

「あんた、どこの部屋使ってるの？　俺の部屋じゃないよな？　俺、自分の部屋にいるから。同居っていうか、まあ、ともかく、お互いに、それぞれで住めばいいわけで」

「圭士さんの部屋は、そのままにしてありますよ。お父様の書斎だったところを使わせていただいています。自分の荷物を入れて」

たいした物は持ってきていなかった。ベッドは姉に奪われていたし、机は姪っ子に占拠されていたし。ここの家の客用の布団や、ご主人が残していった小さいほうの机などを借りて使っている。

「あ、じゃ、そのままで。お互い、気を遣わずに。俺は夜とか遅いし」

圭士は早口で言った。

このバカ息子と同居するのは、とてもイヤだったが、あの居場所のない実家に戻るのは、もっとイヤだった。

「一つだけ条件が」

俺は言った。

「何？」

圭士は面倒くさそうに尋ねた。

「テレビを好きに見ていいですか？」

俺が言いだすと、

「は？」

相手はぽかんとした。

「野球だけ見せてもらえたら、いいんだけど」

「野球？」

ぽかんとしたまま、繰り返した。

「仕事で遅くなることも多いんだけど、それでも、毎日、少しでもいいから、プロ野球中継を見たいんです。それだけは、お願いしておきたいんです」

俺はまじめに熱心に頼んだ。

彼の両親も、俺がスカパー！のプロ野球セットのことを言い出したら、驚いていたっけな。野球が見たいって、そんなに珍しいか？

「野球の試合ね」

圭士は確認するように言った。

「……ヨコハマの？　毎日？」

「……はい」

俺は自分の目つきが悪くなるのを感じた。

「いけませんか？」

「……いいよ」

圭士は、俺の勢いにおされたかのように、ややためらいながらうなずいた。

「ありがとうございます」

と俺は言いながら、お礼を言う筋合いはないと考えていた。

「面倒くさいから、俺が家にいること、オヤには内緒にしてね」

圭士は言った。

「バレたら、俺が責任とるから」

「はあ……」

わざわざ告げ口してモメられても、確かに面倒くさい。

「まあ、俺もさ、いつまで、ここにいるか、わかんねえしな」

それがいいことのように親しげにニッコリされて、改めて、責任という言葉とは無縁のような人物に見えてきた。


七月が多忙のうちに飛び去る。とにかく暑かった。梅雨明けの中旬頃から、がんがん気温が上がり、記録的な猛暑だとニュースが連日騒いでいた。エアコンを売ったり、修理したりの仕事が増えるのはありがたいのだが、作業時に目がくらむほどに暑い。スポーツドリンクを飲みまくる。食欲がなくなり、コンビニのざるうどんや冷やし中華で済ませることが多くなった。

保坂圭士とは、ほとんど家で顔を合わせなかった。彼は俺が眠ってから帰宅し、出勤した後に外出するようだった。どういう仕事をしているのか、なぜ実家に戻ってきたのか、年が幾つなのかさえ知らなかった。お得意様で大家さんで雇用主の息子なので、普通に敬語を使うが、たぶん俺より年下のはずだ。

リビングテーブルに食べ終えたパンの袋やビールの空き缶が残っていたり、浴室が濡れていたり、洗濯乾燥機がまわっていたりするので、同居人がいることがわかる。掃除はしなそうだが、自分の洗濯をして、思ったほど家を散らかさないのはありがたかった。エアコンや洗面所のライトをつけっぱなしで出かけることが多いのは気になった。電気代、けっこうな額になりそう。でも、汗だくで帰宅して、リビングが涼しいと天国だった。

七月三十一日の土曜日、そんな天国なリビングにたどりついてテレビをつけると、横浜が7－1で終盤リードしていた。ソファーに沈みこんで、ニッコリとし、すぐに不安になる。ここから引っ繰り返されたら、どうしよう？　先発の大家がずっと投げている。1点しか取られてない。がんばれ、大家！　額（ひたい）の汗をぬぐう。その手のひらに緊張で汗がにじんでくる。

中日戦の3タテを含めて、5連敗中だった。今日、負けたら、どこまで負け続けるか……。

完投勝利！　横浜からアメリカに渡り、マイナーからメジャー昇格して実績を積み、日本に戻ってきた選手だ。メジャー仕込みの動くボールは、いい時は本当にすごいな。よく横浜に帰ってきてくれたなあ。ありがとう。ありがとう。こんなに嬉しいのだから、横浜の1勝を3勝くらいにカウントしてくれないものかな。

5割は遠いけど、5位の広島と、まだ、そこまでの差は開いていなかった。まあ、いいんだよ。順位とか、勝ち負けは。いや、でも、勝つと嬉しい。

食べるのを忘れて、すっかり冷めてしまったコンビニのミートソースをもそもそと食べる。こんな時は、何でもうまい。冷蔵庫からコーラを取ってきて飲む。最後の一本だった。同居人に飲まれているみたいだな。

大きな音をたててドアが開いて、その同居人が姿を現した。珍しく早く帰ってきた。

俺の座っている長椅子（ながいす）の横の一人掛けのソファーにどさりと腰を下ろし、テレビ画面を眺める。もう野球中継は終了していた。

「ほんとに毎日見るのね」

圭士は俺のほうに向きなおって言った。

「イエー！　勝ったのね？」

どうやら、かなり酔っぱらってるようだった。酒の匂いがするし、顔も赤い。

「嬉しそうだもんね」

そうなのか？　酔っぱらいの目でわかるほど、俺はニヤけていたりするのか？

「……してもさあ、あんたって、趣味は、家で野球見るだけ？」

圭士は、フランクな調子で聞いたけど、その言葉は質問というよりはディスだった。

家業の電気店の仕事は、忙しく、体力的にも楽ではない。元々、あまり体力があるほうじゃない。休みの時は、一人でゆっくりしていたい。心身を休めて活性化させたいし、野球をのんびり見るのは、俺にとって、何より必要なことなんだ。

「休養とリフレッシュ」

俺はゆっくりつぶやいた。日々、テレビ画面越しに野球のグラウンドを見ることが、どんなふうに自分自身を支えているのか、説明するのはむずかしいし、口にするつもりもなかった。

「好きなんですよ」

ぽつんと、それだけ告げた。

酔っぱらいのフラフラした視線が、急に鋭くなって奇妙にきらめいた。

「負けて負けて負けるチームでも？」

圭士はあごをあげるようにして尋ねた。ものすごく感じの悪い仕草なのに、その皮肉な口調には、俺を落ちつかなくさせる何かがあった。

「たまには勝ちますよ」

俺は笑った。

「砂漠のオアシスですね。今日もそうですよ。大家が完投したんですよ。すごくないですか？」

大家友和（ともかず）のこと、横浜からメジャー挑戦し、十一年で１０００イニングス以上投げて、里帰りした男のことを説明しようとして、やめた。

圭士は、コンビニの袋から買ってきたらしい缶ビールを出して、俺に差しだした。

「お酒、飲めないんですよ」

俺は断った。

「つまんない人生だねえ」

圭士はため息をついた。

「好きなものが野球しかないのに、あんな弱いチームでさ」

「うるさいな」

俺は、めったに人にイヤな顔を見せないが、この時は軽くキレた。

「いつからファン？」

圭士は、俺の反応など無視して聞いてきた。

「ここらって、スタジアム近いけど、別に横浜ファン多くないよな」

スタジアム——圭士のその言い方で返事をする気になった。地元民は、ハマスタとは言わない。スタジアムと言えば、横浜スタジアムのことだ。でも、こいつのことだから、そんな固有名詞としてじゃなくて、英語の球場の意味で使ってるんだろうな。

「小学校」

俺は簡単に答えた。

「一家でファンとか？」

圭士はまだ聞いてくる。ヘンなヤツだ。酔っぱらうと、誰かれ構わず話し相手が欲しいタイプなのかな。

「いや、親父は、ぜんぜん興味なくて。実は、初観戦は、スタジアムじゃないんです。伯父が神宮に連れていってくれて」

こいつに話さなくてもいいじゃんと思いながら、なぜか俺は語り始めていた。

「そこで、佐々木を見たんです」

佐々木って、わからないかな？

「あの佐々木主浩ね。98年の優勝チームのクローザーで、誰も打てないフォークを投げる……、ハマの大魔神。知ってます？」

圭士は黙ってうなずいた。

「でも、まだ、その時は大魔神じゃなかった。即戦力の大卒ドラフト1位で、ものすごい期待されてたけど、一年目は故障もあって、それほどじゃなかったんです。でも、二年目のシーズンで、化けたんです。俺が見た、その試合から、大魔神への進化が始まった。変身する瞬間をこの目で見たんです。進化への第一歩をね。ほんとにすごかったんですよ」

俺の宝物の記憶。でも、多くの人にとっては意味がないし、価値を伝えることもできないだろう。俺はそれ以上語らず、彼も尋ねてこなかった。

5

八月の暑さは、気象台の記録をぶっちぎっていた。町中のエアコンがフル回転してごうごうと熱気を吐きだしてさらに気温を上げ、あちこちで派手にぶっ壊れた。どんなお得意様でも、部品を取り寄せなければならない修理は待ってもらうしかなかった。死んじゃうよーと泣きつかれても、どうすることもできない。

　来年七月のアナログ放送完全停波に向けて、地デジ切り替えの依頼も増えていた。屋根の上のアンテナ工事は、暑いというより、もはや熱かった。うかつなものに素手で触ると、火傷する。そんなツー・ハードでツー・ホットな日々、還暦の親父は、作業着の色が変わるくらい汗だくになっても、文句も言わずに笑顔で仕事をしていた。頑丈な男だ。それでも、去年あたりから、屋根や高い梯子にのぼる足取りが少し怪しくなっている気がして、心配になる。いつまで現場の作業ができるんだろう。まだまだ、俺の百倍くらい仕事はできるが、体力はどうしても衰えていく。


　祖父が引退し、俺が店員になってから、ウチは、現場作業は親父と二人でやっている。二人いないとできない仕事も多い。店番や使い走りは、母や姉でも間に合うが、電気工事は資格もいるし、何より経験と体力が必要だ。誰か雇うとしても、こんな小さな店に来たがる人材なんてなかなかいないだろう。別に優秀じゃなくてもいいけど、信用できて、性格も悪くない若者なんて。

　俺だって、すんなり跡継ぎになったわけじゃない。俺が子供の頃は、まだ、ウチにも家族以外の従業員が二、三人いて、家電の新製品もどんどん売れる時代だった。90年代以降、量販店が業界の売り上げを制圧していき、町の小売店の経営は厳しくなる。でも、儲からないとか、仕事がきついとか、そういうことじゃなかった。ロマンがないと思っていた。老舗の料理店のように、味を代々受け継いでいく世界じゃない。看板を守るという意識も生まれない。大学の建築学部に進んで、川崎のリフォーム会社に就職するも、社長が株に手を出して倒産し、なかなか再就職できずに実家で働くことになった。

運がない。何より、実力が足りない。もう少しいい大学に入れていれば、いい会社に勤めていれば、判断力があれば……。挫折感の中で、親父に怒鳴られながらコツコツと仕事を覚えていった。電気工事士の資格も取った。町の電気店が、地域に根差して、人と人とをつなぐ仕事だという思いを、だんだんと持つようになった。

今、町の電気店は、家電の販売、修理、電気工事以外にも、お得意様に頼まれて、便利屋的な仕事を引き受けることがある。家具の移動や買い物などはサービス的な側面が強いが、柵や物置の修理をしたり、網戸の立て付けを直したりなどの大工仕事や、トイレや浴室のリフォームの相談にのったりするのは、元々、俺の専門だ。リフォーム会社には人脈もあるし、自分の手に負えない時には仲介もできる。

なんとなく、人生の辻褄があってきている気がする。……とはいうものの、小南電機の未来が明るいかというと、それは別の話だ。時々、思う。俺やウチの店が行きつく最高地点って、どこだろうって。よくわからない。現状維持して、人々の役に立つことが、平和であり希望なのだ。最低地点は簡単にわかる。店がつぶれて、無職になること。

やっぱり、ロマンはない気がする。

その夜は、あまりに疲れていたので、うるさい音が夢だと思った。甲高い声、笑い声、ガラスが触れ合う音、椅子を引きずるような音、とにかく、階下から聞こえる、音、音、音。汗だくで目が覚める。暑い。ベッドサイドテーブルの置き時計を見ると、まだ七時前だった。日曜日で休みだから、もう少し寝ようかと思うが、喉がからからなので、冷たいお茶でも飲みに台所へ降りることにした。

階段を下りて、廊下から台所に通じるドアを開け中に入る。俺は半分くらいまだ眠っていた。なにしろ疲れている。先週は激務で毎日遅くまで働いていて、暑くて暑くて。おまけに、ゆうべは、うるさい夢を見ていて、よく眠れなかった。

ぐにゃりとしたものを踏みつけた。素足に感じる、そのぐにゃりは、なんだか生温かく……。寝ぼけた脳に、決して踏みつけてはならないものを踏みつけたという危険信号が灯った。

「おわあああ！」

俺は叫んだ。

「ぐえええ」

ぐにゃりがうめいた。

俺が踏みつけたのは、保坂圭士の死体だった。いや、違う。死体はうめかないだろう。横たわっているだけだ。俺の右足は、まだ、圭士の腹の上に乗っていた。見た目よりも、やわらかいお腹だ。贅肉だな。もう少し鍛えたほうがいい。

胃袋を踏んづけられて、圭士は白目をむいていた。見た目は、立派な死体だった。

「足を……どけろ」

死体はつぶやいた。

なぜ、それなりに広い家の中で、よりによって台所の床に寝ているのか、俺は質問できなかった。圭士は起き上がると口を押えてトイレにダッシュをかけた。

台所は悪夢のようだった。ビールの空き缶、ウィスキーと炭酸水の空き瓶、まだ残っているジュースのペットボトル、たくさんのグラスと汚れた皿、宅配ピザの段ボール、汁の残ったビニールパック、ポテトチップスの空き袋……その他もろもろ。パーティーの残骸らしきもろもろのミックスした名状しがたいにおいに、俺も口を押えてトイレにダッシュしたくなった。疲れ果てている夏の朝とは、そういうものだ。

冷蔵庫には、いかなる種類の液体も存在しなかった。食器棚にあるのは、この家の創立時から動かしていないようなほこりまみれのグラスだけだった。その中で比較的マシな感じのグラスを選んで、よくすすいでから、水道水を飲んだ。生温かくて、ほこりの味がした。

ダイニングテーブルの上では、手をつけていないホールケーキの生クリームが溶けかかっていた。リビングのソファーとじゅうたんの上で、二人の男と三人の女が眠っていた。女は年齢は十代から三十代までのどこかで、一人はチューブドレスから胸元や足をむきだしにしていて、一人は髪がピンクの綿あめのようで、一人はかじりかけのフライドチキンを片手に握りしめていた。男はどちらも俺より若そうで、一人がアロハシャツ、一人が濃いヒゲ面だった。

俺は、週刊誌のグラビアというよりは、毒キノコの犠牲者のような女のバストを鑑賞したが、あまりエロい気分にはならなかった。疲れすぎている。もっと睡眠が必要だ。もう一度ぐっすり眠って起きたら、きっと、この乱雑な一階もきれいさっぱり片付いているか、あるいは悪い夢だったことになるだろう。

二階に戻って、エアコンをつけて眠った。夢の中で、俺はパーティーに参加していた。学生の頃、どんなパーティーに行っても、ロクな目にあわなかったが、今度も同じだった。飲めない酒をしこたま飲んで、大声でしゃべっているのだが、話を聞いているヤツは次々と煙のように消えてしまう。そうかと思うと、男や女がやたらと俺に抱きついてきて、絶対に守れない約束をどんどんさせられるのだ。酔っぱらいの笑い声は、どうして、こんなにけたたましいのだろう。

目をさますと、笑い声が階下から響いていた。俺は寝間着用のTシャツとハーフパンツから、家着用のTシャツとハーフパンツに着がえて、階段を下りた。リビングのドアを開けるのは、それなりの勇気がいった。

ホームパーティーの二次会が、ゆるいテンションで行われていた。眠っていた連中が、半分眠ったままのような顔で、酒を飲んでいた。圭士はワイングラスを俺に向かって高く掲げて、

「良ちゃん、一緒に飲もうや」

と言った。俺は自分の名前が良太郎であることを思いだすのに、三秒くらい必要だった。

他の五人は、俺を見て、何かの反射のようにうるさく笑い始めた。

今日は、貴重な休日だった。ここは——俺の家だ。いや、俺の所有物じゃないけど、俺が一番権利がある家なんだ。俺は、ここで静かに休み、のんびりと野球を……。

いつの間にか、俺は長椅子の真ん中に、知らない男女にはさまれて座り、片手にワイングラスを、片手にチーズ鱈（たら）を持たされていた。右側が綿あめ頭の女子で、左側が濃いヒゲ面だった。俺

は二人と乾杯し、なぜか、ワインを口に入れている。なぜだ。わかった。夢だからだ。これは、夢だ。夢の続きだ。赤ワインは、酸っぱくて渋くて辛かった。まずい。まだ、半分以上残っているグラスにワインをつがれる。俺はボトルを持っている綿あめに、酒が飲めないことを訴えるが、まるで外国語でも話しているかのように何も通じない。ヒゲ面に肩を抱かれる。アロハシャツにクッションで殴られる。爆撃のように笑い声がはじける。チーズ鱈が口に押し込まれる。ヤバい。いくら夢でも、これはヤバい。俺はヒゲ面と綿あめをふりきって立ち上がり、玄関に向かって逃走した。

6

金も携帯も持ってなくて、八月の午後の太陽に殺気を感じるとなると、行く先は実家しかなかった。じいちゃんが夏風邪で寝込んでいた。親父は寝室で昼寝中。姉さんは部屋で電話中。母さんは台所で料理中。姪っ子たちはリビングにいて、妹のほうは、これで百回目くらいの『千と千尋の神隠し』を鑑賞中、姉のほうはソファーで、名探偵夢水清志郎事件ノート・シリーズを読書中。いつものいつものウチの日曜日の午後だった。

あまりに頭が痛むので、頭痛薬を探し出して飲み、唯一、人がいない、といっても姪っ子たちのいるリビングと続きのダイニングのテーブルに突っ伏していた。

台所からただよう煮物のにおい、テレビから聞こえる湯婆婆(ゆばーば)の声。懐かしいな。家を出てから、まだ三ヵ月もたってないのに。しかも、店には毎日来ている。

母さんがやってきて、具合が悪いのかと尋ね、酒を飲んでいることがわかったようで、どうしたのかとやたらと心配される。「パーティーに呼ばれてね」と俺は答えた。何のパーティーかとしつこく聞かれ、夕食を食べていけと何度も言われ、だんだん面倒くさくなってくる。

今日の先発、誰かな？　ああ、日曜日だから、大家かな。六日に、ヤクルト戦初回8失点で降板して、同カードに中一日で先発するという奇襲があった。八日から、八月の日曜はずっと大家のローテでまわっている。

ここで飯を食ったら、野球が見られない。でも、保坂家には、まだあの連中がパーティーの三次会をやってるかもしれない。そんな中で野球が見られるわけがない。

球場へ行けばいいじゃないか——と思う。今日は、試合はスタジアムだ。日曜日で、暇で、居場所がなくて、野球が見たくてたまらなくて、近くにホームスタジアムがあるのに、迷うことなんかないじゃないか。

薬が効いて、頭痛が少し治まってきた。

一人じゃなあ……。

俺は、一人で外食するのは平気だし、映画なんかは一人で見るほうが好きだし、買い物ももちろん一人がいい。でも、野球だけは、連れが欲しい。一緒に応援できるヤツと行きたい。ずっと、そうだったから。同じ商店街の魚屋の息子で小学校で同級生だったカンちゃんと、チャリを並べてスタジアムに通っていた。小学校五年から、カンちゃんが岡山に転勤になった四年前まで、予定を合わせて、いったい、どのくらい二人で見ただろう。

一人で見に行ったこともある。でも、なんだか、落ちつかなくて、楽しめなかった。去年は一人でも行こうと決心して、三回くらいは頑張った。一昨年のオフに、三浦大輔（だいすけ）が阪神に移籍しないでチームに残ってくれるとわかってから、スタジアムに行かなきゃとほんとに心の底から思ったんだ。

でも、カンちゃんがいないと、さびしいんだ。ヒット打たれて一緒にうわあって頭抱えて、ホームラン出たら一緒に跳び上がって万歳して、シウマイ食って、みかん氷食って、カンちゃんはビール飲んで、俺はコーラ飲んで。97年も98年も、スタジアムはすごい騒ぎだった。優勝は甲子園だから行けなかったけど、日本一になったシリーズ第6戦は外野で二人で見たよ。紙テープ用意していって投げたんだ。最高だった時も、それからダメになっていった時も、俺たちは、ずっと一緒に見ていたよ。

去年、内野席から、試合開始前にカンちゃんに電話かけたんだよ。スタジアムいるよって。電話でも、少しは雰囲気伝わるかなって。カンちゃん、子供が生まれたばかりで忙しい時期だったよね。

――相変わらず弱いね。俺のぶんも応援しておいてね。

あっさりした声だったね。

その夜も球場はがらがらで、試合は大敗した。あれから、カンちゃんとしゃべっていない。電話でも、一度も。

相変わらず弱いねって、カンちゃん、もう、悔しくもないのかな？

応援って、なんだろう。

子供の頃、あこがれた青いチームは、本当に強かった。最高にかっこよかった。地元のスタジアムは、俺たちの誇りだった。あの優勝チームを支えた選手が一人ずつ抜けていき、いつのまにか何かが壊れた。

壊れたんだ。

俺たちの夢のかたまりである選手たちを色々な形で失った。失わずに済んだのではないかという思いがたくさんある。見たくなかったシーン、聞きたくなかった言葉が、色々あった。その空白を埋められず、衝撃を忘れられず、未練だけが残る。

優勝を知らない今の選手たちは、今のチーム力の中でがんばっている。十代の頃にあこがれた選手がすべてじゃない。でも、大洋時代からの古いファンの人に、元々弱いチームだったからしょうがないよと言われても、そんなのわからない。

失われたものがあるんだ。それを俺たちは見てきた。決して、戻ってこないものだ。

カンちゃん、俺は、もう負けることに、すっかり慣れてしまったよ。それでも、弱いって言われると、やっぱり悔しい。試合の結果は気になるし、選手のことは心配だし、期待だってする。スタジアムで一人で見るのは本当にさびしい。カンちゃんに「弱い」って笑われたくなかった。軽い感じで応援を託されるのはイヤだった。

あれから、スタジアムに行けなくなっちまった。

夕食は断って家を出て、スタジアムの方向に歩いた。首都高3号に近づいた石川町のへんで、金を持っていないことに気づいた。のろのろと引き返す。暑いな。額の汗をぬぐう。夏はあと何日続くんだ。明日から、また仕事だってのに。朝から、チーズ鱈一本、ワインをグラス一杯、頭痛薬一錠、水をコップ一杯しか体に入れてない。

保坂邸に帰る。玄関の鍵は開いていて、不用心だなと思いながら入ると、中は静まり返っていた。連中は帰ったか、寝ているか、死んでいるのか？　リビングをのぞくと、驚いたことにきれいに片付いていて、圭士がソファーに一人で座って、テレビを見ていた。何となくムッとする。野球を見せろと、また、わざわざ頼まないといけないのか。

打球音、観客の声、アナウンサーの叫び。

テレビ画面は、スタジアムだった。

横浜の得点シーン。リプレイだ。ハーパーの犠牲フライで、大家がホームを踏んでいる。3回裏、2－0でリードしている。

球場の緑の芝、白と青のユニフォームを見て、急に泣きたいような気持ちになった。あそこに行くつもりだった。夏休み最後の日曜日、いつもより客席は埋まっているように見える。

野球を見ている理由を、圭士に聞かなかった。手にウィスキーグラスを持って、半ば眠っているように目が泳いでいる。まだ、飲んでるのか？　酒が飲めるヤツって、こんなにも飲み続けるものなのか？

台所に行くと、そこもきちんと片付いていた。誰があのゴミ屋敷をきれいにしたんだろう。何かだまされているような気がする。冷蔵庫をあけると、コーラのペットボトルが六本ポケットに並んでいた。

圭士が長椅子の中央を占領しているので、コーラを持って、一人掛けのほうに座る。彼は眠っているわけではなく、三割くらい目を開けて、泥酔状態で、グラスをすすっているようだ。彼の人生は、これが通常運転なのか？　ここに連れてきた男女は、仲のいい友達なのか？　信用できる連中なのか？　なんで、そんなに酒を飲むんだ。

俺が気にすることじゃない。

なんで、実家に帰ってきたんだ？　仕事はうまくやってるのか？　そもそも、詐欺のような仕事じゃないのか？　大丈夫なのか？

大家は好調とは思えなかったが、辛抱強く投げていた。中盤以降は、中日の中田をぜんぜん打てず、真田、山口とつなぐもピンチの連続で、1点差ゲームを辛くも逃げ切った。相手の拙攻で勝たせてもらったような疲れるゲームだった。まあ、勝てた日には、ただ、単純に喜ぼう。日曜日の勝利は、特にいい。明日から一週間、なんとか頑張って生き抜こうと思える。

「ねえ」

圭士が目を六割くらい開いて、話しかけてきた。

「あんたが言ってた、佐々木の話さ。神宮で何を見たのさ？」

おい、眠ったんじゃないのかよ。ヒーローインタビューを聞かせてくれよ。大家はスタジアムで初勝利なんだぞ。

お立ち台を見終わるまで黙っていると、圭士は目を閉じていた。寝ちゃったかな?

「三振ショーさ」

俺は言った。どうせ聞いてないだろ。聞いていても、覚えていないだろ。独り言みたいなもんさ。

「佐々木って、最初の頃、コントロール良くなかったんだよ。けっこう四球が多かったりね。そういうのは、後から調べてわかったんだけどね。あの頃、俺はガキだったし、野球を見たのも初めてだったし」

東京の従兄(いとこ)の家に泊まりに行った時に、伯父が連れて行ってくれたから、神宮球場なのだ。我が家には、野球観戦という文化はなかった。伯父や従兄もどこかの球団のファンということはなく、バックネット裏で見た。

「詳しいことは覚えてないんだ。でも、すっごい残ってるんだ。初めて見たからってのもあるけど、まわりの人たちも、みんな、敵味方ない感じでわーっとなってさ」

リリーフでマウンドに上がった佐々木を、大きな男だと思った。でっかい頼もしい感じの投手が出てきたのに、四球を連発して満塁にした。俺たちの後ろの席に横浜ファンのおじさんたちが座っていて、「解説」をしてくれた。ドラフト1位でものすごい投手をとったのに、ルーキーイヤーは思ったほど良くなかった。あんなもんじゃないはずだ。ハズレかもしれないな。度胸がないんだよ。言われてみると、そのでっかい男は、体のわりにおどおどしているようにも見えた。

「開き直りっていうのかな？　もちろん、当時はそんな言葉は知らないよ。でも、満塁にしてから、次の打者にドバーンって、すっごいストレート投げたんだ。コースとかわからないけど、もうど真ん中だったかもしれない。剛速球だよ。なんか、人が変わったみたいだった。ぜんぜん違う人みたいな、打者が腰引く感じのチョー速い球だった」

電光掲示板に、１５０キロの文字が出た。

「球場中で、うわーってなった。当時、１５０キロの球速って、ありえないような数字だったんだよ」

１５０キロを計測したのが、満塁にしたあとの初球だったのか、その次だったのか、細かいところは覚えていない。

「それまで、指がかかってないようなフォアボール続けてさ、いきなり、火が出るようなストレート、どかんどかんとストライク。ヤクルトの打者はかすりもしなかった。ファールにもしてなかったと思う。バットを振れてたかどうかもわからない」

記憶は美化されているかもしれない。

「三者三振」

……だったと思う。

実のところ、その試合の展開など覚えていない。リリーフに出てきたのは9回だったのかな。十年以上たってから、その神宮での観戦の詳細が気になって調べようとしたが、日にちもスコアもわからなかった。

「ズバーンとストライクが来て、150って出るんだよ。電光掲示板に出るんだ。151とか2だったかもしれないけど、とにかく150を超えるヤツが、続けざまに出るんだ。自信なさそうにしてた佐々木が、鬼神みたいに変わった。自分も、投げる球も炎みたいになった」

客席の反応もすごかった。こっちにも火がついたようにウワアッと叫び声があがる。

「さっきまで文句言ってた後ろの席のおっさんたちが、佐々木ーっ、もう負けてもいいぞーって、この球見れたら、それだけでいい、もう俺は死んでもいいぞーって」

俺は、あの時のおじさんの興奮しきったダミ声が今でも耳から離れない。

「人が変わる瞬間を見るって、あんまりなくないか？　佐々木は、あの時、本当に化けたんだ。もともと持っていたすごい力が出せるようになった。大魔神誕生の瞬間に、俺は立ち会ったんだ」

佐々木という名前は、その日に覚えた。俺は、それから、ずっと、佐々木を気にするようになった。中継のある試合はテレビで見たし、新聞で登板の結果も調べた。あの日から、佐々木は打たれていなかったし、ほとんど四球も出さなかった——と記憶している。

俺のその突然の情熱を親父は面白がり、横浜ファンの魚屋のおじさんにも伝わり、カンちゃんと一緒に球場に連れて行ってくれるようになった。俺とカンちゃんは、たちまち大親友になった。

「おかしいだろ？　ほとんどの試合をスタジアムで見てるんだ。でも、あの時、神宮に行ってなければ、俺はスタジアムに行くようになってなかった」

もちろん、違うデビューがあったかもしれない。いや、あっただろう。97年、98年、この地にいて、あのベイスターズの躍進に、横浜の町をあげての熱狂に無関係でいられるはずがない。優勝の頃の観戦の宝物の記憶は数々ある。日本一の試合も含めて。それでも、なお、大魔神誕生を見た——俺がそう信じる記憶は、特別で神聖だった。

つぶれている酔っぱらい相手に、俺は何を熱く語っているんだろう。でも、昔話をしたい時もあるんだ。今日は、色々思うことがあった。

「で、空振りだったの？　見逃しだった？」

眠っているとばかり思っていた圭士が、急にしゃべった。俺は驚いて跳び上がりそうになった。

「佐々木の三振はー。どっちが多かった？　ストレートばっか？　フォークは投げず？　ヤクルトの打者は誰よ？」

「フォークは投げてないと思う。打者はわからないけど、空振りと見逃し、両方してたんじゃない？」

俺はとまどいながら答えた。

「そこまで詳しいことは覚えてないよ」

「高めを空振るのかー、コーナーいっぱいを見逃すのかー」

圭士は歌うように言った。

「それ、大事じゃん？」

「ど真ん中なのに、速すぎてバットが出ない……」

俺はつぶやいた。

「……って印象」

打者も観客も、唖然として息を飲むような剛速球だった。

チクショウ。初観戦だからなあ。詳しいことがわからない。覚えてない。悔しいなあ。この話、カンちゃんを始めとして、色んな人に語ったけど、こんなツッこまれ方をしたことない。今なら、誰かがユーチューブかニコニコ動画にアップしているかもしれない。佐々木の三者三振とかって。

「佐々木はー、帰ってこねえほうがよかったなあ」

圭士は目を閉じたまま、ぐらぐら体を揺らしながら言った。手にしたグラスが落ちそうだった。

メジャー挑戦し、マリナーズでもクローザーを務めた大魔神は、キャリアの晩年を横浜に帰還し、往年の面影のない投球をした。巨額の年俸や引退試合をめぐる言動について、非難するファンもいたが、俺は悪く思ったことはない。思えるわけがない。

「佐々木が、日本のよそのチームのユニフォームを着ることにならなくてよかった」

俺はため息と共につぶやいた。選手がよりよい環境を求めて移籍するのは、権利であり自由であり仕方がないことなのだが、敵対する国内球団の場合、ファンはなかなか飲みこむことができない。

「おい！」

俺は急に我に返った。

「おまえ、詳しいな。詳しすぎるな」

圭士をおまえ呼ばわりして言った。

「横浜ファンなのか？」

圭士は目を見開いた。

「絶対に、違う！」

鋭い声で叫んだ。

「誰が、あのクソ……」

「言うな！」

俺はさえぎった。

「弱いと言うな」

「あんたは馬鹿だ」

圭士は決めつけた。

「負け続けるチームを無駄に応援して、人生の貴重な時間を浪費している」

「もう二十年応援して、ずっと試合を見ている。いくつのプレーを見たと思ってる？　負けて平気だとは言わない。でも、俺は、本当に多くのプレーを見てきて、大切に思っている。これからも、ずっと見ていく」

「何のために？」

　圭士は詰問した。

「そんな質問をするヤツには、答えは永遠に見つからない。何かのために見るんじゃない。見たいから見るんだ。試合をやっているから見るんだ。見ることが、俺の人生……」

「馬鹿じゃん」

　圭士はつぶやいて、また目を閉じた。

「空振りかー、見逃しかー」

　しゃくにさわることをまた繰り返して、それから本当に寝入ってしまったようだった。ウィスキーグラスが手からすべりおちて、圭士の足とじゅうたんをぬらし、飛び散った氷が電燈の光を反射してきらめいた。

7

　馬鹿と罵(ののし)られても、時間の浪費と嘲笑(あざわら)われても平気だが、圭士に指摘された三振の内容が空振りか見逃しかは、妙に気になった。記憶が印象のみ強く、詳細がわからないことは自覚していた。それにしても、スリーアウトをとった最後の三振が、空振りか見逃しか、くらいは覚えていたかった。なんで、覚えていないんだ？　どっちなんだ？　一度気になりだすと、頭から出ていかなかった。

月曜日、俺は、ほぼ一日中、そのことを考え続けていた。空振りか、見逃しか。知る方法はないかな？　もう一度、パソコンで調べてみたが、どんな角度から検索をかけても、わからなかった。悔しい。俺の宝物が、なんだかぼやけて遠ざかっていく気がする。ウツになりそうなほど悔しい。あの酔っぱらいめ。保坂圭士が横浜ファンかどうかはさておき、野球に詳しいのは確かだった。

月が替わるところの甲子園の3連戦、阪神にこれでもかというほど、打たれて打たれて全部負けた。平日で忙しくて、ほとんど見られなくて助かった。暑い。九月になっても、さらに暑い。最高気温35度前後の日が六日も続いている。

俺は、自分のアイデンティティについて考えざるをえなかった。不確かな記憶を宝物として抱え込み、何を信じたらいいのかわからないチームを心の拠り所とする。そんな自分を馬鹿と言われた。はっきり言われた。

あの日曜日から一週間、圭士とは、まったく顔を合わせていなかった。もともと、生活時間帯が、まったく違う。また、ヘンなホームパーティーを開催したら、親に言いつけてやろうと思ったが、次の週末は、そもそも家に帰ってこなかった。いなけりゃいないで、何となく気になる。

もっと学生時代の友人と会ったりするべきかな。高校、大学の男友達からは、たまに連絡が来て飯食ったりもするけど、年に一、二回のことだ。俺のほうから誘ったりはしない。元の職場の同僚や、商店街の跡継ぎ仲間のほうが、もう少し会うかな。それにしても、俺の人間関係は、どうも希薄だった。カンちゃんだけは、特別だったけど、離れてしまうと、メールのやりとりもどんどん減っていく。最初の一年目は、よくメールをしていて、野球の話でも盛り上がったんだけど。

彼女を作る努力でも？　どうやって？　何かのパーティーに出るとか？　俺はパーティーではロクな目にあわない。酒が飲めない。カナッペも生ハムメロンも嫌いだ（チーズ鱈もだ！）。自分がしゃべると相手を退屈させるし、興味のない話を聞くのも下手だ。日々忙しいのが、実はありがたかった。店をちゃんと成り立たせていかないといけないし、生きている証になる。町と人の必需品だ――家電も配線も修理も色々なサービスも。必要とされて、需要を拡大して、金を稼いで、まっとうに生きていくのだ。

俺の二十代は、こんなふうに、地味に地味に地味に、あっという間に終わるのかな。

初めて、そいつの後ろ姿を見たのは、九月七日の火曜日の夜だった。

猛暑の日中の熱を留めて、湿気もすごく、サウナにでもいるような夜気だった。石段をのぼりながら、汗が額やわき腹をダラダラ流れ落ちる。酒が飲める人は、こういう時にビールを切望するのだろう。俺には、冷えたコーラが待っている……はずだ……圭士に飲まれてなければ。ヤツは今夜も遅いのか。

保坂邸の正面玄関には、この石段から入る。車庫と裏口のある反対側は細い車道に面しているが、徒歩なら石段のほうが近い。俺が大学時代から乗っている自分用の原チャリは、半年前に壊れていた。原付じゃなくてバイクが欲しいけど、駐車場の問題もあり簡単には買えず、店のスクーターを「通勤」や「私用」に使うのは親父が禁じていた。

まあ、そんなわけで、俺はのろのろと石段をのぼり、保坂邸の門から中をのぞきこんでいる、男の後ろ姿を目撃した。

この石段は、保坂邸の前で、行き止まりになり、その先はどこにも通じていない。脇の家の住人と宅配便などの業者にしか、用のない階段だった。俺は足を止めて、男を観察した。家の門のところに街灯があるので、男の姿は、ある程度は見てとれた。年齢は、二十代か三十代？ 背は高くないが、すごく痩せている。肩近くまで雑に伸ばした感じの長めの髪。黒っぽい半袖のシャツをオーバーに着て、細身のジーンズ。バッグの類は持っていないようだった。

家の部屋は、どこも明かりがついていなかった。留守に見えるその家を、男はやけに熱心に端から端までじっくり眺めている。空き巣が下見か？ それとも、圭士に何か用事があるのか？ 用事があるとしても、あまりまっとうなものには思えなかった。

男の感じは気に入らなかった。何かを探っているようなのだが、そんなにこそこそしていない。なんというか、雰囲気的に、泥棒系より、ストーカー系なのだ。

どうしよう？ このまま前進して声をかけるか、後退してどこかで隠れて様子を見るか？ どのくらい危険だろう。あたりに人はいなかった。もちろん、周囲の家々に住民はいるだろうが、悲鳴をあげても出てきてくれるかどうかなんて、わからない。

俺は一歩後退した。すると、その気配を察したかのように、男がこちらを振り向いた。目があった……かな？ 息が止まる。数秒間、見つめ合っているような間があり、すぐに男はこちらに向かって階段を下りてきた。逃げる暇などなかった。男は、俺のほうを見ず、視線を落としたまま、足早にすっとすれ違った。石段の幅が狭いので、腕がぶつかる。ぶつかってきたという感じではないが、すみませんとも言わない。その無表情の無言が、妙に気持ち悪かった。

男は、思ったより若く見えた。二十代前半か、もっと若いかもしれない。

たぶん、圭士の友達か何かだ。この前のパーリーピーポーと違って、ひどく人見知りするタチなんだろう。俺は思考を立て直すと、家に入って、すぐテレビをつけた。二軍から上がってきたばかりの寺原がマウンドにいた。昨年から故障続きで苦しんでいるけど、移籍してきた初年度の輝きが、また見たい。頑張れ！

エアコンをつける前に一度換気しようかと思ったが、あの得体のしれない黒シャツの姿が脳裏(のうり)に蘇(よみがえ)った。ガラス戸を開けるのが、イヤな気がした。何をビビッてるのかな？

圭士が帰ってくるまで起きていようか。あの男のことを聞きたかった。思い当たることがあるかどうか。携帯電話にかけてみたが、いつものように出なかった。

8

石川が打って勝ち、無援護の悲運のルーキー加賀(かが)がよく投げたけど負け、いつもの感じの負け二つ、清水が二桁(けた)勝利到達で村田のホームラン、三年目の左腕の田中(たなか)が初先発初勝利。悪くない八日間が過ぎる中、圭士には会えていなかった。

俺は、あの男をまた見た。一度は、麦田町の二丁目のバス停のそば、もう一度は、保坂邸の車庫の前。バス停の近くでは、反対車線の路肩にスクーターを止めてよくよく見たけど、車庫の前のは営業車の助手席にいたから確信は持てない。怪しいヤツがうろついていると思うと、172、3センチの痩せた若い男が、みんな、そいつに見えてくるからな。

圭士の部屋のドアに、不審者もしくは友人がうろついているという旨のメモを貼り付け、八ヶ岳方面に電話するべきかどうか迷う。いやいや、俺、騒ぎすぎだろう。圭士の部屋のドアからメモをはがす。……疲れているんだ。この夏は暑すぎた。少し暑さも収まってきたから、もう少し頑張って夏を乗り切りさえすれば、普通のことを怪しく思ったりしなくなるはず。他人を見て、泥棒とか犯罪者とか思わなくなるはず。

たぶん、俺は圭士をぜんぜん信用していないんだろうな。圭士の周辺に、事件や不審者が渦（うず）を巻いていて当然だと思ってるんだ。一緒に住んでいるのが、カンちゃんとか、治療院のアッくんとか、大学の友達のマコトとか、前の同僚の塚田（つかだ）とかなら、妄想を繰り広げたりしていないよ、たぶん。

着信記録が山盛りなんだから、一度くらい、かけかえせよ。てか、電話出ろよ。何のための携帯なんだ。電源が切れていないところが、また余計に腹が立つ。昨夜は一時まで寝ないで待っていたがダメで、明け方くらいに物音がした気がしたけど、俺は眠すぎて起きられなかった。

初めてのお客さんからの依頼なので、昨日、下見に行き、エアコン取り付けのために、ドリルや配管カバーが必要なことはチェックしていた。軽トラに、エアコン本体、室外機、20メートルの銅管のパイプ、100メートル巻の太い電源ケーブル、排水用のドレンパイプ、脚立を載せて行く。柏葉(かしわば)の戸建てだ。

昨日は雨降りで驚くほど涼しく、今日は晴れたが、一頃の暑さとは比べものにならなかった。最高気温が31度くらいだとめちゃめちゃ楽に感じる。気温下降と同時に、注文、修理の依頼も減少していた。この夏はきつかったが、メーカーや量販店より早く、即日でエアコン取り付けができるウチは、ずいぶん儲かっていた。

エアコンの交換箇所は二階だった。古いエアコンを取り外す前に、フロンガスが漏れないようにポンプダウン——エアコンのスイッチを入れ、室外機の二本のパイプのうち室内へ空気が流れるほうのバルブを閉めて五分ほど運転する——作業をする。プライヤーでカップリングを外す。1・8メートルの脚立に乗って、パイプ、ドレンパイプ、電線を外していく。その際に、長さを測っておいて、家のサイズに合わせて配管パイプを切る。これは、軽トラの荷台で専用カッターで切るのだが、4メートルと判断した。銅管は高価なので、測定ミスで無駄にしたくない。長めに切ると余るし、短めでやりなおすともっと余計に使う。この一連の作業を一人でちゃんとできるようになると、電気屋の作業員として認めてもらえる。親父はそういうことを口にしないが、じいちゃんに聞いた。エアコンが出来りゃ一人前だよって。俺が一人でエアコンの取り外しと取り付けに行って無事に作業してきた時、親父はけっこう満足そうな顔をしていた。

取り付け作業を終え、はずした古い部品すべてを軽トラに回収し、玄関で奥さんに書類にサインして精算してもらう。その時、居間のほうから髪の長い細身の娘がでてきて、俺にペットボトルの緑茶を差しだした。

「飲みますー？」

素顔のような娘は年齢不詳で、どこかで見たことがあるような気がした。

「水分補給してね」

ありがたくいただく。

「あれー？」

娘は声を張り上げた。

「前に会ったねー。圭士んとこ、いた人よね？」

そう言われて、目の前の女子の顔をしっかりと見る。俺は女子の顔を、あまり真正面からしかと見ないタイプだった。

「ああ」

俺はうなずいた。ケンタッキーフライドチキンのモモ肉を握りしめて寝ていたコかもしれない。黒っぽい濃いアイメイクを足して、巨大なゴールドのポン・デ・リングみたいなピアスをしてると……。三人の女の子の中では、一番おとなしかった。俺の口に何かを詰めこんでこなかった。感謝すべきだろう、この冷えた緑茶と共に。

すごい偶然があるものだ。まあ、近所の友達なら、ありえないことじゃないけど。

「圭士の友達っぽくないなって思ったけど、電気屋さんなんだー」

彼女は言った。笑顔を作らずに、だるそうにざっくりしゃべる。友達ではないという面倒な説明をわざわざする相手でもなかった。

「あの時は……」

お世話になりましたでもないし、誰があの即席ゴミ屋敷を掃除したんですか、でもないよな、知りたいけど。

「圭士さん、その……、最近、何かあぶないことしてないですか？」

俺は言うつもりのなかったことを、口に出していた。自分の言葉に自分でちょっとあせった。目の前の女子が、それこそ圭士の友達なのかどうかもわからない。親しいのかも、敵か味方かも。敵ってなんだ？

「ヘンなヤツにつけ狙われることって、ないですか？」

お互い名前も知らないパーティーの友は、黙ったまま俺をじろじろ眺めていた。

「なんか、あったの？」

しばらくして彼女は尋ねた。これは、当然すぎる質問だった。

「家のまわりをこそこそとうろついている男がいるんです。二回か三回見て、気になっていて」

俺は答えた。

彼女は、首を傾げて真剣に考え込んだ。少しして、

「そう言えば、なんか、エキストラだかタレントだかの女の子にちょっかい出してモメたって話、聞いたかなー」

と言った。

女の子？　あれは、ものすごく中性的な女子だったか？　体型はぎりぎり女子でもありだが、絶対男だったぞ。

「圭士は女のトラブルばっかで」

彼女は肩をすくめるようにして言った。

「前の会社も上司の女との不倫がバレて、部署とばされて……。モテるし、断らないし、節操ないし、二股三股罪悪感ないし、ひどい目にあっても懲りないし」

ズケズケとたたみかけた。

「前からのお友達ですか？」

俺は彼女と圭士との関係を知りたくなって尋ねた。

「高校の同級生。家近いってことで付き合うようになって、二ヵ月で別れたけど、それから、ずっと友達」

彼女は答えた。

「二回くらい復活したけど、なんか、すぐにダメになるよね」

あまりにあっさり言われて、反応ができなかった。

「圭士さんに連絡つきますか？」

俺は尋ねた。彼女がメールをしておくと約束してくれたので、不審者の男の背格好と行動を伝えて頼んでおいた。

圭士と親しい女の子は、不審者の話を聞いても、ぜんぜん心配している様子がなかった。もう、放っとけばいいか……。

店に戻る道の途中で、俺は圭士のガールフレンドにしておけばよかった質問を思いだした。なぜ、東京から実家に帰ってきたのか？　圭士に直接聞いた時は、はっきりとした答えが返ってこなかったんだ。

9

二日前から毎日、保坂邸の郵便受けに、白百合(しらゆり)の花が、投函されている。茎(くき)がなく、花だけが切り取られた一輪。一日一輪。三日連続で、断頭されたような白い花を受け取る。

俺は、白百合の花言葉を調べてみた。純潔、清浄、ピュアというのが一般的だが、外国では死者から生者への挨拶(あいさつ)、無実で死んだ人の復讐なんて物騒なものもあった。

俺は、野球中継を録画しないことにしている。リアルタイムで見るからこそ、どんな試合展開にでも、ぎりぎり気持ちがついていける。見そこなった色々ないい場面もある。それは追いかけない。流れていくものは、流していく。俺に許された時間の中のプレーだけを共有する。

でも、土曜日の夜に、いつ帰ってくるかわからない圭士を待ちながら、リビングで読書している時に、今、野球をやってるといいのにと痛烈に思った。今日のデーゲームのヤツでもいい。5位の広島相手に、序盤で11失点、6－16で負けたヤツでもいい。どうやって6点も取ったのか、じっくり見るから。

98年の優勝の時のビデオカセットは実家の俺の部屋にある。禁断の過去の夢。家にいたとしても絶対に見ない。

十二時をまわる。一時を過ぎる。眠い。俺は朝型なので夜は弱い。

白百合の花は、玄関の靴箱の上に陳列してある。最初のヤツは、もう茶色くなっている。香りの強い花なので、玄関はくらくらするような甘いにおいに覆われている。こもった暑い空気の中で、わずかな腐敗臭も混ざっている。気持ち悪いし、捨てたいけど、証拠物件だ。

悪趣味だよな。圭士が何をやらかしたにせよ、もっとまっとうな抗議しろよ。捕まえて、ぶん殴るとかさ。圭士が受けるべきプレッシャーを、ぜんぶ俺がくらっているんだ。


こんな顔してたっけ？　彫りが深くて、少し窪んだようにも見える目は、やや茶色っぽい瞳でキラキラしてるけど落ちつきがない。眉や鼻筋が端正だから男前だけど、口元はいつもニヤついているようで品がない感じもした。髪を切って襟足はすっきりしたけど、もっと明るい茶色に染めたようだ。

俺はヤツを待ちながら、ソファーで寝ちまったらしい。ヤツが目の前に立って、見下ろしている。

「電話に出ろよ」

俺は横になったままで、ぼんやりと言った。

「なんか、ヤバい男が来てるぞ。花まで届いてるんだぞ。警告みたいなヤツ」

「知らない」

圭士はさっくりと言った。

「ユカからのメール見たけど、知らないヤツだと思う」

俺はゆっくりと体を起こした。

「人に恨(うら)まれてるって自覚はないんだな？」

圭士の目をじっと見て問いかけると、落ちつきのない茶色っぽい目がふらふら泳いだ。

「わかんない」

こいつは、二十代後半のくせして、子供みたいにしゃべる。

「警察に届けても、はっきりした脅迫状でもないと、相手にしてくれないと思う。でも、おまえにちゃんと心当たりがあるなら、相談してみるのもアリだぞ」

俺は言った。家主の息子にではなく、問題児の弟に説教でもするような口調になった。

圭士は台所に行き、缶ビールとペットボトルのコーラを持ってきた。コーラを俺に差しだして、一人掛けのソファーに座り、缶のタブを開けた。壁の大きな丸い電波時計を見ると、もう二時を過ぎていた。こんな時間にと思ったけど、喉が渇いていたから、コーラを飲んだ。エアコンはついていたが、29度に設定しておいたから、あまり効いていなかった。圭士は顔に汗をかいていた。

「最近はね、一番ヤバかったのは、双子ちゃんとトラブッたんだ」

圭士はビールの缶を眺めながら言いだした。

「最初はミックのほうが、エキストラで来てて、演技がうまいし、かわいいから、スカウトしたんだよ。俺が声かけて話つけたけど、事務所に入ったら、そのコの担当は別の男がついたの。俺、マネージャーはやってないから。だけど、そいつがすんげーイヤな野郎で、ミックは俺んとこに相談に来たわけよ。で、まあ、恋愛っぽくなって？」

コーラって、飲む時の体調や気分で、辛く感じる時と甘く思える時がある。今のコーラは、何か配合を間違ってるんじゃないかと思うくらい、口にベタベタ残る甘さだった。

「俺さ、マイマイのことは、ほんとに知らなかったんだ。双子ったって、ガキじゃないし、ふつう髪とか化粧とか雰囲気とか違うじゃん。でも、あのコら、しゃべり方もチョー似てるのよ。行きつけの店で会って、ミックのつもりでしゃべってて。まあ、マイマイは、ものすごく酔っぱらってたんだよな。酔ってる時に好みの男に会うと、なびくタイプなんだ。俺も酔ってたし、ミックのつもりで寝ちゃったんだよな」

圭士は、すごく普通にしゃべっていた。自慢げでもなく、悪気もない感じで。

「問題は、マイマイがすごく俺を好きになっちゃったことなんだ。一回寝ただけなのにな。間違ったってわかったけど、言えなくて。それじゃ、ミックと別れようと思ったけど、イヤって言われて」

「二人と付き合ったわけ？」

俺は驚いて尋ねた。

「困ったなと思ってたんだ。どうしようかなって。そのうちバレて」

そりゃ、そうだろうよ。

「双子の女の子の両方と付き合うって、ちょっと男の夢じゃん？　似てるとこと、ぜんぜん違うとこと、色々新鮮で」

「二人に同時に刺されても、文句は言えない案件だな」

俺は想像もできなくて、そう言った。

「ミックは怒った。マイマイはそれでもいいって。マイマイがあんまり泣くから、ミックに悪いと思ったけど、そのまま付き合うことになったの。そうしたら、ミックがまたやる気になっちまって。競争心なのかな。妹に男取られたことになるし」

圭士はため息をついた。

「ミックに渡した合鍵を、マイマイも手に入れてて。俺の部屋に二人ともいつ来るかわからなくて。もう色々修羅場で。職場にも来るし。もう逃げるしかなくなって。とにかく部屋はヤバくて。物壊されるし。叫んだりするから、まわりから苦情来て」

「それで、ここに逃げてきたと」

俺は言った。

「まあね、しょうがないじゃん？　部屋は追いだされたんだよ。壊されなかった家具は売っぱらって、友達んとこ泊まり歩いてたけど、そういや実家空いてるって思ってさ。あんたがいたけど」

「仕事は？」

俺は尋ねた。

「クビ」

圭士は答えた。

そりゃ、商品に手をつけて、そこまで派手なトラブルを起こせば、クビになるだろう。

「今、何してんの？」

「学生の時にバイトしてた店が元町にあって。そこで働いてるよ」

「飲み屋？」

「そうね」

「で、彼女たちとは、きれたのか？」

「のはずだけどね」

ひどい話だった。でも、犯罪者めいた男に狙われる要素はないように思った。

圭士はビールの空き缶を、男にしてはキレイな長い指先でくるくるまわしていた。反省という言葉が辞書になさそうな男だ。もし、俺が、こいつの親や兄弟だったら、どう思うんだ？　親は、なんか、もうあきらめているっぽかったな。

「寝る」

俺は立ちあがった。

「良さん」

圭士は、まるで親しい幼馴染か何かのように呼びかけてきた。

「心配してくれて、ありがとう」

人なつこい、あっけらかんとした笑顔だった。

腹が立つというより、なんだか物悲しくなってきた。誰もがうらやむような一流会社に就職して、そこも、その次の勤め先も、女のことで退職している。転落の人生なのに、落ちぶれたような負のオーラが見えない。どれだけバカなんだ。どれだけおめでたく、考えなしなんだ。……そんなこと、俺が思い煩って、どうする？

10

日曜日、俺は、珍しく、自発的に、大学時代の友達の原島に連絡して横須賀で昼飯を食った。同じゼミだった同級生で、今は建築関係の専門誌の出版社で働いている。原島は時刻表マニアの地味な男で、お互い相手の知らない趣味について語り倒して、わからないなりに聞いてもらえることに満足していた。

原島は、相変わらず、フリータイムは趣味に没頭して、ホームページを更新している。難読駅名クイズや、奇跡の乗り継ぎシミュレーション、仮想旅行と実際の旅行レポートなど、デザインや写真も充実したいいサイトだ。彼女はいないが、仕事は楽しいらしい。原島と趣味や仕事の話をしていると、とても気持ちが落ちついた。

原島は、俺から珍しく誘ったり、野球の話をぜんぜんしないことを、気に留めなかった。マイペースだ。そういうところがいい。俺は、たぶん、地に足のついた人間と話したかったんだ。間違って双子に二股かけてしまったり、いつも酔っぱらっていて、子どものような幼いしゃべり方をする——そんなんじゃない男に会いたかった。

学生時代、彼に、佐々木の連続三振の話をしたことがある。たぶん、二、三回はしている。俺は、そのことを覚えているかどうか聞いてみた。原島は覚えていた。穏やかな笑顔でうなずいた。人それぞれ大切なものがあることをよく理解している男だ。そして、それ以上、決して踏みこんではこなかった。

——空振りかー、見逃しかー

圭士の声が頭をよぎった。胸がきしんだ。

どっちでもいいじゃないかとは言えない。言いたくない。ガキだったから覚えてないとも言いたくない。俺の記憶は不完全だ。思っていた以上にぼんやりした記憶なのだ。

今日、横浜は、また負けているのか？

圭士は、出かけてしまったのか？

家にいたくなかったし、野球を見るのすら、イヤだったんだ。なのに、気にしている。目の前の原島が、ふと遠くかすんで見えた。

俺は、何をしてるんだろう？　何がしたいんだろう？

月曜日、連休で店は休みだった。前日、原島と二軒はしごして、苦手な酒を少しだけ飲んだので、昼過ぎまで寝てしまい、起きたら軽い頭痛がしていた。階下に降りて、ガラス戸や窓を全部開ける。曇りだ。猛暑の頃に比べると格段に楽になったが、午後はそれでもまだ暑く、庭からは熱された芝と何かの花の匂いがした。花の匂いで、俺は郵便受けの白百合を思いだした。玄関に並べておいたのは、圭士が捨ててしまった。昨日は、俺は郵便受けを見ていない。圭士も見なかったらしく（あいつは、まず見ない）、郵便はたまっていたが、花はなかった。少しほっとする。

食事をする気になれずに、コーヒーだけ淹れる。顔馴染になったコーヒー店で薦められた煎りたてのコロンビアだ。食事替わりだと思って、牛乳も砂糖もたっぷり入れる。二時になると、テレビをつける。3連戦の一つくらいは勝ってほしい。画面に映るスタジアムを眺めながら、俺はなんで昨日、原島に野球の話をしなかったんだろうと考えた。一年半前に会った時は、笑われるくらい盛大に愚痴った覚えがある。

ついに醒めてきたのか？　迷いがあるのか？　迷いって何だ？

——好きなものが野球しかないのに、あんな弱いチームでさ……

また圭士の声が蘇る。たいして話す機会もないのに、あいつの言葉は、いちいち、俺の心をえぐる。

久しぶりに、三浦の先発だった。今月序盤に登板があったが、まだ不調のままで、すぐに再調整になり、二週間くらいで戻ってきた。このまま悪いままでシーズンを終えてしまうのか、もしかして引退なんてことは……、なんて思うと、見るのが恐ろしい。優勝メンバーがいなくなっていく中で、あの頃の横浜から思いをつなげてくれている唯一の選手だ。本当に横浜に残ってよかったのか、阪神に行っていたらと後悔していないのか、そんな考えがよぎるのもつらい。

スタジアムに行こうか。行くべき日だろう。三浦に直接届く声援を送らないと。内野席を買って、大きな声を出して……。今すぐ出れば、3回のマウンドには間に合うかも。

それでも俺はなかなか決心がつかず、テレビの前に根を生やしていた。前回よりは調子がいいな。行かないと……。立ちあがりかけると、階段から足音がして、圭士がやってきた。家にいたのか。気がつかなかった。

「ねえ、なんで、良さん、いつも、テレビで見てんの？」

圭士は、大きなあくびをしながら、核心をつく質問をした。

「なんで、スタジアム、行かねえのよ？」

宿題をやろうと思って机の前に座ったとたん、勉強しなさいと親に怒鳴られた子どものような気持ちになった。

「別にテレビでも……」

俺は口ごもった。

「まあ、そうなんだけどさ。でも、あんた、球場で見るの好きだろ？」

圭士に言われて、ドキリとする。

「別に……」

「神宮の話さ、あれって、あそこにいたって自慢だろ？　ナマで見たって自慢だよな。球場にいたってさ」

「自慢ってわけじゃ……」

「まあね」

圭士は鼻で笑った。

「目の前で、負けるの見るの、ヤだよね」

それが、たぶん、正解だった。カンちゃんがいなくて寂しいというのは、嘘じゃない。一人で野球を見るのがイヤなのも本当だ。でも、一番大きな理由は、圭士が言う通り、目の前で見たくない、だろう。テレビというフィルターを通して見るくらいが、ちょうどよかった。目の前で、いつでも消せるテレビ。スイッチ一つで、なかったことにして忘れてしまえる敗戦。適度な距離感。熱心なつもりで、いつの間にか、俺はおそろしく適当なファンになっていたんだな。

なんで、わかるんだ、そんなこと。俺が自分で気づかずにいたようなこと。

「あんたさー、絶対に絶対に絶対に、横浜ファンだよな？」

俺は圭士に詰め寄った。

その時、玄関のチャイムが鳴った。

立っていた圭士が、リビングのモニターの前に行き、ハイと答えた。

「お届け物です」

少し離れたところから見た俺の目にも、モニターの映像が、宅配業者や郵便局員とは違うことがわかった。無警戒に、玄関に向かおうとしている圭士の背中に呼びかけた。

「ちょっと待って！」

圭士は振り向いた。

遠くから、ちらりと見ただけだ。でも……。

「あいつかもしれない」

俺はささやいた。

「え？」

圭士はぼんやりと聞き返した。

「不審者」

「マジ？」

俺たちは顔を見合わせて、動きを止めた。

「不審者が堂々とチャイム押して来る？」

圭士は言って、玄関にすたすたと歩いて行った。俺は後を追った。

「チェーンをして、少しだけドアを開けろ」

俺はアドバイスした。

「大丈夫だって」

圭士は、普通にドアを開けてしまった。

白い大きな花束を抱えた男が立っていた。黒いTシャツの上に黒いシャツを着て、昭和のフォーク歌手のように黒い髪を襟元まで長く厚めに伸ばし、骸骨（がいこつ）のように痩せて、眼光の鋭い男だった。

「保坂圭士さんですね？」

男は聞いた。見た目の印象より、かなり低い声だった。

「はい」

と圭士は答えた。

男は黙って、花束を圭士の手に押しつけた。白い百合の花束だった。茎も葉もついた、およそ十本くらいの大きな花が、かぐわしい香りで揺れていた。

男は花束を渡すとすぐに何も言わずに立ち去った。俺はぼうっと立っている圭士の脇をすりぬけて靴をはき、男の後を追いかけた。石段を下りるしか道はない。俺の足音を聞きつけて、男は振り返り、スピードアップして逃げ出した。やたらと足が速かった。車道に出ると、男は停めてあったバイクにまたがって逃走した。ナンバーを読み取ろうとしたが、無理だった。

家に戻ると、圭士は花束を玄関の床に置いたままにしていた。拾い上げて、おそるおそる調べてみる。白い紙でラッピングされた花束には、カードも何もなく、送り主は不明だった。俺が花束を持って、リビングに入ると、ソファーに座っていた圭士が振り向いて、

「持ってくるな。捨てろよ」

と言った。

「何かヘンなものが付けられてるかも。爆弾とか盗聴器とか」

爆弾はともかくとして盗聴器はあるのかな。

「経験があるの？　盗聴器を仕掛けられるとか」

俺は尋ねた。こいつの人生、そのくらいのことはアリなのかな？

「友達が探偵社で働いていて、けっこう普通に盗聴器を使ったりする話は聞いてる」

圭士は不機嫌そうに答えた。

「何につけ」

俺は圭士の目の前のリビングテーブルに、花束を置いた。

「君のものだ。フルネームを確認して配達された」

「知らねえよ、あんなヤツ」

圭士はつぶやいて、

「これって、百合？」

と尋ねた。

俺は黙ってうなずいた。ここまで意味ありげに百合をぶつけてくるのは、何かがありそうだ。

「ユリって名前の女の人と何かあった？」

俺は聞いてみた。

「さあ……」

圭士は思いだそうとするかのように眉をひそめた。その時、頭に、何人のどんな関係のどんな女性が通り過ぎたのか、と想像してみると、モテない俺としては、ちょっとした爆弾くらい仕掛けられていてもいい気がした。俺が近くにいない時にな。

「前、よく行ってた目黒のスナックにいたけどね、ユリちゃん。確か、ユリちゃんだよな?」

圭士はつぶやいた。

「で、ユリちゃんと、どんな揉め事を?」

俺が尋ねると、圭士は首を横に振った。

「ないない。普通に飲みに行くだけの店だし。キャバとかじゃないし。あのコは、美人だけど、ちょっと暗い感じで。色々抱えてそうなね。深入りすると恨まれそうな。俺、そういうのダメでさ」

「気づかないだけで、片思いされてたとか」

俺が言うと、圭士はあごを抱えて、真剣に悩んだ。このポーズだけで、マジで爆撃されろと思うね。

「そういや、今度、話聞いてくださいって言われたことあったかな」

圭士は記憶を掘り返した。

「でも、二人で会ったことないよ」

「最近、顔見てる?　そのスナックには行ってる?」

俺が聞くと、

「行ってない。てか、半年くらい前に、店、つぶれたんだよ。友達に聞いたんだけど」

圭士は答えた。

その店のユリちゃんに、圭士が知らないところで何か恨まれていたのか、彼が思いだせずにいるどこかのユリちゃんに恨まれているのか？　でも、メッセンジャーは男だった。

とんでもないプレゼントが来て大騒ぎをしているうちに、三浦は2失点していて、チームは1得点していた。スレッジのホームランか。５回を終わって、まずまずの経過だ。

圭士は落ちつかない様子で、リビングや台所をうろついていた。不審者と対面して、名指しで不気味なプレゼントを手渡されたりすれば、そりゃ落ちつかなくもなるだろう。

あの黒シャツは何をしたいのだろうと俺に聞いてくるので、そんなのわかるわけなかったが、白百合の花言葉の怖いほうを教えてやると、ますます落ちつかない目つきになった。

携帯から、三人くらいに電話していた。つぶれたという目黒のスナックのことを聞いていたようだ。

俺は野球に集中できなかったが、三浦が打たれていたので、よかったかもしれない。三浦が打たれると、打球が俺の体に全部鋭く突き刺さるような気がする。それは、清水でも、大家でも、若手の加賀、藤江、牛田、阿斗里でも、今年はほぼ見られなくなった木塚でも、復活を信じている寺原でも、みんなみんな同じことだ。三浦が少し特別なのは仕方がない。

スタジアムに行けばよかった。

同時に、行かなくてよかったとも思ってしまう。

自分の部屋に入って、ベッドに横になって、圭士のお父さんの書斎に残されていた古い海外ミステリを読んだ。ピーター・ラヴゼイは、初期の歴史ミステリが好きだが、ここにあるのは有名なダイヤモンド警視シリーズだった。自分がミステリ的な奇妙なエピソードの中にいるようなのが、何か少し愉快な気がして、少し気味悪くもあった。どこかで物音がすると、ハッとする。窓から外を確認してしまう。

もう空は暗くなっていた。庭とその周辺を見下ろすが、特に変わった様子はない。やれやれ。何を神経質になってるんだろう。俺はｉＰｏｄをシャッフル再生し、イヤホンを耳に突っ込んだ。外の物音なんか聞かない。庭なんか見ない。

しばらくして、部屋のドアが開いた。俺は驚いて跳ね起きた。圭士が何かしゃべっている。俺はイヤホンを耳から抜いた。ノックをしたらしいが、聞こえていなかった。

「頼みがあるんだけど」

と圭士は少しためらうように言いだした。それだけで、イヤだと断りたくなった。

「その、あの、俺、出かけたいんだけど、外が気になって。つまり、その、外に怪しいヤツがいないかどうか、さっきのヤツとかいないかどうか、ちょっと階段のへんを見てきてくれないかな？」

「なんで、俺が？」

思わず聞き返した。

「いや、ごめん。悪いと思うけど。休みの日だし。でも、あんたなら、何かされたりしないと思うし」

圭士はきまり悪そうにうつむいて言った。

「暗がりで、君と間違われたら、どうするんだ？」

俺は言った。

「じゃ、一緒に行くとか」

圭士は提案した。

「一緒に襲われたら、どうするんだ?」

俺が言うと、圭士はすごく困った顔になった。

「本気で身の危険を感じるわけ?」

俺は半分真剣に、半分冗談のように聞いた。

「何かありそうじゃん」

と圭士は言った。嫌がらせだとしたら効果はあったなと俺は思った。

俺は一人で石段を車道まで降り、周囲の木陰、物陰に怪しいヤツが潜(ひそ)んでいないかどうか、しっかり偵察してきた。猫一匹いなかった。それを報告すると、圭士は安心した顔になり、何度も礼を言った。それで出かけるのかと思ったら、電話がかかってきて長話をしている。

冷凍ギョーザを焼き、冷凍チャーハンを温め、夕食にする。コーラを飲む。俺は、どんな食事でもコーラを飲む。刺身でも天ぷらうどんでも平気だ。モテない原因の一つと糾弾されることもある。食べ終わり、洗い物をして、ついでに台所の掃除をしていると、圭士が現れた。まだ、いたのか。

「あのさあ」

すごく言いづらそうに声をかけてくる。

「電話かかってきちゃって」

それは知ってる。

「話長くなって。それで、その、時間たっちゃって。一時間以上たつし。もう一回、見てきてもらえたら……」

ナメられてるのか？ 絶対にナメられてる！ さっきのお願いをきいてやっただけでも、大出血サービスなんだ。俺は、おまえの召使いでも、パーソナル便利屋でもないぞ。

「冗談じゃ……」

怒鳴りつけて断ろうとしたら、最後まで言いきらないうちに、リビングの電話がジャンゴジャンゴと鳴り響いた。

圭士はうわあと叫び、俺も身をすくめた。この家の電話は、あまり鳴らない。保坂さんご夫妻は山梨だし、圭士は携帯通話だ。ウチの家族も俺に用がある時は携帯にかけてくる。

圭士は俺の顔を五秒ほど見つめていたが、自分でリビングに行って受話器を上げた。

「いや、いりません！」

一言叫んで、乱暴に電話を切る。

「墓の……売り込み」

圭士は、台所に戻ってきて、俺に説明した。

「ハカ？」

「ナントカ霊園」

「ああ」

俺は納得した。

「あいつかもしれないな」

と圭士は言いだした。

「声が似ている」

一度何かを疑い、怯(おび)えると、すべてが怪しく思えてくるのだ。被害妄想モードに突入する。さっきの花の配達人は、一言二言しかしゃべっていない。声なんか覚えているか？

「まあ、落ちつけよ」

と俺はなだめた。そのとたん、今度は、ジャージのポケットに入れてある俺の携帯電話がジンジン鳴りだした。圭士は首を縮(ちぢ)める。俺の電話だぞ？　なぜか、俺までおそるおそる電話に出る。

お客様の近藤(こんどう)さんからだった。本牧町(ほんもくちょう)二丁目の戸建てで一人暮らしをしている八十代の老婦人だ。二十年くらい前は山手町に住んでいて親父がよく通っていた。本牧に引っ越してからも家電は全部小南電機で買ってくれるお得意様で、何かあると、今は俺に連絡がくる。今日は、店が休みなので、携帯にかけてきたみたいだ。トイレと前の廊下の電球がきれて暗くてどうしようもないので取り替えてほしいという依頼だった。俺は圭士に仕事に行くと伝えた。どこに？　何しに？　と驚いたように聞かれたので簡単に答えると、休日の夜にそんなことでいきなり呼びつけられるのかと憤慨(ふんがい)したように言う。

「さっきからの君の頼みのほうが、よっぽど非常識だ」

俺は言った。

「近藤さんは、ヘンな遠慮みたいなのがあって、電球一個で呼ぶのは悪いと思うらしい。幾つか切れるまで待つんだ。たまたま、近い場所が切れて、一気に暗くなって、パニックになっちゃう。そうすると、休みとか時間とかお構いなしに電話かかってくる。電球一個でも、時間に余裕のある時はぜんぜんOKだから早めに言ってほしいんだけど、わかってくれないんだ。もう八十過ぎで、少し頭がぼんやりしてる」

言いながら、なんで、こんなに丁寧に説明するんだろうと考えた。

「そのばあさんは、そんなに物買ってくれるの？　金を落としてくれるわけ？」

圭士は聞いた。

「お得意様だから。でも、それだけじゃなくて」

感じの悪い言い方を我慢して俺は答えた。

「今行けないって言うと、きっと、次からもっと遠慮しちゃうだろうな。よその電気店にでも連絡してくれればいいけど、暗い家でずっと我慢するかもしれない。今夜だって、暗いのが怖くて、トイレに行けないかもしれない。おばあさんが、夜の間、ずっと一人で怖がって我慢する、そんなの想像するより、行ったほうが千倍マシだ」

「慈善事業か？」

「なんで、君は、そんなにつっかかるんだ。どうでもいいじゃないか。たいしたことじゃないよ」

　俺は少しきつい口調で言った。

　圭士は、しばらく黙っていたが、迷うようにしゃべりだした。

「ほんとは、さっき、様子見てきてくれって頼んだ時、行ってくれるなんて思わなかったんだ。あんたは、あんまり人がいいんで……」

「二回も頼んだじゃないか！」

　俺はさすがにキレた。

「どこまでやってくれるんだろうと思って」

　圭士は言った。

「俺、なんか、あんたのこと心配……」

　圭士の言葉に、俺はぽかんと口を開いた。何を言うんだ、このド級のチャラ男が、女にだらしのないテキトーマンのダメ男が……。

「ていうか、頼みたくなって。なんか、すげえ頼りたくなっちゃった」

　女癖(おんなぐせ)の悪いテキトーマンは、甘えたような口調でささやいた。

　俺はため息をついた。

「いいか。俺はすぐに出かける。一緒に来るなら来れば？　店に寄るから、バス通りまで一緒に来ればいい」

　これこそ、慈善事業中の慈善事業だ。

「あのさあ」

圭士は言った。この男の「あのさあ」という話の始め方が嫌いだった。

「車出すよ。店に寄ってから、そのばあさんチに行けばいいんだろ？　運転するから乗っていって」

「いらない」

俺は断った。

「店に行けば、バイクがあるし。だいたい、あんた、用事があるんだろ？」

「たいした用事じゃないし」

圭士は言った。

「送るよ。送らせてくれよ。ばあさんチの前で車停めて待ってるから」

熱心な声と顔つきだった。散歩に連れていってほしい時の子犬のような顔だ。出かけたいとか、たいした用事じゃないとか、言動に、まったく筋が通ってない。とにかく迷惑だし、とにかく面倒くさい。

圭士の車は、ブリティッシュレーシンググリーンのＭＧで、オープンで乗ると、九月の夜風が心地よかった。昼は暑くても、夜はもう秋の涼しさがある。町明かりが真夏の頃より煌めいて見える。空気が澄んできている。

もうじき、シーズンが終わるんだな。横浜のシーズンは短い。ＣＳや日本シリーズには無縁のチームだ。

圭士は黙って運転していた。横顔にサラッとした髪がなびくのを見ると、とてもムカつく。ハンドルを切りすぎるし、ブレーキが多いし、ほんとヘタクソな運転だ。地元民のくせに道も知らないし。

結局のところ、俺って、人の頼みを断れないんだな――と悲しく思う。

11

百合の花束は、圭士が始末したらしい。あれ以来、目立った警告や嫌がらせも受けていない。でも、保坂邸の近くの人けのない階段や路地を歩いていたり、早朝に庭の手入れをしていたりすると、誰かに見られているような気がした。気のせいだ。気のせいに決まっている。俺まで被害妄想に陥ってどうする。圭士は車で移動しているようだった。飲酒運転をしてないといいけど。いや、いっそ、酔っぱらい運転で、例の黒シャツをどかんとぶっ飛ばせばいいんだ。

三日が過ぎた。お彼岸の祭日があり、今週は仕事が楽だった。ただ、ベイスターズには事件があった。木塚が引退を発表した。まだ三十三歳だ。最後にスタジアムで観たのが、三年前かな。この年はオールスターにも出場したけど、次の年が悪くて……。登板過多もあり、回復不能なほど肩が壊れてしまった。闘志むきだしのマウンドで、炎のセットアッパーと呼ばれ、木塚がマウンドに上がると、スタンドはめちゃめちゃ盛り上がった。本当に元気をもらった。……さびしい。

木曜日から、ずっと雨模様で涼しかった。土曜日に、本牧でアンテナ工事の予定が入っていたが、雨がひどい時は延期させてもらうので、午後から晴れてくれてよかった。

アンテナ工事は、二人作業だ。高所で重い物を扱ったり、映りを調整するのは、チームプレーが必須だ。一人で絶対できないことはないだろうけど、ものすごく時間がかかって大変で危険だと思う。実は、親父が昨夜から風邪気味で熱があるらしい。高所作業をさせるのが心配だったが、行くと言い張るし、俺も一人でやる自信はちょっとなかった。

初めてのお客様なので、先週、下見に来ていた。屋根の傾斜があまりに急だったり、梯子が届かなかったりする時には断らなければならない。無理にウチでつけても、メンテナンスができない。足場を組まなければ作業できないケースもあるのだが、家のリフォーム時でもないと高額すぎる。

庭から最長6メートルになる三連の梯子を伸ばして屋根にのぼった。コロニアルの五寸勾配なので、材質も傾斜も作業は楽なほうだ。

視界に入る複数の住宅のアンテナの方向は、まちまちだ。このあたりは、受信感度は悪くないと思ったが、屋根の張り出し方など障害物の影響を受けるようだ。測定器ではかって、一番いい電波を探す。

そして、まずは、古いＶＨＦアンテナの除去作業。デカくて重いし、これはしっかり錆びている。支線を切って本体を取り外し、下におろせるように裁断する。親父の顔を汗がダラダラつたっている。親父はもともと汗っかきだが、顔色も青黒くて、しんどそうだ。大丈夫かと声をかけるが、機嫌悪そうににらまれただけだった。古いアンテナは、俺が全部抱えて下ろすことにする。その間に、親父に、新しいアンテナを下で組み立ててもらった。一番の難関は、屋根の四隅に、支線止金具を取り付ける作業だ。本当にぎりぎり端まで行くし、そこで前方に体重をかけて乗りだすようにしないと付けられない。少しバランスを崩したら、頭から落下する。今日は、これも俺が全部やる。

親父とのコンビプレーは、中央にアンテナをつけたポールを立てる、そこから伸ばした支線を四隅の金具に止めるという作業。無事にアンテナが設置されると、親父が家の中に入り、テレビの前で映りを確認し、俺に携帯で連絡する。微妙な向きの調整を屋根の上の俺が電話で話しながらする。

その作業中、当然親父からだと思って電話に出ると、切羽詰(せっぱつま)った声が「今、どこにいる?」と聞く。どこ? 屋根以外のどこにいると? あ、声違うな。親父じゃない。

「……えっと、誰ですか?」

俺は混乱した。

「俺だよ。圭士だよ。俺、追われてるんだ!」

耳が痛いくらい、わんわんしゃべられる。

「ずっとついてくるんだよ。どうしたらいい?」

「ちょっと待って。今、仕事中で。電話してられない」

俺は困って言った。

「そんなこと言うなよ」

泣きそうな声で圭士は言う。でも、下では親父がつながらない電話に怒ってるはず。

「ほんとにごめんッ。五分、いや十分待って。こっちからかける」

俺は電話を切った。圭士のことは気になったが、とにかく、作業中だし、終わらせなければならない。それに、俺が圭士にしてやれることもない。

わりと問題なく、どのチャンネルも映ったので、屋根の上をどこか傷つけたりしていないかどうか、よく点検して、梯子を下りた。

圭士に電話をかけかえしてみたが、出なかった。思ったより早くアンテナの仕事が済んだので、近藤さんの家に寄ることにした。この前、電球を替えに行った時に、雨漏りの相談をされたので、今日は近くで梯子も積んでいるから、できれば行くと約束していた。

体調不良の親父は店に帰った。高所作業は二人でやるのが基本だが、屋根を見るだけだし、こういうサービスのような仕事は、なるべく一人でやるようにしている。

車を出す前に、もう一度、圭士に電話する。今度はつながった。

「さっきはゴメン。その後、どう？　大丈夫？」

「大丈夫じゃねえ」

圭士の声は、間を開けずに答えた。

「あんた、どこにいるんだ？」

「これから移動する。この前、電球を替えに行った近藤さんチに行くけど」

俺の居場所をしつこく聞くのは、たぶん一人でいたくないせいだ。でも……。

「俺は……、俺は、何もできないよ。喧嘩も弱いし、役に立たない。警察に行ったほうがいい」

巻き込まれたくないというより、真剣に圭士の身を案じてそう言った。

「さっき、交番に行ったんだ。話は聞いてくれたけど、護衛をつけてくれるわけじゃないし。警察なんか役に立たない」

イライラして、おろおろした声。まあ、そうかもな。もっとはっきりしたストーカー被害を相談しても、警察って、たいしたことはしてくれないらしいし。

俺は聞いた。

「本当に見たのか？　この前、家に来た、あの男か？」

「そうだと思う。家からずっとつけられてる」

圭士は言った。

「今日は、車じゃないのか？」

「動かねえんだよ。あいつ、すぐ壊れっから」

MGはカッコイイけど、故障が多いよな。

「何とか、まいてしまえよ。タクシーに乗るとか、店に入るとか、まく方法はあるだろう？」

「交番に入ったから、もういないと思ったんだ。でも、まだ、つけてくるんだ」

「交番って、ウチの店のそばの？」

「そうそう」

「で、今、どこ?」

「石川町の駅のほう」

「タクシーか電車に乗れよ。人のいないとこには行くなよ」

「あんた、仕事、いつ終わるんだ?」

「わからないよ」

俺は困って答えた。近藤さんの家が終わっても、また、次にまわるところがある。

「あ、そうだ。よかったら、ウチにいたら? 小南電機に……」

俺は言った。でも、その言葉を聞く前に、圭士は携帯を切ってしまったようだった。

俺は、車を出せずに、しばらく携帯を眺めていた。近藤さんチを断って、圭士と一緒にいてやったほうがよかったか? 緊急度は、圭士のほうが、断然高いな。でも、俺に何ができる? 俺がいれば、不審者はあきらめるのか? そもそも、あの黒シャツは何をしたいんだ? つけられているのも、本当かどうかわからない。

また、後で電話してみよう。近藤さんチの仕事が終わってから。まだ追われているようなら、ウチの店にかくまって、家族に相談して、山梨の保坂さんにも連絡して……。

俺はため息をついて、車のギアを入れて、ゆっくりと発進した。

近藤さんの家は、住宅地にあり、両隣の家とくっついて建てられていて、庭もないので、梯子は道から屋根に立て掛けないといけなかった。車も路駐なので、急がないと。

屋根は、すべりやすい和瓦（わがわら）だった。傾斜がゆるいのだけは助かるが、瓦の谷の部分を踏んで慎重に移動しながら、壊れている瓦を探す。雨漏りすると言われたあたりに、割れているものが三つ、ずれているものが一つあり、離れた箇所にもヒビやズレがあった。本職に頼んで全面的に修理か葺（ふ）き替えが必要だった。とりあえず、防水テープとパテで応急処置をする。これは、もちろん、電気店の仕事じゃないけど、俺は前の仕事で大工作業が少しできるし、頼まれることもけっこうある。

修理作業がほとんど終わりかけた時、近藤家の前にタクシーが停まるのが目に入った。タクシーから降りた男に見覚えがあった。圭士だ。かがんでいた俺は、思わず立ちあがった。圭士は、怯えた様子できょろきょろとあたりを見まわしている。屋根の上の俺を見つけて、ほっとしたように明るい顔になる。

なんで、ここに来るんだよ？　こっちは仕事中だ。仕事中の俺に何ができる？　めちゃくちゃ腹が立つ。同時に、本当に何か危険が迫っているのか、すごく心配になる。

と、その時、大きな排気音が轟（とどろ）き、バイクが現れた。運転しているのは、黒いシャツをなびかせた痩身の男。前に黒シャツが保坂邸に来た時、俺が後を追うと、ヤツはバイクで逃走したっけ？　あいつか？

黒シャツは、バイクを停めてヘルメットを脱いだ。長めの真っ黒い髪。あいつだ。

圭士は逃げようとした。でも、思いとどまって、バイクを降りた黒シャツに自分から近寄り、声をかけた。「なんで、俺を追いかけまわすんだ？」と言ったようだ。

男は答えなかった。黒いカーゴパンツのポケットから何かを取りだす。手元がギラッと光る。刃物だ。折り畳みナイフを開いたようだった。その瞬間、圭士はダッシュした。道を走って逃げるのではなく、近藤家に向かい、屋根に立て掛けた梯子を上りだした。俺は頭がまったく動かなかった。圭士を助けに行こうと思う間もなく、あいつのほうが、こっちにやってきた。そして、黒シャツも、素早く圭士の後を追ってくる。

「おい！　来るな！　ここは危ない！」

俺は叫んだ。素人が歩きまわれるような屋根じゃない。おそろしくすべる和瓦だ。俺は、滑り止めのついた安全靴をはいて、ヘルメットをつけている。スニーカーじゃ無理だ。というより、慣れていないと、この傾斜のこの瓦の上は歩けない。

「上るな！　俺が降りる！」

俺の声は、圭士の耳に届かないようだった。圭士は、天敵に追われる小動物のような速さで梯子をよじ上り、屋根に足をかける。そして、黒シャツもナイフをポケットにしまって梯子を上り始めた。

梯子は固定してある。はずせない。梯子の低いところにいるうちに何か投げつけて、上らせないようにできないか？　何を投げる？　工具はヤバい。俺は手近にあった、一巻きの防水シートを黒シャツめがけて放った。球技全般（ぜんぱん）が苦手な俺は、物を投げても、狙ったところになんかいったことがない。黒シャツがよける必要もないくらい、防水シートは離れたところを通って道に落ちた。

屋根をさらに上にのぼろうとした圭士が、すべってずり落ちかかっているのを見る。

「動くんじゃないっ。すぐに落ちるぞ！」

俺は叫んだ。

圭士を見ている間に、黒シャツは、梯子の最上段に手をかけていた。もう屋根に上がるのを阻止はできなかった。

この黒シャツは、明らかに異常者だ。一週間以上もストーカーのように家を張ったり、つけまわしたり、嫌がらせで花を贈ったり、あげく、白昼の町中でナイフをギラつかせる。狂気だ。どんな理由で圭士を恨んでいるにせよ、正気じゃない。そんな狂気の男とは、平面の路上でも、お会いしたくない。ましてや、少し間違って動いたら、あっという間に転げ落ちるような屋根の上では、まったく、お会いしたくない。

「話し合おう」

俺は提案した。花を届けに来た時、この男は口をきいた。会話ができないこともないだろう。

「こいつに恨みがあるようだが、たぶん、こいつを恨んだところで時間の無駄だと思う」

俺は自分が何を話しているのか、よくわからなかった。

「こいつを傷つけたり殺したりしたら、あんたは犯罪者になる。こいつのために、わざわざ犯罪者になるのは、人生の無駄だ」

黒シャツは聞いているんだろうか。

「たいした男じゃない。タラシかもしれないが、ふわふわしたアブクみたいなもんだ。マジになっちゃダメだ。よく考えろ。女のことで何かあったのかもしれないけど、恨むほどの男じゃないんだ。アブクみたいなもんだ。そのうち、放っておいてもパチンと割れる。自滅するから、手を出すことなんかない。構ったら負けだ。アブクと戦っても、しょうがないだろう。冷静になれ」

俺は口下手（くちべた）なほうだ。人生で、こんなに饒舌（じょうぜつ）にしゃべったことがないし、こんなに人を悪しざまに罵ったこともない。

「俺が何をしたって言うんだ？」

圭士は、ずり落ちるのを奇跡的に自力で止めて、両手両足で瓦にしがみついていた。

「ユリさんは、死んだんだ」

黒シャツはぼそりと言った。その一言は、俺にも重く響いたが、圭士は雷に打たれたように体をビクつかせた。

「『楓（かえで）』の……ユリちゃん？」

圭士はつぶやくように尋ねた。

「おまえが、さんざん苦しめて、追い詰めて、自殺に追い込んだユリさんだ」

黒シャツは答えた。そして、ポケットに手を突っ込んで折り畳みナイフを取りだした。彼は屋根の端に立っていた。道に背中を向けて。屋根の上で立つ時は、決して、落ちる可能性がある方向に背中を向けてはいけない。ただ、彼の立ち方が危ういのと同じくらい、俺と圭士も危うかった。強烈な恨みを抱いているらしい狂気の男が刃物を手にしている場合、足場の悪い屋根であっても、絶対に刺されないとは言えない。誰がどう動いても危ない。攻撃しても、防御しても、逃げても、危ない。

「自殺？　ユリちゃんが？」

圭士は心底驚いたという声で聞き返した。

「なんで、また、そんな……」

「しらばっくれるな！」

黒シャツは憎々しげに叫んだ。

「全部、おまえのせいだ」

「俺は……俺は、知らない」

圭士は首を横にふった。

「あ、でも、話を聞いてあげるって言ったのに、それきりにしちゃった。聞いてあげないといけなかった。ほんとに……」

圭士はおろおろと言うと、目に涙を浮かべた。

「ほんとに死んじゃったのか？」

圭士の涙を、俺と黒シャツとでは、まるで違った意味にとらえたようだった。俺は驚いた。この危機的状況で、たいして親しくもなさそうな女のことで泣くか？　あと数秒で自分が殺されるかもしれないって、こいつはわかってるのか？　黒シャツは、悔悟の涙だとでも思ったに違いない。圭士は、自分の立場をきちんと説明できていなかった。

黒シャツは、折り畳みナイフを開いた。ナイフは大きく、刃は鋭かった。俺は詳しくないけど、鉛筆を削るような生活感のあるものじゃなくて、戦闘に使う感じの非日常的迫力があった。黒シャツは、屋根の縁をじりじりと横に歩いて、座っているというか倒れているような姿勢の圭士に近寄って行った。

俺は叫んだ。

「待て。待て。誤解だっ」

「ユリさんとやらと、そいつは付き合ってない。ただの店の客だ。嘘じゃない。そいつは、女の話で嘘をつかない」

……じゃないかなと思いながら、俺は大声で言い立てた。あの双子の話を聞いた感じじゃ、付き合ったり、間違ったりした女の話は、絶対に隠さずに人に言うタイプに思えた。女と何かあったことは、すべて、圭士にとって自慢話だ。宝物なんだ。だから、何もないと言ったら、それは、きっと、事実、真実だ。

黒シャツがユリという女とどんな関係で、圭士をどうしたいのかはわからない。でも、このまま黙って見ていたら、絶対にヤバい。

俺は逃げ道を探した。梯子は、まだ、黒シャツのすぐ背後だった。あそこから降りるのは無理だ。俺なら、屋根の上をつたって逃げまわれるかもしれない。逃げながら、黒シャツを動かして、ヤツが勝手にすべりおちていくように仕向ける。こうなったら、やるかやられるかだ。98年の権藤（ごんどう）監督のモットーだ。なんとか挑発して、俺を狙（ねら）わせよう。俺は屋根の上をじりじり移動しながら、黒シャツに、生まれてこの方、口にしたことがないような放送禁止用語をバンバン連発した。×××××！　×××××！　×××××！　でも、ヤツの耳には届いていないようだった。ヤツは圭士から、まったく視線を切らない。……むずかしい。無理か？

「圭士くんっ」

俺は叫んだ。もう一か八かだ。

「屋根に上れ！　上に上れ！　よじ上れ！　俺についてこい！　ゆっくり動け。落ちるなよ！」

俺は素早く移動して、圭士のところに行って、腕をとった。

「立ちあがるな。四つん這いで上れ」

二人で屋根の天辺を目指す。

近藤家の裏は、すぐ近くに家が立ち並んでいる。屋根から屋根の距離は遠くなかった。あの向かいの屋根が、あんまりすべるヤツじゃないといいけど。

「いいか。駆け下りて、向かいの屋根に跳べ！」

俺は言った。

「なんだって？」

圭士は仰天した。

「無理だよ。落ちるよ」

「跳ぶんだ。跳べる。跳んだら、何が何でもしがみついて耐えろ。俺が先にやる。同じようにやれよ」

たとえ落ちても、前向きに落ちたほうがマシだ。運が良ければ何かに引っかかるかもしれない。いや、跳ぶんだ。2メートルないだろう。思いきって、傾斜を駆け下りて跳ぶ。

俺は棟(むね)——屋根の頂上からスタートした。

いったい、これは、何なんだろう。

俺は、何をするんだ？

落ちて死ぬのか？　こんなことで？　バカな同居人のトラブルに巻き込まれて？　それも、どうやら誤解らしいトラブルで？　こんなバカなバカなバカなことが、あっていいのか？

俺は屋根の平部を駆け下りた。高所作業で、やってはいけないリストの一番目にありそうなことだ。向かいの屋根は、こちらより少し低くて、傾斜がゆるい。すごくゆるく見える。和瓦にもトタンにも見えない。そんなにすべらないかもしれない。

軒先(のきさき)で思いきって踏み切る。体が宙に浮く。

跳んだ。

そんなに高くもなく距離もない、それでも、虚空(こくう)。何一つ支えがない。何にも触れていない。その瞬間、死ぬかもしれないと思った瞬間、これまでの人生が走馬灯のようによぎる……のではなく、俺の頭の中には、マウンドと投手があった。

佐々木が投げていた。若き日の佐々木が。

150キロの炎の直球を投げ込む。

「佐々木ー！」俺は心の中で叫んだ。打者の姿はぼやけている。「空振り？　見逃し？」

足に衝撃を感じた。向かいの屋根に着いた。カーブの大きなS形の瓦、波のようにうねって連なる、そのでっぱり部分をつかもうとする。しっかりつかめるものではないが、手はかかり、平瓦よりは滑らない。傾斜のゆるさに救われる。何とか落ちずに、体が止まった。

振り向くと、圭士が近藤家の屋根からジャンプするところだった。来る！　近くに落ちて来た圭士の腕を無我夢中でひっつかむ。二人で屋根の軒先までずり落ちる。止まれ、止まれ。止まった。

喜んでいる暇はなかった。黒シャツが後を追って、すぐにも跳んできそうだった。

この家は、二階のベランダが張り出していて、屋根から降りられそうだった。俺、圭士の順で、ベランダに降り立ち、ガラス戸を激しくノックした。向こうの部屋に人の気配はなく、戸を開けようと試したが鍵がかかっていた。俺は屋根を見上げた。来るかな？　ドンと何かが落ちたような音がした。俺たちは顔を見合わせた。来た？　どうする？

ベランダの下は、庭だった。真下には、低木の茂みがある。

「降りるぞ」

と俺は言った。

「こっから？」

圭士は悲鳴をあげるように言った。

3メートルないだろう。うまくすれば、茂みのクッションもある。

「捻挫（ねんざ）か骨折程度だよ。死にゃしない」

俺はベランダの柵を乗り越え、腕をいっぱいに伸ばしてぶら下がり、庭に落下した。重力が加わるせいか、屋根から屋根に跳んだ時より足が痛んだ。落ちた先の低木の小枝や硬い葉が皮膚に刺さった。圭士も、すぐそばに落ちてきた。

庭から外に出たい。出入り口がないか見まわしていると、家の中から人が出てきた。七十くらいのおじいさんが、ひえぇと悲鳴をあげる。

「泥棒！」

「違います！」

「違う！」

俺と圭士は同時に叫んだ。

二階のベランダに黒シャツの姿が見えた。

「すみません！　お邪魔します！」

俺はそう言うと、圭士と住人のおじいさんを左右の手で引っ張って、家の中に飛びこんで、中から鍵をかけた。

「泥棒！」

おじいさんは、また叫んだ。

俺は作業着のポケットを探った。携帯、携帯。あった！　緊急電話で警察にかける。

「ナイフを持った男に襲われて、まだ近くにいるんです。助けて下さい」

言いながら、警察って、こういう電話を毎日のように受けるのかな、イタズラもあるだろうな、信じてくれるのかなと考えていた。住所を言えるかと聞かれて、おじいさんに尋ねると、しょ？」

「住所なんか教えないぞー」と叫ぶ。「助けてくれー。そいつら、泥棒なんだあ」

「いや、違うんです。俺たちが襲われてるんです。泥棒だったら、自分から警察に電話しないでしょ？」

俺はおじいさんと警察の電話口の人の両方にむかってしゃべった。

「俺の恰好、見て下さいよ。電気屋ですよ。見てわかるでしょう？　ここの近所の近藤さんの家に仕事で来たんですよ」

おじいさんは、俺の灰色の作業着と胸に印刷された小南電機の文字と黄色い安全ヘルメットをじろじろ眺めた。少し納得した様子だった。

今いるのは庭に面した一階のリビングのようだが、さっき閉めた戸の向こうに、黒シャツが現れて、ドンドンとガラスを叩きだした。

「あいつが犯人だ！」

圭士が指差した。

「うはあ」

とおじいさんは言った。俺はおじいさんの耳に携帯電話を押しつけた。

「住所を言って！」

おじいさんは言ってくれた。

黒シャツは、閉じた折り畳みナイフで、ガラスを割ろうとしていた。あのガラス代を弁償するのかなとふと思った。俺たちが降ってわかなければ、ここの家は被害を被っていない。ガラスが割れたら逃げるか、今すぐ逃げたほうがいいのか、警察を待つのか、俺は迷って頭がぐるぐるした。

「鍵のかかる、頑丈なドアの部屋、ありますか？　そこで籠城しましょう」

俺はおじいさんに言った。

おじいさんが連れていってくれたのは、なぜか、リビングを出た先のトイレだった。確かにぶあつい頑丈な木のドアで、ちゃんと鍵がかかった。あまり広くない、いや、かなり狭いトイレで、大の男三人が身を寄せ合っているうちに、遠くからパトカーのサイレンが聞こえた――気がした。いや、本当に聞こえた。警察が来てくれたのだ。

黒シャツは逮捕された。

俺と圭士と、さらに俺たちが飛びこんだ家のおじいさんまで警察で事情聴収された。刑事事件というのは、そういうものらしい。近藤さんの家には、親父が謝りに行き、車を回収してきた。

保坂家に帰りついたのは、もう夜も更けてからだった。警察署から電車で帰る道すがら、二人とも無言だった。しゃべることも考えることもできないくらい、俺は疲れ果てていた。

家に入り、部屋に向かおうとすると、階段の途中で、「良さん」と圭士に呼び止められた。

「本当にありがとう」

圭士は静かに頭を下げた。

「本当にごめん」

結局、何がどうなって、こうなったのか、俺はわかっていなかった。圭士もそうだと思う。いよいようなずくには、あまりにもひどい一日だった。誰かが死ななかったことが、奇跡のように思えた。

「おまえさ、あの時、何を思った？」

俺は聞いた。

「屋根から屋根に跳んだ時」

圭士は、とまどった様子で、すぐには答えなかった。

「ああ、死ぬかもしれないって思って跳んで、一生が走馬灯のように見えるかもしれないって時ね、俺ね、佐々木が見えたんだよ」

俺は自嘲気味に笑った。

「一番最初に神宮球場で見た時の佐々木だよ。１５０キロのすっげえボール投げてさ。それで、俺、思ったの。空振り？　見逃し？　って。おまえに聞かれただろ？　あれから、ずっと、ずっと気になってて」

ため息をついた。

「最後の最後にそれだよ。もしかしたら、人生の最期だってのにな。ダメだよな、俺の人生」

圭士はきっぱりと首を横に振った。

「カッコイイよ」

「よくねえよ」

　俺は言った。

「誰かに紹介してもらって、結婚して子ども作る。今度、何かあったら、嫁とか子どもとかのこと思って死にたい」

　本気でそう考えた。

「でも、現時点で、まず、親の顔が浮かばないってのが情けないな。俺がいないと困るお客さんとかさ」

　俺は階段の手すりにだらんと寄りかかった。

「俺ね、今日の良さん、最高にカッコイイと思ったよ。屋根の上の大立ち回りも最高だったけど、それよりね、あのパニクってたじいさんに、俺は電気屋ですってビシッと言って落ちつかせただろ？　あの電気屋ですってのがね、堂々と言う感じが、すっげえしびれた」

　圭士は言った。

「作業着やメットが、すっげえ似合っててさ」

「ロマンのない仕事だよ」

　俺はつぶやいた。

「きついし、もうかんないし」

「ロマンだよ。仕事のことはわかんないけど、仕事してる良さんは、すっげえロマンだと思うさ」

「テキトーなこと言うなって」

俺の言葉にまた首を横に振って、圭士は階段をのぼり、俺を押すようにして二階へ行った。ちょっと待っててと言って自分の部屋に入り、しばらくしてから俺の部屋に来た。

「これさ、もらってくれないかな？」

圭士が俺に手渡したものは、何か服のブランドのようなビニール袋だった。中を見ると、ベイスターズのホームユニだ。俺は取りだして広げた。白地に青のピンストライプ、T.ISHII、5の背番号の下に石井琢朗のサインがあった。使い込まれた、長年着てきたと一目でわかるユニフォームだった。

俺は息が止まった。思考も停止した。少ししてから、ああ、タクローだとぼんやり思った。優勝チームの不動のリードオフマン。1番、ショート、石井琢朗——ウグイス嬢のアナウンスは、あの時代を生きてきたファンなら、一生耳から離れないはずだ。説明無用だった。これを見せられたら、聞くことはなかった。彼が横浜ファンであること、なぜ、それを口にしないか、俺にはよくわかった。一昨年のオフに球団から引退勧告をされ、拒否して広島に移籍した石井琢朗の不在を、ユニフォームを持つほどのファンがどう思うかはわかる。

「もらえない」

だからこそ、俺は断った。

「おまえが持っててくれよ」

「もう、やめたんだ」

圭士は言った。

「野球を見るのはやめた。見たくないんだ」

さらに言った。

「捨てられないし、簡単にあげることもできなかった。やっと、もらってほしい人を見つけたんだ」

「もらえない。もらえない」

気持ちがわかるだけに、俺は泣きそうになって拒否した。

「俺は跳ぶ時に、タクローのことは考えなかった」

圭士は言った。

「何も考えなかったよ」

それが普通だろう。

「良さん、カッケーよ。最高だよ」

俺はバカなだけだ。

12

今はなき目黒のスナック『楓』の元従業員、ユリちゃんこと三好江美里（みよしえみり）は、一月（ひと）前に最寄り駅の電車ホームから転落して死亡していた。遺書はなく、血中のアルコール濃度が高かったこともあり、事故とみなされた。黒シャツこと正岡幸治（まさおかこうじ）は、楓の常連で、ユリちゃんの元彼、フラれたのちのストーカーだった。ユリちゃんは、黒シャツを追い払うために、圭士と付き合っているという話をでっちあげたようだと、楓の元店長が語っていた。そこから、話がどう捻（ね）じれて、ユリちゃんが圭士のせいで自殺したことになるのかは、誰もわからなかった。正岡幸治は、ただ「俺は全部知っている」と繰り返しているらしい。

駅の監視カメラに転落の映像が残っていたので助かったと圭士は話した。まるっきり嘘でも、誰かが強烈な主張をして、ありえない行動に走ると、殺人罪にも問われかねない。自殺説だって、信じる人が出てくるかもしれない。

「俺もね、たまに、ドキッとしたりするんだ。寝起きの時とかさ。もしかして、俺のせいじゃねえかって。もし、ユリちゃんとほんとに付き合ってたら、自分でも思い込んじまったかもしれない」

圭士は俺に話した。

「君のせいで、誰かが死んだりしないよ」

と俺は言った。

「あんたの俺の評価ね。屋根の上で、ずいぶんなこと言われたよな。アブクがどうしたとか何とか」

圭士の言葉に俺は苦笑した。あれは、さすがに言い過ぎた。

「まあね、反省することにしたよ。まっとうに生きてたら、たぶん、こんなふうに生贄（いけにえ）になったり誤解されたりしないんだ」

圭士が真顔で言った。生贄より濡れ衣のほうが言葉として適切だと言うのはやめておいた。まっとうという言葉の定義も聞かないでおいた。俺はただ黙ってうなずいた。

俺たちは、リビングのテレビで、横浜対ヤクルト戦を見ていた。俺は仕事を早めにあがり、圭士はバイトを休んでいた。田中、石川の好投で、さくさくの展開の試合だった。田中はよく投げていたが、石川を打てる気配が微塵もなかった。

俺は、石井琢朗のユニフォームを、結局、受け取っていない。ファンをやめたという圭士は、試合を見るというよりは、事件の話をしているのだが、それでも、田中が打たれると身をすくめ、横浜のほうの石川のヒットや盗塁に腰を浮かせる。

「やめらんないよ」

俺は圭士に言った。

「チームのファンって、やめれないよ」

「やめたってば」

と圭士は顔をしかめた。

「やめてねーよ」

と俺は笑った。

この押し問答は、比較的早くケリがついた。月末に、ベイスターズのオーナーのＴＢＳが球団売却を検討しているという報道が出た。正式発表ではないが、引き受け手の有力候補もあった。

問題は、その企業が、本拠地移転を考えているという噂だった。

横浜が、横浜にいなくなる――かもしれない？

俺と同じくらい、圭士は動揺した。まだ、噂レベルなのに、ユリちゃんの死を知らされた時と同じように目に涙を浮かべたのだった。


どうしてもスタジアムに行かなければいけない――これが命がけの願いであることをわからせるために、親父の前で土下座でも何でもするつもりだった。土下座の必要はなかった。親父はうるさそうに、わかったわかったと了承した。

例の屋根ジャンプの詳細を家族に話した時、母、姉はひどい話だと批難ごうごうで圭士との同居をやめて実家に帰ってこいと強く言われた。一方で、姪っ子とじいちゃんと親父は面白がって聞いていた。下の姪っ子は、どんなふうに屋根から屋根に飛び移ったかを詳しく知りたがり、俺は半ば実演させられた。「良ちゃん、飛べるのね」と彼女に生まれて初めて尊敬された。跳べるんじゃなくて飛べるんだと思ったらしい。三階の窓から飛んでみせてくれとリクエストされて、飛行石を持ってるわけじゃないと固辞した。親父は、妙に嬉しそうな顔をして爆笑して聞いていたが、あれから、なぜか機嫌がいい。じいちゃんが、息子が男らしいと父親は誇らしいもんだと耳打ちしてくれた。姪っ子の尊敬と、親父の笑顔は、気持ちがいい。

そんなわけで、機嫌のいい親父から休みを一日もぎとったが、その前日は無理だった。木塚の引退試合をどうしても見たかったのだが、夜六時という微妙な時間に、お得意様へ冷蔵庫の配達と回収に行かなければならなかった。冷蔵庫は、取り扱う家電の中で最も重いものの一つで、じいちゃんや母さんに助けてもらうわけにもいかない。俺の個人の都合で断れる仕事じゃなかった。バチが当たったのかな。ずっとスタジアムに行くのをサボってたから、木塚の最後の登板を見られないのか……。それでも、もし可能だったら、引退セレモニーだけでも見に行けないかな……。

そして、そう、最終戦だ。

「七日、スタジアムに行こうよ」

俺は圭士を誘った。

「最終戦を一緒に見よう。俺、休みとったから、開場時間に行けるよ。内野自由でよければ圭士くんの席もとっておくから、好きな時間に来ればいいよ」

何かをためらうように迷うように、圭士の茶色っぽい大きな目が揺れた。

「外野……に行きたいな」

圭士はぽつりと言った。

「外野？」

俺はうなずいた。

「いいよ。でも、最終戦は混むね」

ホーム最終戦は、外野を無料開放してくれるので、例年、そこだけはいっぱいになる。この身売り騒動に煽られて駆けつける俺みたいなのがいて、今年はもっと混むだろう。

「良さん、いつも、内野で見てたの？」

圭士に聞かれた。

「そうだね。俺は投手が好きで、マウンドが近いから内野がよかった。カンちゃ……俺の連れは外野で見るのも好きだったし、たまには行ったけどね」

「連れは、どうしたの？　ファンやめたの？」

「岡山に転勤になってね」

圭士は、また、しばらく黙った。

「俺、がんがん外野派だったのよ。だから、最後になるかもしれない試合は、外野で見たい。でも、ブランクあって、行きづらいのよ」

自信がなさそうにぼそぼそ語る。

「援団から離れて、センター寄りで見ようか」

圭士は提案した。ユニフォーム姿じゃなく、応援歌やチャンステーマをしっかり歌えないようなゆるいファンは、応援団近くの外野の「聖地」には近づかないものらしい。

「俺みたいに根性なくして行かなくなっちまったヤツなんて、ヤバいよ。どんな時もずっと外野で応援続けてた連中に合わせる顔がないんだよ」

そうか……。確かに、気持ちを切らさず、腐らず、諦めず、ずっと球場に行き続けていた人の思いを軽く考えたらいけない。

「わかった。場所は圭士くんに任せるよ」

俺は言った。

「センターのほうなら、当日、午後イチくらいで並べばいいかな」

と圭士は言った。

「詳しいなあ。俺よりホンモノだ」

俺は笑った。

「別に外野で声出すのが最強のファンじゃないよ。良さんみたいに、テレビでも、全部の試合をちゃんと見ていた人は、すごいよ」

圭士は言うが、俺は首を横に振った。

「ずっとスタジアムに行かなきゃって思ってたんだ。行きたかったよ。でも、行くのがつらかったり、きつくなったのも本当だ」

なんで、もっと早く、前向きの気持ちになれなかったのかと後悔する。オーナーが変わる可能性は考えていた。でも、チームがスタジアムを捨てていくなんて、カケラも考えたことがなかった。これは、地元民の驕りなのか。だって、横浜は横浜だ。ベイスターズは横浜だ。どうしたって横浜じゃないか。


仕事というのは、だいたいそんなもので、早く終わりたい時ほど長引いてしまう。まず、約束の時間よりお客さんの帰宅が三十分遅れ、下見でしっかり計測しておいたのに、折り返しのある内階段で、冷蔵庫がつかえてしまう。入らなかったらどうしようと大汗をかきながら、親父と二人で三回仕切り直して角度を変え、何とか二階の台所に運び入れる。古い冷蔵庫を回収して店に戻ると、もう八時に近い時間だった。セレモニーには間に合う？　そもそもチケットある？　平日の夜は、普通なら間違いなく入れるが、木塚の引退試合だし、チームの今後のこともある。二階のリビングに駆け上がって、テレビのリモコンをひっつかむ。ＤＶＤではなく、放映中の番組を見ているようで、コマーシャルが映っていた。

「ごめん！　ちょっとだけ、ちょっとだけ、見せて！」

俺は叫んで、ＴＢＳチャンネルに切り替えた。姪っ子たちが、ものすごい声で文句を言い立てているが、無視した。スタジアムの様子を確認して、入れそうなら特攻しよう。８回の表の阪神の攻撃中だった。０－３で負けている。マウンドには、桑原がいて、ランナーが二塁……。と、その時、スタジアムがごうごう鳴った。

リリーフカーが走ってくる。乗っているのは、木塚だ。まさか……？　こんなところで出てくるの？　いつもみたいに？　８回ランナー二塁で？　引退試合なのに？　プレーボール後の一人目に投げて終わったかと……。

一塁側内野席に見覚えのある顔がたくさんいる。吉見、加藤、川村、横山……、かつてのチームメイトが応援に来ている。吉見や加藤は、現役の他チームの選手だ。まだシーズン中なのに、そういう光景は珍しかった。

マウンドを掘る！　足を踏みこむところを木塚ほど入念に激しく深く掘る投手は、たぶんいない。

三浦、江尻、大家、現チームメイトがベンチの外から見守っている。今日、登録されていない投手たちだ。三浦の顔が真剣だ。三浦はまだ引退しないでくれよと切実に願った。

姪っ子たちは、まだわめき続けていて、それに姉も加わっていた。俺はリモコンを抱きかかえた。死守する。

「頼む！　見せて！　一生のお願い！　何でもするからっ」

俺は女性陣に負けない声でわめいた。

「あのピッチャー、あの20番が、今日で引退するんだ。最後に投げるんだ。どうしても見たいんだ！　頼むよ。静かにしろよ。黙れってばよ！」

気迫があれば、女子供にでも勝てる。彼女たちも、ひとまず黙った。

リビングテーブルの脇に正座して凝視する。

投球練習からのルーティーンは、それだけでスタンドを沸かせる。セットポジション。しなやかに素早く右手を振り切り、投げ終わりには軸足が大きく90度くらいの角度で横に開いて跳ねる。躍動感あふれるフォームだ。これを見ていると、まだ、ぜんぜん投げられるんじゃないかと思ってしまう。投球練習が終わると、マウンドを降りて、大きくジャンプ、膝を折って股割り。捕手のサインをのぞきこむ時に、ぐっと顔を近づけ低く身を沈めるポーズ。とにかく、このすべてを俺は物真似してきた。いつでも、できる。

二塁ランナーを振り向いて目で牽制し、武山のミットに投球した。インコース、ストレート、ずばっとストライク。すごい歓声が沸き上がる。対戦する打者は絶好調の新井で、二球目の球をジャストミートしてセンターオーバー、フェンス直撃のタイムリー二塁打を放った。

「打たれたの？」

と姉さんが言った。

「引退試合って、バッターはヒット打っちゃってもいいのかい？」

とじいちゃんが聞いた。

「真剣勝負だったみたいだな」

俺は答えた。

「お約束の三振じゃなくてね」

木塚らしいと思った。勝負を分ける厳しい痺れる8回のマウンドに立ち、最後まで全力で投げ、全力で打たれた。

打者一人だけの登板なのは、引退試合仕様で、すぐに次の投手のアナウンスがあった。もっと見たいというブーイングめいたざわめきから、感謝をこめた大声援に変わっていく。

交替する阿斗里とすれちがいざま、グラブでぽんと叩くようにして、木塚はグラウンドを去った。５００試合近く、リリーフだけで登板した。故障や不調から何度も立ち直って十一年間投げた。

「良ちゃん、悲しいの？」

姪っ子の姉のほうが俺に尋ねた。自分で自分がどんな顔をしてるのか、わからない。

「やー」

俺は曖昧に笑顔を作った。

悲しんだらいけない気がした。そのくらい、すがすがしく木塚は最後のマウンドを降りた。

「ありがとうね。テレビ見せてくれて」

俺は二人の姪っ子の頭をなでた。妹は笑ったが、姉は照れたように顔をしかめた。

球場に行くのはあきらめて、保坂邸に帰って、木塚のセレモニーを見た。投げてきた年数と同じ十一回の胴上げだった。ホーム側だけじゃなくビジター側にまで丁寧な挨拶に行き、両チームのファンの大きな声援を受けた。

圭士はアルバイトでいなかった。一緒に見たかったなと、しみじみと思った。

13

今年、初めての観戦だった。

初観戦、最終戦。

午前十時半過ぎ、関内(かんない)駅前のショッピングセンター二階にあるベイスターズのグッズ販売店に行く。外野で見るなら と圭士がユニフォームを買いたがったのだ。どうせ家にいても落ちつかないし、俺もついていった。タクローのユニではいけないのかと聞くと、今いる選手のものを着たいと言う。圭士は、背番号7の石川雄洋(たけひろ)のホーム・ユニフォームをすぐに選んだ。

「俺は、未来永劫、横浜のショートストップのユニを着て応援するぜ」

圭士はニヤリと笑って誓った。

未来永劫……。

「おまえは、不死かよ」

とりあえずツッコみながら、俺も、誰かの背番号ユニフォームを買ってみようかと考える。これまで買わなかったことに大きな意味はない。でも、内野での観戦が多かったせいはあるかもしれない。

「タケヒロが好き?」

圭士に聞くと、ニヤッと笑う。

「最初はタクローさんがいるのに、タケヒロがショートに抜擢されたから、素直に応援できなかった。でも、好きな選手なんだよ」

今年は、去年に続いての規定打席到達、ポジションもショートに定着して、3割近く打ち、盗塁王を争い、立派な活躍だった。打てて走れるショート。タクローの跡継ぎにと期待がかかるイケメン選手だ。

俺は結局、ユニは買わなかった。これからも、スタジアムで観戦できることを信じて、来年必ず買うと誓いを立てる。

食事をしてなかったので、太源まで歩いて、カレーラーメンを食ってから、スタジアムに向かった。入場待ちの列に並ぶ。開門までは、だいぶ時間があったが、圭士とずっと野球の話をしていた。やはり、小学生の頃から応援している圭士とは、見てきたもの、感じてきたことが、本当によく似ていた。ファンを再開した圭士は、止めていた時間を取り戻したいような勢いで、ひたすらしゃべった。俺は知っている——本当に好きなものの話は、本当に好きな相手としか、本当にはできないのだ。カンちゃんがいなくなってから、こんな時間がまた持てるとは思わなかった。俺たちのマシンガン・トークは止まらなかった。万が一にはホームでなくなってしまうかもしれないスタジアムの脇で、俺たちは、しゃべってしゃべってしゃべって、超ハイテンションで開場を待った。

試合を待つ喜びの中には、ぬぐえない不安があった。色々な報道に一喜一憂しながらも、ベイスターズがここを去る可能性は低いと思っている。でも、やはり不安だ。チームそのものが消えてしまうことだってあるんだ。同じ横浜を本拠地としていた、サッカーのJリーグの横浜フリューゲルス。大阪の近鉄バファローズ。移転ということなら、ホークス、ファイターズ、オリオンズなど、色々ある。ベイスターズだって、川崎から移転して横浜に来た。同じ神奈川だけど、川崎の地元のファンの人たちは、当時、色々思うこともあっただろう。

ライトスタンドからは、空が広く見えた。正面が線路なので建物が遠く、目立つのは左手のホテル横浜ガーデンと右手の照明塔か。照明塔は、横浜のYをかたどっていて、光源の部分がよくある四角ではなく逆三角形をしている。

グラウンドの人工芝は、薄い緑色。外野に高くそびえる青いフェンス。ネットが撤去された見やすい内野席はオレンジ色のシートで、まだ客の姿は少なかった。

グラウンドでは、対戦相手のタイガースの選手たちが練習していた。敵チームの選手たちの練習の動きを見ているだけでも、楽しい。早く、横浜の選手のプレーを見たいと思う。この気持ち、子どもの頃から、野球場に行くのが好きで、何を見てもワクワクした気持ち、なんで忘れていたんだろう。勝っても負けても、そこに「野球」があることは、わかっていたはずだ。

外野からは、遠くに見えるマウンド。昨日、あそこから去った人が一人。このオフにも、いなくなる選手がいる。引退、戦力外通告、ＦＡもある。打線の主軸の二人、村田と内川がＦＡ権を取得していて行使すればいなくなるかもしれない。

たぶん、俺たちは、今あるものが、普通にそのままあると思い過ぎている。選手、球場、チーム……。健康なヤツが明日死ぬと思わないように。……俺たち、死にかけたっけ。あの時、屋根から落ちて打ちどころが悪くて死んでいたら、今日、ここに来られなかったな。

「生きていてよかったな」

俺は圭士に言った。少し嫌味もこめて。

「スタジアムに来られてよかったじゃん」

たくさんの喜びをこめて。

「うん」

圭士はぼんやりした答え方をする。しきりにまばたきをする。また涙目になっている。

「なんか買ってくるワ」

あわてたように席を立つ。

スタジアムの外野の席は狭い。出入りも通行も大変だ。しばらくして、圭士は、ビールとコーラとベイドッグを買って戻ってきた。ベイドッグは、わりと大きめでジューシーなソーセージをパンにはさみ、オニオン、ピクルスなどのトッピングを客が自由にできる人気メニューだった。YOKOHAMAの英字とチームロゴが印刷された包装紙を開けると、圭士が適当にトッピングしてきたドッグパンが現れる。色々詰め込み過ぎでケチャップもマスタードもたっぷりで、なんだか小汚い。けど、これがうまいんだ。それぞれの好みの発泡飲料と共に飲み食いする。

「俺がさ、ここ来なくなった理由の一つが、いもフライよ」

圭士は、もぐもぐしながら言った。

「タクローと一緒にマツダに行っちまったんだよ、あのメニュー」

外野のスタンド下で売っていた、石井琢朗の出身地栃木名物の串刺しの三連揚げイモ。

「ああー、うまかったね、あれ」

思いだして、懐かしく切なくなる。


試合開始三十分前に、ライトスタンドに加地(かじ)球団社長が姿を現した。試合前に急傾斜のライトスタンドをせっせと歩きまわって、ファンに声をかけ交流する名物社長のことは知っていたが、実際に見るのは初めてだった。身売り騒動の渦中の社長に、応援団のリードで「頑張れ、頑張れ、社長」との声援が送られる。ファンからの握手攻めで、すごい人気だ。やはり、今日は、空気が違う。

ベイスターズの先発は高崎だった。社会人から入り四年目、即戦力の先発として期待されていたが、昨シーズンはリリーフにまわり、今季は一軍であまり姿を見ていない。佐々木の背番号22を、ベタンコート、吉見、帰ってきた佐々木、高崎の順で受け継いでいる。永久欠番を考えてもよさそうな大魔神の重い背番号を、一年でいなくなった外国人に渡してしまうのは驚いたが、今季トレードされた吉見投手は投打によく頑張ってくれたし、高崎にも期待している。

試合が始まってしまうと、ただ、一つひとつのプレーを夢中になって追うだけになる。もちろん、外野にいるからには、しっかり声を出す。攻撃時には立って応援する。内野席もどんどん埋まり、ほぼ満員に近づいている。無料開放の外野だけ満員で、内野ががらがらというここ近年の最終戦とは、まったく違う雰囲気だった。いつも、タイガース相手だと、ビジター応援の客のほうが多くて声もデカいが、今日はライトから一塁側の横浜応援もまったく負けていなかった。

高崎の出来がよく、序盤は、阪神、秋山と投げ合う投手戦だった。4回に松本の本塁打がレフトスタンドに飛び込み、均衡が崩れる。もらった援護点はさっさと吐きだすのが横浜投手陣の常だが、今日の高崎は一味ちがった。外野からだと細かい投球内容までよくわからないが、まっすぐがいい感じだ。高崎の最速150キロを超えるストレートは威力があり、スライダーが低めに決まると、なかなか打てない。

「すげえな、ピッチャー。0点って」

7回の表を高崎が投げ終えた時、圭士は首を振りながら言った。

「高崎、すごくいいよ」

俺は深くうなずいた。

先発ローテとして期待されている若手投手がすいすい投げて、7回を零封。この貴重さを俺たちは、ぐっとかみしめる。どんな試合でも、毎回、横浜ファンは探している、明日につながる何かを探す。無理にでも見つけだす。でも、今日は、努力しなくても、高崎の好投を、松本の本塁打を祝福できる。

そして、7回の裏に、俺たちは、「未来への扉」が開くのを感じた。

そう、たぶん、歴史を見たんだ。俺が大魔神誕生の時を見た（と思っている）、あの試合と同じくらい、いや、それよりも、はっきりと横浜の歴史が動く胎動を感じた。

先頭打者は筒香（つつごう）だった。地元横浜高校からドラフト1位で入団した長距離打者。入団会見が横浜のシンボル、ランドマークタワーの最上階で派手に行われ、将来の4番打者として嘱望（しょくぼう）されている。今季は、ずっと二軍のシーレックスで育成の日々だったが、本塁打、打点の二冠王に輝き、二日前に一軍に上がってきていた。スタメンに名を連ねるも、まだヒットがない。

阪神の久保田（くぼた）が投じた初球だった。バット一閃（いっせん）。真ん中へんの速いストレートを、筒香のバットがめいっぱいひっぱたいた、その瞬間、ライトスタンドは、燃え上がった。一斉に叫んだ。吠えた。一塁側の客も打球の行方を追うように順順に腰を浮かせ、球場の半分が一瞬で総立ちになった。

ものすごい打球の速さ。こっちに向かって、ぎゅんと来た。近づいてくるホームランボールの描く軌道、あの力感。左打者が引っ張った、すげえホームランを、ホームのライトスタンドで迎え入れる、あの感じは、経験したものじゃないとわからない。あの幸せは、わからない。俺たちのところに運んでくれたという、あの気持ち。あの豊かさは。

ライトスタンドは、狂乱状態だった。センター寄りの観客も、抱き合ったり、叩きあったり、叫んだり、踊ったり。圭士と千年ぶりに再会した恋人同士みたいに熱く熱く抱き合ったよ。

筒香のホームランが特別なのは、ファンが熱望している和製大砲候補だから。いや、それだけじゃない。低迷するチームを変えて救ってくれる、本物のスーパースターを、俺たちは夢見ているんだ。村田と内川の来季の去就がわからない今だからこそ、ルーキーの長距離砲の一発が、ファンに運んだ夢は、とてつもなくデカかった。

初ヒットが、豪快な初ホームラン。

「タカノリじゃねえか!」

圭士は叫んだ。

「タカノリそっくりじゃねえか、フォーム!」

「先輩だし、師匠だし」

俺は興奮しきって答えた。優勝チームの3番だった、勝負強い、ハマの安打製造機、鈴木尚典(すずきたかのり)は、横浜高校の先輩であり、二軍の打撃コーチだった。

セットアッパーの牛田、クローザーの山口がきちんと締めて、2-0で、2位確定のかかった強いタイガースに快勝した。

俺と圭士は肩を抱き合って、狭い外野席でぴょんぴょん跳びはねた。球団歌『熱き星たちよ』を熱唱する。

最終戦のあとのセレモニー、締めの挨拶は、尾花監督ではなく、さっきライトスタンドで挨拶まわりをしていた加地社長が行った。マウンドの前に立てたマイクで、

「ファンの皆さま、横浜魂を発揮しましょう！　選手と一緒に戦いましょう。必ず強くしましょう。この地で胴上げをして、パレードをしたい。横浜の本当の底力を全国に示そうではありませんか！」

昨日の敗戦で、今シーズンは、95敗を記録した。三年連続90敗超えは、不名誉なプロ野球記録の更新だ。それでも、社長の言葉にファンは、ウォーッと大きく答えた。

「……絶対に横浜の地を離れたくありません。必ずここにいる選手は、来年、皆さまと一緒に戦います！」

社長、そんなにはっきり言っていいのか？　目途(めど)は立っているのか？　俺たちは安心していいのか？

横浜の地を離れたくありません――社長の言葉が、胸に深く深く刻み込まれた。

圭士は、しゃくりあげて泣いていた。

横浜は、俺たちのチームだ。ずっとずっとずっと、共にありたいチームだ。ファンから離れたらいけない。球団も離れて行かないでほしい。一緒にいたい。そうだ、加地社長、一緒に戦わせてくれ。

俺は、もう、スタジアムを離れないから。どんなに仕事が忙しくても、行ける時は、必ず行くから。

ずっと泣いている圭士の背中に手をかけた。

「来年、また来よう。いっぱい来よう。一緒に見ようよ」

俺が言うと、圭士はうなずいた。何度も何度もうなずいて、涙をぬぐった。

まさか、もう見られなくなることはないよなと、グラウンドを見渡してしっかりと目に焼きつけ、じっくりと名残(なごり)を惜しみ、後ろ髪をひかれるようにしてスタンドを後にする。

来年、きっと、高崎のユニフォームを買おうと固く決意する。佐々木にあこがれて野球を見始めた俺が、未来を託すべき、22番の継承者として。

14

2013年、保坂夫人が体調を崩して、横浜に戻ってきたところで、俺と圭士の同居は終了した。男二人の気楽な生活は悪くないし、風向き次第では、また考える。

まあ、それは、どうでもいいんだ。

俺たちには、スタジアムがある。

圭士は、小さな広告代理店に就職して、クビにもならず、不審者に狙われることもなく、とりあえず頑張っている。俺は相変わらず貧乏暇なしで、せっせと働いている。時間を合わせてスタジアムに行くのは、大変だが、月に一度は、お互い何とか都合をつける。

2010年の最終戦で、開くかと思った明るい未来への扉は、まだ遠かった。

2011年、東日本大震災が起こり、開幕が遅れる。プロ野球が行われること、それを見ることが、普通ではなく、特別に思えた年だった。

条件が折り合わず売却を見合わせたTBSがもう一年しぶしぶスポンサーを引き受ける。スタジアムの最終戦は、優勝を祝うドラゴンズファンで青く染められた。そして、シーズン最終戦の東京ドームの試合を二人でテレビ観戦したが、石川がエラーして山口が逆転サヨナラ満塁ホームランを打たれる幕切れとなった。圭士は、バーボンを一瓶空けて、一晩中、泣き続けた。俺も瓶の六分の一くらいは飲んだ。圭士と暮らしているうちに、少しだが酒が飲めるようになってしまった。やけ酒をあおりたい試合が多かった。

姉が夫と仲直りして、実家を出る。姪っ子たちがいなくなって寂しい。

2012年、DeNAが新しいスポンサーになり、本拠地が横浜スタジアムに確定する。高崎が開幕投手を務め、キャリアハイの7勝をあげる。自責点0の投球を六度もしたのに10敗するという、この時期のチームを象徴するような成績だった。

七月に三浦が通算150勝をホームで飾り、「横浜に残ってよかった」とお立ち台でファンに伝えてくれる。平日のナイターなので、途中から入ったが、この言葉を聞けただけで、自分史に残る観戦となった。

本拠地最終戦は、石井琢朗の横浜でのラストゲームとなった。広島と横浜のファンが声をあわせて応援歌をうたうというカオスの中、試合はボロ負けし、新監督の中畑(なかはた)による公開説教と熱い決意表明でシーズンが終わる。圭士は封印していたユニを着てタクローの名を叫び続けていた。

２０１３年、六年ぶりの最下位脱出を遂げるも、そこそこ頑張ったシーズンだっただけに、もっと上位にいけただろうという、感謝知らずの感想をファンは抱いた。いつ以来だかわからないくらい、久しぶりにわくわくする一年だった。

２０１４年、５位。

２０１５年、前半戦折り返しの時に、首位にいるという奇跡が起こったため、最終順位が６位に終わってプロ野球記録となる。

少しずつ、でも、はっきりと感じられるほどにチームは成長し、強くなってきた。

圭士がスタジアムで知り合った二十代前半くらいの女子グループの一人が、中学校の時からの高崎のファンだといい、俺の22番のゴールドスターのユニを熱心に誉めてくれた。ショートカットのさっぱりした顔のコで、運命を感じる。

２０１６年。ラミレス監督就任。

夏のある日、スタジアムの外周某所で、佐々木とすれ違った。すごい巨体。すごいオーラだ。俺がただただ息をのんで眺めていると、圭士が聞きに行けと背中をどやす。あの神宮の三振について聞いてこいとそそのかす。空振りか、見逃しか、死ぬかと思った瞬間に頭に浮かんだことだからと。そんなの聞けないと言うと、じゃあ俺が聞いてくると本当に走って近寄ろうとするので、後ろからタックルして止める。

このままでいい。知らなくていい。思いだせないなら、それでいい。不完全な記憶のままで、俺の中で静かに強く輝かせておく。

俺たちがケンカみたいにもみあっていると、まわりに人垣ができる。なんでもありませんと言って、二人でぺこぺこ頭を下げる。

この年、「未来への扉」が開く。

ダブルヘッダー

☆ドリーム☆

1

「なんで、ウチのカレーじゃないの？　絶対にウチのほうがおいしいでしょ！」

おばあちゃんは本気で怒っていた。

「光希（みつき）、コックになりたいのね？」

お母さんの顔は嬉しそう。

「ハマスタで働きたいんだよな？」

お父さんが、うなずきながら言う。

学校で書かされた将来の夢って作文のせいで、大騒ぎだ。オレは作文なんて大嫌いだし、大人になった時のことなんてわからなかったし、適当に書いたんだよ。先生はほめてくれた、個性的な夢ねって。家に持って帰ってきた時、お母さんに見つかって、おばあちゃんやお父さんにも読まれた。

――ハマスタでカレーを作る人になりたい。

横浜スタジアムに、選手寮で二十四時間食べられるカレーと同じメニューができた。青星寮（せいせいりょう）カレー。すごい人気で、行列しないと買えなくて、オレ、この前、やっと食べれた。

「ウチのカレーもうまいけど、青星寮カレーもうまいよ」

違うカレーなんだから、違う味だし、どっちもおいしいでいいじゃん。おばあちゃんは、ウチの店のいわさき食堂で作る料理が神で、それ以外はクソだと思ってる。あ、カレーの話でクソはヤバいか。

「オレね、ベイスターズの選手たちに、おいしいもの食べさせてあげたいんだ」

お父さんとお母さんの顔を見て、そう言った。

「いいね」

「いいわね」

お父さんとお母さんが同時に言う。

二人とも喜んでたし、オレ、ほんとに、何気なく聞いたんだよ。

「お父さんは、なんでコックになったの？」

大人は三人とも黙った。急に緊張した空気になって、ビックリした。

ウチの店、いわさき食堂は、死んだおじいちゃんが、三十年前に始めた洋食店だ。今は、おばあちゃん、お父さんが料理を、それ以外のことをお母さんがやり、三人で働いてる。

「エビフライがうまかったんだ」

お父さんがぼそっと言った。

「大きなエビフライ？」

オレは聞いた。お父さんはうなずいた。

大きな頭つきのエビフライが一本、ポテトサラダとキャベツの付け合わせ、ライスとスープつきの定食で二千二百円。ウチでは高いメニューだ。ミックスフライに入るエビはもっと小さくて頭もない。オレはいつも夕食を店で食べるけど、大きなエビフライは食べさせてもらえない。

「好物で……。食べさせてもらって」

お父さんは、いつもぼそぼそしゃべるほうだけど、その時の言い方は、何だか泣くのを我慢してるみたいな感じだった。

「おじいちゃんがこだわって、絶対に天然の車海老を使うんだってさ。刺身ならともかく、揚げたらわからないでしょうって言ったら、えらい怒られてね。タルタルソースも何度も何度も味を変えたよ。今のにたどりつくまでね」

おばあちゃんの話にオレはうなずいた。死んだおじいちゃんのこだわりってヤツは、たぶん、全部のメニューにバリバリある。でも、お父さんが大きなエビフライにこだわってるのには、特別な理由がありそうだった。

「ねえ、なんで……」

ってオレが聞きかけたら、お父さんはふいに立ち上がって食卓から離れてしまった。週に一度だけ家族四人がそろう日曜日の夜の食卓。お父さんが最初に席を立つって、めったにないことだった。

2

いわさき食堂は、川崎の追分の交差点の近くにある。川崎駅からは歩くと二十分くらい、川崎高校近くの家からは十分。

ビルの一階で、入口の上にある、大きな紺色の日よけテントに、「洋食」「いわさき食堂」って白い字がどんと目立つ。赤いレンガの壁、すりガラスのドア、木枠で仕切られた窓なんかが雰囲気あるんだけど、レトロっていうよりボロくて、あっちこっち色がなくなってる。

四人掛けのテーブル席が四つ、二人掛けが一つ、キッチンは奥にある。壁も床も木で、テーブルクロスは青と白のチェック。

壁には、おじいちゃんの写真が飾ってある。急な病気で死んでから、おばあちゃんが飾ったらしい。横浜のホテルで働いていたころの写真で、白い高いコック帽をかぶってる。目がくりんとして口が横にデカくてカエルっぽい感じが、オレ似てるって言われてるんだ。

あと、壁で目立つのは、額に入ったおじいちゃんの手書きのメニュー。紙が黄ばんでて、サインペンの字も薄くなってるけど、ずっとそこにあって、お父さんとおばあちゃんは、同じものを、毎日作り続けてる。

「一口、くれよお」

オレがせがんでも、ハッシャンはバカヤロとしか言わないし、絶対にくれない。

大エビフライ定食。そういや、ハッシャンも好きだよな。

「お父さん、それ食べて、コックになったんだって」

オレが言うと、

「カズくんかい？」

お父さん、津村和人は、カズくんと呼ばれている。ハッシャンは、八十七歳の橋本さん。

「そりゃあ、ウソだな。カズくんは、聖ちゃんとラブラブだったんだから」

ハッシャンはキヒヒと笑った。お下品だ。聖ちゃんというのは、津村聖子、ウチのお母さんだ。

「聖ちゃんにひとめぼれしたんだよなあ」

ハッシャンは、でかいエビフライをかじる。

「最初はバイトで皿運んだりしてたんだよ。カズくん、高校生だったな。いつから岩崎の家に住んでたかな？　厨房に入ってコーちゃんの弟子になったのは卒業してからだな」

コーちゃんは、岩崎光一、おじいちゃんのことだ。

「お父さん、前は、別のところに住んでたんだ」

オレは、ちょっと驚いた。

「そりゃ、そうだろ。あそこは岩崎の家なんだからよ」

ハッシャンは答える。オレんチ——岩崎の家。でも、オレの名前は岩崎じゃなくて津村、津村光希だ。津村……？

「津村……の家にいたの？」

「まあ、そうだろうな？」

「知らねえのかよ！」

オレがデカい声を出すと、

「なんでキレんだよ、バカヤロ」

ハッシャンは顔をしかめた。

「昔のことは、何でも知ってるだろ」

オレが言うと、

「大洋（たいよう）のことなら任せろ」

ハッシャンは、大きくうなずいて親指を立てた。オレは、１９９８年の横浜ベイスターズより、１９６０年の大洋ホエールズの優勝のことに詳しいという、たぶん世界で一人だけの小学四年生だ。ぜんぶ、この大洋ジジイのせいだ。ハッシャンは、オレに野球の昔話を聞かせたくて、夕方の早い時間に店にやってくる。オレの夕食時間にあわせて。

「ねえねえ、試合、連れてってよ。夏休みは平日でも行けるから」

オレは大エビフライと津村の家のことを忘れて、お願いした。少年野球チームにオレが入り、お父さんもコーチを始めてから、なかなかハマスタに行けなくなっちゃった。夏の日曜日のナイターくらいしか、時間がなくて。

ハッシャンは、ハマスタで試合がある時はいつでも見られるシーズンシートのオーナーだ。うらやましすぎて、ぜんぜん許せねえ。でも、知り合いが多くて、どこからかチケットを手に入れてくれる、野球の神様でもある。

「あいあい」

ハッシャンは大エビフライをもぐもぐしながら、うなずいてくれる。

「移転しなきゃなあ。川崎球場なら、歩いて行けるのによお」

ハマスタの前には、ここ川崎にベイスターズ、じゃなくてホエールズのホームスタジアムがあったんだ。今、アメフトの競技場になってる富士通スタジアムが昔の川崎球場だって。マジで歩いていける。野球の練習でいつも行く富士見公園の中なんだよ。あそこで、ベイスターズが一年中試合してたら……。オレもため息が出た。

「オレ、毎日行っちゃう。チケットなくても行っちゃう。外の壁見るだけでもいい」

「あの富士通スタ、照明塔だけだな、昔の名残(なごり)があるのは。電圧の問題とかで、あいつは、よく消えやがったんだよ。カクテル光線になってキラッキラ明るくなった時は、たまげたよ」

ハッシャンの川崎球場話が始まった。

「巨人戦だけだな、満員になったのは。阪神戦も、よく客が入ったけどな。ほかは、がらがらで好きなところで見られたよ。

「選手が近かったねえ。ガラの悪いおやっさんたちが、きっつい野次(やじ)飛ばして、よく選手と喧嘩(けんか)してた。

「競輪の試合が始まると、三塁側のてっぺんに車券握った薄汚ねえ奴らがずらっと並んで、こっちのグラウンドにゃ背中向けてよ、野球なんか見やしねえんだよ。

「スタンドの下にブルペンがあって、金網ンとこに隙間があって、ガキの頃は、ピッチャーにせっせと話しかけたりしたもんよ。答えてもらえるとうれしかったねえ。

「工場から煙もくもく上がってた頃だから、空気が悪くてな、7回くらいになると、目が痛くなったなあ」

何度も聞いてる話ばかりだけど、オレは初めてみたいに、うんうんってうなずいてる。野球連れて行ってほしいからってのもあるけど、何回聞いてもイヤじゃない。

ハッシャンにみせてもらった写真は、内野が土、外野が芝の昔っぽい小さな球場だ。なんか、ちょっと泣きたいような気持ちになる。知ってる場所なのに、そこにはもうなくて、どこにもなくて、でも、オレが世界で一番好きなハマスタにつながってる。

3

あの作文で色々あったあと、オレ、タイちゃんに聞いたんだ。「もしかして、将来の夢って、野球選手?」って。タイちゃんは、五年生だけど、上島(うえしま)フレンズのエースで、オレが一番すげーって思う人。川崎区の桜谷(さくらたに)リーグには、もっとすごい六年生投手いるけど、タイちゃんは、毎日どんどんうまくなるのを、そばでずっと見てるから。

タイちゃん、一瞬フリーズして、オレの肩に両手を置いて、顔近づけて耳打ちした。

「甲子園……」

間をあけてから続けた。

「で、投げたい」

「お？」

オレはタイちゃんから少し顔を遠ざけた。

「阪神ファンだっけ？」

タイちゃんは、オレの肩を押しやって突き飛ばすみたいにして、

「バカッ、高校野球だよ」

とささやいた。

「内緒だぞ」

すごく照れ臭そうにしてて、

「おお」

って、オレ、なんかおろおろしちゃった。

内緒にしなくてもいいのに。みんな、めっちゃ応援するのに。タイちゃん、硬球使うシニアに行くのかな。学区の中学の軟式野球部も強くて厳しいらしいけど。オレらがやってるのは、学童って呼ばれてる小学生の軟式野球だ。

上島フレンズは、今二十一人。六年が二人だけど一人が受験であんまり来れなくて、八人いる

五年が頑張ってる。オレら四年は四人、三年が四人、二年が二人、一年が一人。

土曜日の一日練習の時、キャッチボールの相手は、タイちゃんだった。いつもじゃないけど、時々、相手してくれる。

胸元に構えたグラブを少し上に動かすだけで、ボールはビシッと中におさまる。

タイちゃんのフォーム、キレイなんだよな。キャッチボールでも、適当に投げてこない。タイちゃんのボールを受けて、投げ返すと、いつもよりいい投げ方ができる。タイちゃんの投球リズムにオレもシンクロする感じ？　構えて、足をあげて踏み込んで、腕を振り下ろす。タイミング、リズム。ずっと覚えとこうって思うけど、それは無理。


「打ーて、打ーて、ゴー！　ゴー！」

レギュラーじゃなくても、全員ユニフォームを着て、大きな声で応援する。

オレは応援で声出すの、好き。負けてて点差が開いて、みんなが元気なくなっちゃった時でも、一人でもワーワー声出すんだ。プロ野球の応援で鍛(きた)えてるからな。

桜谷小学校の校庭。タープテントの中の折り畳み式ベンチには、低学年が座ってる。オレら四年生四人は、テントの外に立って、ゴー！　ゴー！　って叫びながら跳(と)びはねた。

七月最初の日曜日。

暑い。曇りだけど、もわもわ暑い。

上島フレンズの4回表の攻撃。4－5で負けてる。相手の桜葉(さくらば)少年野球クラブは六年が多くて強いチームだ。三人目のピッチャーの緑川さんは、六年生の女子なんだけど、体が大きくて、球も速い。簡単には打てない。8番ライトの山ちゃんが三振。でも、次に一人だけ三年でレギュラーのピカが四球を選んだ。ピカは、小さいけど、守備がうまくて、足も速いんだ。すぐに盗塁を決めた。

「チャンスだ。振りぬけ、かっとばせー!」

応援は、けっこう適当。決まってない。誰かが言ったことに、のっかって繰り返していく感じ。だから、オレも好きにやっちゃう。

「今だ、リョーマ、くらいつけ、燃えろガッツマン」

大声で歌った。ベイスターズの桑原の応援歌。

「つっぱしれ、どこまでも、勝利を呼ぶ男」

チームでベイスターズのファンはオレだけ。みんな、プロ野球、見ないんだよ。でも、オレがしょっちゅう歌ってるから、応援歌やチャンテが少し広まりつつある。「燃えろガッツマン」のとこだけ、四年生みんなで歌った。

ピカが三盗したけど、そのあとは、二人三振にとられて、4回は無得点だった。

チェンジになって、マウンドにタイちゃんが行く。「ミッキ」とお父さんに呼ばれた。今日は、二番手投手の六年の省吾くんがいないから、三番手投手のオレが準備しておく。タイちゃんが疲れてコントロールおかしくなったりしたら、リリーフで出る。

去年のオフに、五年生(その時は四年生)は、みんな頑張って体力をつけた。人数多いから、走るタイムとか筋トレの回数とか、やたら競うんだよ。体幹を鍛えて、下半身もしっかりしてきたら、プレーがブレなくなった。腰を落としてゴロ捕球、送球の時の足の踏ん張り、試合の時のスタミナ。今シーズン始まって、コーチにほめられて、自分たちも気づいて、オレら後輩もわかった。タイちゃんが一番変わったな。バテなくなったね。前は5回くらいでバテてコントロールきかなくなってたけど、完投できるようになった。7回、90分、投げ切れる。球もたぶん速くなってる。

省吾くんが来られない日が多くなったこともあって、タイちゃんは、もう、バリバリにフレンズのエースだ。四月、五月、六月、どんどんかっこよくなるのを、すげーすげーって見てた。タイちゃんのあとに、オレがリリーフで出て急にボコボコに打たれると、悔しいな。試合相手が、マウンドにオレ出てきたの見て嬉しそうな顔になるの、ほんと悔しい。

タイちゃんは右投手、オレは左。

オレはお箸も鉛筆もぜんぶ左で持つ。左投手としての武器は、コントロールと緩急と一塁牽制。試合でも、ストライクはきっちり投げられる。球は遅い。

「OK！　ナイスボール！」

お父さんの声。

「いいぞ。低めに決まってるぞ」

お父さんのミットに投げるのは好き。キャッチングがうまくて、オレのコントロールすごくなった気がする。保育園の頃から、時間があれば、一緒にキャッチボールしてるから、お父さんが受けてくれると安心する。

コーチしてる時、お父さんの声は大きくなる。いつもより高くて張りのある声。その声を聞くのも好き。

結局、タイちゃんは完投して、強い桜葉に、7－6で勝った。桜葉に勝つのって、すごい久しぶりだよ。

みんなで喜んで、いい気分だったけど、夕食の時、おばあちゃんに、

「また試合出られなかったのかい？　もう、野球なんかやめなさいよ」

って言われてムカついた。

お父さんが日曜日は必ずコーチに行くこと、お母さんも月に一度くらいお茶当番がまわってくることが、気に入らないんだ。

「子供がいくらやりたくても、親に負担がかかるのはよくないよ。店が忙しいのに。三人でやってきりきりまいなのに。日曜日しか休みがないんだから、ゆっくり休まないとダメだよ。仕事に差し障(さわ)るだろう？　光希は試合に出られもしないのに」

いつもの文句ががんがんきて、お父さんは、とても困った顔になる。困って悲しい顔になって、黙ってしまう。お父さんが、おばあちゃんに何か言い返したのを見たことがない。

「オレ、ドリームではエースだよ。四年生以下のチームね。今度、ドリーム対抗戦あるから、見に来ればいいよ」

おばあちゃん、一度くらい見に来てくれればいいのに。見れば、きっと、文句なんか言わなく

なるから。

「レギュラー・チームは、だいたい六年が出るの。フレンズは六年少ないから五年が出てるけどね」

おばあちゃん、聞く気なさそうだけど、オレはきっちり説明する。

「お父さんは、一番ノックがうまいんだよ。キャッチャーフライを真上にあげられるのって、ほかのチームでも見たことないよっ。拍手されたりするんだよ。審判もうまくて、ジャッジが正確だからって、お父さんが審判やると、みんな喜ぶんだ。そんな人がいなくなったら困るだろ？」

お母さんがお茶当番にしか来なくて、少しさびしいってことは絶対に言わない。よそのお母さんたちは、試合や練習の時にたくさん来てる。でも、ウチのお母さんは、忙しい仕事をしてて、体力もそんなにないし、日曜日の午後はずっと横になって休んでる。お母さんは、無理したら、いけない。

「お父さんも、ほんとは、日曜日に休みたい？」

オレのために無理してるのかなって、急に不安になった。

「俺は楽しいから、やってる。ミッキがやめても、俺はやめないよ」

お父さんは、聞き取りにくい小さな声でしゃべる。笑わない。おばあちゃんの顔も見ない。でも、やりたいことをやめるとは言わない。

お父さんは、ウソをつかない人だ。ウソをつかなきゃいけない時は、黙ってしまう。そんなお父さんが、楽しくてやってるって言うなら、おばあちゃんがいくらダメ出ししても、お母さんが心配そうな顔になっても、オレはぜんぜん気にしないよ。

4

二十四日、四年生以下のドリーム対抗戦で、オレは先発した。人数がそろわないところはまとまって合同チームを作り、女子チームも入って、全部で20チームの出場だった。

ドリームもリーグ戦をやってて、一年のシーズンで順位を決める。レギュラーみたいに試合数多くないけど。この対抗戦は、春夏秋に一回ずつ全部で三回やることになってる。順位はつかない。オレらは、とにかく試合をやれれば、盛り上がるよ。フレンズは、四年と三年で八人いる。でも、相手の木本レッドスターズも、四年生が六人いて、ドリームが強い。

ジャンケンで勝って後攻を選ぶ。レギュラーでも先発することあるけど、ダメなら誰かが替わってくれるって気持ちがどっかにあるんだよな。ドリームの先発は、オレがやらなきゃって思う。責任感がある。同学年以下に打たれたくないってのもある。

捕手は、四年の夏樹だった。学校違うけど、二人とも三年の春から入ってバッテリー組んだから、仲がいい。オレが夜に一人で留守番するの、チームのみんな知ってるから、土曜日とか、よく家に呼んでくれる。夏樹ンチと、同じ学校で隣の組の草ちゃんチに一番よく行く。夏樹の兄ちゃんは、オレらが入った時の六年で、よく面倒を見てもらった。

夏樹からサインが出る。オレらの野球は変化球禁止だ。全部ストレートだから、高低、インアウト、速い遅いの投げ分け。まあ、遅い球って、そんなに投げないけど。むずかしいんだよ、わざと遅く投げるのって。

立ち上がりは、よけいなこと考えずに思い切り投げる。おわっ、いきなり、すっぽぬけ。夏樹が立ち上がって手をいっぱいに伸ばして捕球。強い球を投げようとして力んだ。

「右足！　しっかり踏み込め！」

お父さんから声が飛んだ。

そうだ。下半身を使って全身で投げる。タイちゃんみたいに、流れるようなキレイなフォーム……は無理でも、とにかく手投げにならないように。

オレは4回まで投げて2失点。5、6回を三年の晴ちゃんが投げて4失点。オレら、あんまり打てなくて、3－6で、80分の制限時間がきて試合終了、負け。悔しいっ。ヒット1本でいいから打ちたかったな。

5

お父さんのベイスターズのユニフォームは、昔から一つだけだ。昔のホームユニの18番、ハマの番長と呼ばれる大ベテラン三浦大輔の背番号だ。買ったのは、２００９年、二歳のオレを連れてハマスタに行った時なんだって。

覚えてないだろうってお父さんは言うけど、オレ、ぼやっと記憶がある。広い緑のグラウンド、高い真っ青の外野フェンス、オレンジ色の椅子で、みかん氷を食べた。その思い出が、最初の二歳の時か、それから毎年行ってるから、もっと大きくなった時なのか、わかんないけど。
お父さんが、いつからベイファンなのかは知らない。番長ユニの話だって、何回も聞いて、やっと教えてくれた。ハッシャンの昔話にも、ぜんぜん付き合わなくて、ノリの悪い男だ、息子のほうがいいってスネられてる。

八年間着続けている18番ユニをお父さんは、本当に大事にしてる。ピンストライプがなくて、つるつるした白地に、胸元はBのマーク、下に小さく横書きでYOKOHAMA、両肩に銀の星、襟(えり)がYの字に切れてて、ボタンがなくてかぶるヤツ。すごいさっぱりして見える。弱い時のユニを頑固に着やがって、ってハッシャンは苦笑いするけど、オレ、あのユニと、着てるお父さんが、ものすごいかっこよく見える。

なんで番長が好きなの？　って質問には、一回で答えてもらえた。「ずっと横浜のマウンドを守ってきた人だから」って。

「マウンドを守る」って言葉、カッケーな。オレなんか、まだ、レギュラーのマウンドには、あんまり上がれないけど、ドリームの時は、ちょっとだけ、そんな気持ちになる。いつか、タイちゃんみたいに、チームのマウンドを本当に「守る」ようになりたいな。

オレ、今年の誕生日にベイユニ買ってもらうことになってるけど、誰の番号にするのか、めちゃめちゃ迷ってる。好きな選手が多すぎて、決められない。田中(たなか)、石田(いしだ)、今永(いまなが)、砂田(すなだ)……一軍の左腕のピッチャー、みんな好きなんだ。キッズサイズないから、大人のSサイズをロングに着るつもり。ぴったりの大きさになるまで、ずっと着る。お父さんみたいに、一つのユニをずっと長く着て応援したい。

八月二十八日。神様ハッシャンが取ってくれたチケットで、お父さんとハマスタ観戦に行く。夏休みの間に、ハッシャンは二回連れてってくれたけど、お父さんと観るのは、一年ぶりくらい。あんまり盛り上がると、おばあちゃんが文句言ったり、お母さんがスネたりするから、二人でどうってことない顔してた。

台風が来てて、昨日から天気悪い。試合開始してすぐに降ってきた。お父さんとハマスタで一緒に観れるのって、年に二回くらいなのに、中止になったら最悪だよ。席は、三塁側のスターサイドだけど、まわりは青いカッパのベイファンばっかり。子供も多い。

八月の後半に、ベイスターズが3位ってことで、ハッシャンは、ちょっとヘンになってる。オレの顔を見ると、「もう負ける」としか言わなくなった。「そろそろ終わりだ」「よくやったよな？　もういいよな？」「よくねえよ！」オレが怒鳴ると、「5位になるのが、ゾノの夢だったんだよ」と、何度も聞いた話を始める。

親会社が替わり、ＤｅＮＡベイスターズになった２０１２年の秋、上とのゲーム差を少し縮めて勝利したお立ち台で、外野手の下園（しもぞの）が「5位になります！」宣言をして、ファンを全員椅子からずり落とした——ハッシャン、この話、好きなんだ。12年は結局、五年連続最下位。5位になる夢は、次の13年にかなった。13年は強かった。5位どころか、3位になれそうだったくらい……。一年生だったオレも覚えてる。二年生までは、お父さんとよくハマスタ行ってたんだよ。ともかく、今年、3位になれれば、十一年ぶりのAクラスで、クライマックスシリーズ進出の夢がかなう。12球団の中で、クライマックスに出てないのって、ベイスターズだけ。そうだよ、夢って、そのくらいのことだろ？　5位じゃないよな？　3位だな？

先発はスーパールーキーの今永だった。六月に調子悪くなって二軍に行ったけど、七月の後半に戻ってきた。一昨日(おととい)、負けたら3位から落ちるって崖(がけ)っぷちの試合を左腕の石田で勝った。今日も、左腕の今永で勝つ！

ロペスのホームランで先制！　お父さん、めっちゃ笑顔。

お父さんは、ハマスタに来ると、なんか顔が変わるんだ。明るくなる。よく笑うし、声出すし、怒るし。声は、コーチやる時にもしっかり出すけど、もっと元気。いつもの静かで優しいお父さんも好きだけど、ハマスタのイケイケのお父さんを、お母さんやおばあちゃんに見せてあげたいな。

次の回に、巨人のクルーズにもソロホームランが出て、同点にされる。雨がすごくなって試合が中断したから、オレたちは、コンコースに行って、雨宿りと食事をすることにした。

オレ、お父さんに、青星寮カレーを食べさせたかったんだ。人気過ぎて行列してて試合前には買えなかったんだ。今も、めっちゃ並んでるけど、オレは根性出すことにした。行列に並びながらも、コンコースのモニターで、グラウンドの様子を見られる。雨すげー。ベンチが映ってロペスがニコニコしてて、梶谷(かじたに)とふざけてる。このまま終わったらつらいなあ。ロペスのホームランもパーになる。

やっとのことでカレーをゲットして、人でぎっしりのコンコースで食べられそうな場所を探す。すごい暑い。あんまり暑いから、並んでる間にカッパは脱いじゃった。自分で自分のユニフォームを見て笑う。へへっ、スターナイトユニ。ハッシャンがキッズイベントでもらってきてくれたヤツ。色んな青の三角がいっぱい。気に入ってる。ホームユニ買うまでは、これを着るつもり。


お父さんが青星寮カレーを食べるのをじっと見つめる。腹ペコだったけど、お父さんが一口食べた瞬間の顔を見たかったんだ。なんかドキドキした。オレが作ったんじゃないけど。作りたいって作文書いただけで。お父さん、料理のプロだし。おばあちゃんには言わないけど、いわさき食堂の料理は、オレ的には世界一なんだ。

世界一の料理を作るコックさんは、一口食べてニッコリした。

「うまいな」

やった！　オレが頑張ったみたいな気持ちになる。


一時間以上も中断してたから、家に帰ったのが十二時近くなって、おばあちゃんは寝てたけど、お母さんにお父さんがゴンゴン怒られてた。お父さんが怒られているすきに、オレは家の電話からこっそりハッシャンにかけた。大人のくせにスマホも携帯も持ってないから、家の電話にかけるしかないんだ。

「勝ったぜー」

ハッシャンが電話に出ると、いきなりオレは叫んだ。

「あのな、ミッキ、虎じゃなくて燕(つばめ)が追っかけてくるぞ」

ハッシャンは秘密の話のようにささやいた。

「虎は秋に弱いが、燕は違うぞ。石井一久(いしいかずひさ)にノーヒットノーランを……」

「いつの話だよ」

それが1997年のことなのをオレはもう覚えていた。

「タナケンのお立ち台、初めて見たっ！」

「まあ、リリーフはあんまり呼ばれねえな」

「すっげえかっこよかった。カーブがぎゅーんって落ちてた」

「ケンジロウのカーブだからな」

「オレ、46買おうかな？　でも、やっぱ21かなあ。14かなあ」

「ウチの左のユニ、全部買えよ。めんどくせえな」

「誕生日に一枚だけだよ」

それに……。言いかけて、やめた。一枚だけを長く着たいって、ユニフォーム・コレクターのハッシャンにわかるわけない。ピンクのロゴのガールズユニまで手に入れて球場に着てくるんだ。ジジイのくせに気持ちわりぃ。

「ハッシャン、チケットありがとう。ユニもありがとう」

オレはお礼を言って電話を切った。

6

九月十日、広島カープが優勝を決めた。シーズン後半の広島は、めちゃめちゃ強くて、2位の巨人にすごいゲーム差つけて、ぶっちぎった。ベイファンにとって、優勝は、なんか見えない高いところでやってることで、六日からのヤクルトとの3連戦が勝負だった。一番大事な戦い。ここで勝ち越して、クライマックスが、すごく近づいてきた。ハッシャンは南無阿弥陀仏と祈り続けてたけど、オレはわくわくしてた。

九月十五日、阪神に逆転勝利。

九月十六日、お父さんがいなくなった。

お昼休みに、お母さんが学校まで来て、お父さんがどこにいるか知らないかって聞いた。いつものように家を出たのに店に来てなくて、いくら待ってても現れない。

「何か聞いてない？　用事とか予定とか」

お母さんの目がウロウロしてた。

「聞いてない」

お母さんやおばあちゃんが知らなくて、オレだけが聞いてることなんて、あるわけがない。

「事故……？」

お母さんはつぶやいてから、ハッとした顔になって、

「ごめん。考えすぎね。気にしないで。ちゃんと勉強してね」

ってオレの背中をぽんぽんと叩いた。

五時間目の国語は、先生の言うことが何も聞こえなかった。

お父さんが店に行かないなんて、ありえない。ふらっと遊びに行くとか、急に友達と会って話してるとか？　ない、ない。何かあったら、絶対にお母さんに電話してる。

お父さんは、まじめだ。まじめすぎるとハッシャンとか年上の人によく言われてる。仕事もコーチも休まない、サボらない。いつも丈夫で元気だ。家族に心配かけたりしない。いつも、家と店とグラウンドにいる。いつも、いつも、そばにいる。

やべえ。泣きそう。目をこすって、まばたきしまくって深呼吸した。

どうしよう？　お父さんが事故にあってたら。病院にいたりしたら。大怪我してたら。

学校の門を出て、すぐにキッズ携帯でかけたけど、お父さん、お母さんどっちのスマホもつながらない。家まで全力で走って帰ったけど、誰もいなかった。自転車で店に行った。禁止されてることだけど、怒られてもいい。

キッチンにおばあちゃんが一人でいて、鬼みたいな顔で寸胴鍋（ずんどうなべ）をかきまわしていた。オレを見ると、まゆをひそめたけど、

「バタバタしなさんな」

と低い声で言った。

「大の男が数時間消えただけで、そんなに騒ぐんじゃないよ」

おばあちゃんが、いつも通り落ちついて怒ってて、店はやるつもりっぽくて、でっかい鍋でヤバいもの作ってる小さな魔女みたいに見えて、なんかちょっとほっとした。

すぐに、お母さんが息を切らして入ってきた。川崎警察署がわかる範囲では、お父さんが事故や事件にまきこまれてはいなそうなこと、いついなくなったかを話すと笑われたこと。

「言わんこっちゃない。話が広まったら、ご近所で物笑いの種にされるよ。さっさと着替えてきて仕事しな」

おばあちゃんは、お母さんをにらみつけた。

「光希も手伝いなさい」

オレは命令を受けた。

「え？　何するの？」

赤ちゃんの頃は、子供椅子にくくりつけられて、ここにいたらしいけど、今はもう店に来てもキッチンに入ると怒られる。子供の来るところじゃないって。

「言われたことを、やる」

おばあちゃんはきっぱりと言った。

「オレ、チャリで走って、お父さん、探すよ。怪我して倒れてるかもしれないじゃないか」

オレが言い返すと、

「町中なら、誰かが気づくだろ」

おばあちゃんがお父さんのことをぜんぜん心配してない気がして腹が立ってきて、

「今日くらい、店休んだって、いいじゃん！」

オレは叫んだ。

「おばあちゃんは、店、店、店って、店のことばっかり。お父さんより店のほうが大事なんだね？」

「光希、やめなさい」

お母さんに止められた。

なんで、ウチは、みんな、おばあちゃんの言うことばかり聞くんだ？　なんで、文句を言ったり反対すると怒られるんだ？

オレ、店の手伝いくらい、いつでもするよ。ていうか、いつでも、手伝いたい。やりたい。キッチン入りたい。ここ好きだもん。ここのバターや油やソースやカレーやコーヒーなんかの色んなにおい、カツを揚げる音や包丁や水やお皿の音、全部大好きだもん。

でも、今は、おばあちゃんの言うことをききたくなかった。オレは店から飛び出して、自転車に乗って走った。

適当に、そのへんの路地を走りまわってから、富士見公園まで来て、お父さん、練習してないかななんて思って、一人で？　まさかまさか。ギャンブルやる人なら、競輪場や競馬場にいるかも？　まさかまさか。悪い友達に誘われたとか？　悪い友達？　あっ、ハッシャン、競輪も競馬も好き。日本鋼管病院の近くのハッシャンの家に突撃する。

ホエールズからベイスターズのユニフォーム、グローブ、応援グッズ、雑誌、ポスターなんかのお宝が、がらくたみたいに適当に置いてあるハッシャンのマンションの部屋にはよく行く。ビジターのナイターの時は、一緒にテレビを見たりする。ハッシャンは、五年前に奥さん亡くしてから、ずっと一人暮らしだ。

「お父さんがいなくなっちゃって、探してるんだ。競輪場とか競馬場とか、一緒に探してくれる？」

オレが顔を見るなりいきなり頼むと、

「カズくんは、そういうのやらねえだろ？」

ハッシャンはぽかんとした顔で言った。

「急に、やるようになったかも……。ハッシャン、悪の道に誘いこんでないよな？」

オレが疑うと、

「あの堅物が、賭け事なんかやるかい」

ハッシャンは顔をしかめた。

オレは昼からの大騒ぎのことを早口でまくしたてた。

「お父さんは、いなくなる人じゃないんだよ」

きっぱり言い切ると、

「そりゃなあ」

ハッシャンはうなりながら考えていたが、急にぽんと手を打った。

「なあ……。ンなこと言ったら、おめー怒るかもしれねえけどよ……」

「何？」

「まさかたァ思うけどよ……」

「だから、なんだよ？　早く言えよ！」

オレが怒鳴っても、ハッシャンはしばらくためらって言わなかった。

「あのなあ……」

ようやく決心して口にした。

「カズくん、甲子園じゃねえか？」

「はい？」

「野球、行ってねえか？」

甲子園？　大阪——じゃなくて兵庫県、そんな遠くに、野球を見に？　仕事しないで？　誰にも言わないで？

「番長、見に行ったたってこと、ねえか？」

ハッシャンに言われて、今夜の阪神戦の先発が三浦なことを思い出した。

今季、二回目の先発。調子が悪くて二軍にずっといて、七月に一度先発した時も、めっちゃ打たれた番長。それから久しぶりの登板になる。

「俺も行こうかなって、ちらっと考えたんだよ」

ハッシャンはつぶやいた。

「見納めになるような気がしてよ」

「みおさめ?」

「最後に見ることだよ」

「最後……?」

オレはお父さんの背中を思い出した。暑いのに冷房もつけずに一人でリビングにいた、汗で濃い色になったグレーのTシャツ。

七月に番長が打たれた試合の録画を、お父さんは仕事から帰ってきてから遅い時間に見ていた。オレ、たまたま水飲みに起きてきて、見たんだ。キッチンで水音たてても、お父さんは気づかなかった。オレ、なんか、声かけられなかった。お父さんの背中が、遠く見えて、呼んでも聞こえないような気がした。

そうか……。

お父さん、甲子園に行ったんだ。誰にも言わずに行ったんだ。誰にも言えなくて、でも、行ったんだ。

オレはうなずいた。

「ハッシャン、正解、と思う」

その夜遅く、お父さんは家に帰ってきた。

オレ、お母さんにだけ、こっそり言った。甲子園にいるかもしれないってこと。お父さんが大好きな番長が投げる最後の試合かもしれないから、どうしても行かなきゃいけないって話したけど、お母さんはわからなかったと思う。信じられないって顔してたから。

リビングのソファーにみんなで座った。

「甲子園球場に野球を見に行ってた」

お父さんは、おばあちゃんの目を見て言って、テーブルに手をついて頭を下げた。

「すみません。仕事をサボりました」

「なんで？」

って言ったのは、お母さんだった。

「なんで、黙って行くの？」

お父さんは、今度はお母さんを見て、また頭を下げた。

「ごめん」

「どんなに心配したと思うの？」

お母さんは目に涙をためていた。

「なんで……」

なかなか言葉が出てこない。

「なんで、野球なんか……」

「野球なんか——って、お母さんたちが言うからさ」

オレは言った。

「二人が野球を嫌いだから、お父さんは言えなかったんだ」

「子供は黙りなさい」

おばあちゃんに怒られた。

「カズくん」

おばあちゃんは呼びかけた。

「私はがっかりした」

オレの胸にもズキッと痛みがくるような言い方だった。

「どうしても行きたいところがあるから休ませてくれって言ったら、私が許さないと思った？」

おばあちゃんは静かに聞いた。

「野球見に行くって言ったら、許さねえだろ？」

オレが小声でつぶやくと、

「光希は部屋に行って寝なさいっ」

大声でキレられた。

「ミッキ、寝なさい。悪かったよ」

お父さんにも言われた。

でも、オレは動かなかった。

「カズくん、あんたが数時間いなくなっただけで、聖子は警察に行った。事故にあってないかどうかね。馬鹿な子だ」

おばあちゃんは言った。

「でもね、私も心配した。本当に心配だった。あんたは、黙って仕事を放り出して、どっかに行く子じゃない。理由も言わずに、いなくなる子じゃない」

おばあちゃんも泣きそうになっているのがわかって、オレはびっくりした。魔女みたいな鬼みたいな、すごいオーラで、店で下ごしらえしてたのに。

「あんたのことは、今の光希くらいの年から知ってる。よく店に食べに来てくれた。いつもエビフライを食べたよね」

おばあちゃんは言った。

「お母さんが亡くなって、あんたが店の前で雨の中、ずっと立ってたね。聖子が見つけて連れてきた。よく来てくれたなって思ったわ。よくウチを思い出してくれたってね」

お父さんのお母さん？　つまり、オレのおばあさん？　おばあさんが死んだ？　ああ、そうか、オレ、もう一人、おばあさんがいたんだっけ。考えたことなかった。

「コーさんが作ったエビフライ、なかなか食べてくれなかった。完全に冷めてから、やっと食べて、やっとしゃべったね、おいしいって」

エビフライを食べて、コックになろうと思ったって、いつかのお父さんの話——その時のことか。

「聖子と結婚する前から、もっともっと前から、あんたは、ウチの息子なんだよ。聖子と同じに、大切な大切なウチの子供なんだよ」

おばあちゃんがしゃべっている間、お父さんは、ずっと下を向いたままだった。

「あんたがいなかったら、コーさんが死んだあと、店をやっていけなかった。ウチの料理を作れるコックはいくらでもいるだろうけど、コーさんの気持ちを皿に載せられる人は、他に誰もいないよ」

「すみません」

お父さんは絞り出すようにしゃべった。

「謝ってほしいんじゃない」

おばあちゃんは首を横に振った。

「言いたいことを言ってほしいだけ」

大きくため息をつく。

「私はこの通り、きつい性格だから、ダメだとかいけないだとか、そんなことばっかり言ってる。これからも、きっとそうだろう。今更、直らないし、変えられない」

一度、言葉を切った。

「でもね、何でも言っていいんだよ。それで、喧嘩すればいいじゃないか。黙っていなくなられるより、つかみあいの喧嘩のほうがいい」

お父さんは、わかりましたとは言わなかったし、自分の気持ちを説明もしなかった。

その夜は、それで終わった。

九月十九日に、ベイスターズは、クライマックス・シリーズ進出を決めた。

その翌日、三浦大輔投手は、引退を発表した。

7

番長の引退試合は、雨で一回流れて、シーズン最終戦の二十九日になった。チケットは取り直しになったから、スタジアムで八時間くらい並んだりしたらしい。木曜日のナイターだから、オレたちは、チャレンジもできなかった。

おばあちゃんは、「なんでも言って」ってお父さんに話したけど、また、店のある日に野球に行きたいなんて無理だ。お父さんは、ずっと元気がないし、おばあちゃんやお母さんとうまく話せてない感じがする。前より、もっと、何も言えなくなってる気がする。

甲子園事件の次の日、お父さんに「ごめんな」って謝られた。「一人で行ってごめん」って。

「気がついたら、新横浜にいたんだ。ほんとに……そんなつもりじゃなかったんだよ」

「呼ばれちゃったんだ、お父さん」

オレは、そんなふうに言ってみた。

真剣勝負のマウンドで投げるところが見たかった、普通に、シーズンのローテの中でって、お父さんは話した。

ハッシャンが、店に来て、自分のシーズンシートを使ってくれ、番長の引退試合を見てこいととんでもないことを言った時、「もう、いいんです」とお父さんはさっぱりした顔で断った。「しっかり見てきました」

ハッシャン、大丈夫か？　大きなエビフライもくれないケチなのに、一生に一度しかないチケットゆずるなんて。最近、ずっとおかしいけど、本当にどうかしちゃったのか。

オレはリアルタイムで、お父さんは店から帰ってきてから録画で、別々に引退試合を見た。

ベイスターズの選手が、みんな、そろって18番のホームユニを着てた。引退試合って、普通、一人に投げるだけなのに、番長は、7回の途中まで投げた。

「119球投げて、10点取られて、7回までマウンドにいられる、それを監督が、チームメートが、ファンが許すんだ、そんな投手は後にも先にもいねえよ」

とハッシャンは言った。

「最後まで勝つつもりで投げてたよ」

とお父さんは言った。

「マウンドで心が折れたのを見たことがない」

クライマックスシリーズのファーストステージは、2位のジャイアンツのホームの東京ドームだった。十月八日から十日、土曜、日曜、祭日。

フレンズは、土曜日が練習、日、月が、リーグ戦だった。月曜日のチケット二枚何とかなるとハッシャンから連絡がきた。「ミッキが決めろ」とお父さんは言った。「たぶん、みんな、わかってくれるよ。ミッキがどんなにベイスターズが好きか、知ってるから」つまり、フレンズの試合を休んで、ベイの試合を見に行ってもいいってことだな？　絶対行く！　CS行く！　行く行く行く！　監督に話して、OKをもらって、みんなに謝ってまわった。

でも、土曜日の練習の時に、タイちゃんの調子がおかしくなった。投げると肩をおさえて、少し痛いと言う。日曜日は省吾くんが投げることになった。月曜日は、省吾くんは塾の試験があって来られなくて、「一日休んだら、治る」って、タイちゃんはオレに笑って言うんだ。「大丈夫、大丈夫」って。「もし、大輝が無理そうなら、晴彦が投げるから」とヘッドコーチの学さんは言ってくれた。「クライマックス見てこいよ。ベイスターズ、初めて出るんだろ？　次はいつかなんてわかんねえぞ」

見てこいって言ってもらって、泣くほど嬉しい。でも、ちょっとだけムカついた。ベイをナメんなって。昔は弱かったけど、今は強くなったんだ。夢は5位じゃなくて3位で、それがかなって、もっともっと強くなれるんだ。

それに、晴ちゃんが先発するのがイヤだった。レギュラーで先発なんて、めったにできないのに、オレじゃなくて、三年の晴ちゃんがマウンドに上がるの？

マウンド――。

マウンドに、いたいな、オレ。

マウンドで、投げたい。

タイちゃんが痛いのを無理して、肩をこわして甲子園で投げられなくなったら、オレのせいじゃん。それは、絶対、絶対、絶対、イヤだ。

オレは、十日の月曜日に、大沢(おおさわ)小学校のマウンドにいた。臨海(りんかい)少年野球部の六年生に、メタクソ打たれた。連打くらってる時、番長のこと思い出して、心が折れないって、どういうことかなって考えた。わかんなかった。でも、少しでも長く、オレが投げたいって思った。マウンドにいたい。晴ちゃんにも、タイちゃんにも投げさせたくない。

今、東京ドームでは、オレの好きな石田が投げてる。今日勝ったら、ベイスターズはファーストステージを勝ち抜いて広島に行ける。石田健大(けんた)、頑張れ！　オレ、頑張れ！

8

「青かった。青かったよ。真っ青だったよ。ドームが青かったんだよ！」

ハッシャンは、ただ、青かったとしか言わなかった。オレは行ったことないからわからないけど、東京ドームって、前はベイスターズのビジターの青いユニを着た人が三塁側にもほとんどいなくて、レフトの応援団のあたりに固まっているだけだったらしい。

あのものすごい熱気、半分青く染まった、ベイスターズブルーの火で燃えてるようなスタンドを録画で見た時に、オレは後悔しかなかった。行けばよかった。あそこに行けたのに行かないなんて、ファンじゃねえ。勝ちはつかなかったけど、石田の熱いピッチングも見たかった。

ベイスターズは、２位のジャイアンツをやっつけて、ファイナルステージに進み、優勝したカープにやっつけられた。

悔しかった。

いつも勝てって応援してる。でも、ＣＳをテレビで見ていて、これまでで一番負けてほしくないって思った。

負けたらいけない戦いって、ほんとにあるんだな。

オレも、そんな戦いをしたいな。

臨海にボコられて、めっちゃ悔しかった。区で一番強いチーム相手だから、四年のオレが投げて打たれるのは当たり前かもしれない。でも、あんなに打たれるのはイヤだ。オレのせいでチームが負けるのはイヤだ。

ハッシャンが「青かった」、オレが「行けばよかった」を毎日言ってた秋に、お父さんは泣き続けていた。家でも、店でも。

じわっと涙ぐむくらいだから、よく見てないと気づかない。でも、家族は、みんなわかってビックリして心配した。一番ビックリしてたのは、お父さんかもしれない。ものすごく恥ずかしがって、困って、どうしたらいいかわからないみたいにオロオロしてた。どうしたの？　っておばあちゃんにしつこく聞かれても、なかなか答えなかったけど、最後にほとんど声も出さずにつぶやいた。

「さびしくて……」

すぐに付け加えた。

「……すみません」

おばあちゃんとお母さんはともかくとして、オレも何のことか、すぐにはわからなかった。一時間くらい考えて、お父さんに聞いた。

「もしかして、番長のこと？」

そうしたら、お父さんは、もっとオロオロした。うんって言わなかったけど、あんまり困ってるから、それ以上聞けなかった。ハッシャンに話すと、お酒が苦手なお父さんを無理やり飲みに連れだしてた。それから、ハッシャンはオレに言った。

「好きな選手がいなくなった時の気持ちってのは、わかるヤツにしかわかんねえ。どれだけ説明したって、わかんねえ」

それから、こうも言った。

「カズくんが泣いてるって聞いて、俺は慰(なぐさ)められた。本当に慰められたよ」

クソ、二人だけで、わかりやがって。のけ者にされた気がして、すごくムカついたけど、オレだって、ぜんぜんわからないわけじゃないんだ。ずっと、お父さんの18番のユニフォームを見てたんだから。

お父さんは、きっと、もう何も言わないと思ったから、オレより、もっともっとわからないはずのおばあちゃんとお母さんに、とにかく必死で説明した。ハッシャンが説明できないって言ったのがよくわかったよ。

「バカじゃないの」とおばあちゃんは怒鳴り、「そんなことで？」とお母さんは目を丸くした。二人とも信じてくれなかったけど、他に理由がなさそうなんで、だんだんわかってくれたのかな。

十一月の終わりくらいに、日曜日の夜の夕食の時、おばあちゃんは、お父さんにこう言った。

「新しいメニューを出そうかと思うんだ」

お父さんもお母さんもオレも、驚いて、みんな、えっ？　って言ったよ。おじいちゃん――岩崎光一が作り上げたいわさき食堂の味とメニュー、ずっと何一つ変えずに続けていく、守っていくっていうのが、店で働いてる三人の約束だった。固い約束。

「私が死んでからでもいいかと思ってた。遺言に書いておこうってね。でも、長生きするつもりだし、そろそろいいかなと思ってね」

おばあちゃんはそう言って、少し笑った。

「新メニューは、カズくんが考えなさい。まずは、一つ作ろう。それから、また、考えよう」

「で、でも、お義母さん……」

お父さんは、まだ驚いた顔のままで、口ごもった。

「私は手も口も出さないから、一人で完成させるんだよ。試食はするよ。納得できたら、店に出そう」

おばあちゃんは、はきはきとしゃべった。

「いわさき食堂は、いずれ、あんたのものになる。しっかりと継いでほしいんだよ」

お父さんは、黙ったまま、ずっとおばあちゃんの顔を見ていた。お父さんのかわりに、お母さんが言った。

「ありがとう。お母さん」

「あんたに礼を言われることじゃない」

おばあちゃんは怒った声になる。

「わかりました」

お父さんは、しっかりした声を出すと、頭を下げた。

「やってみます」

それから、お父さんは、一人で夜遅くまで店に残ったり、日曜日の夜に店に行ったりして、新メニューを作り始めた。寝る時間が少なくなって、コーチもちゃんとやってて、倒れないかって心配したよ。

でも、お父さんは泣かなくなった。ぼんやりした顔もしなくなった。おばあちゃん、グッジョブってことだよなってオレは思った。


お父さんの甲子園事件の夜に聞いたことについて、オレはずっと考えていたんだ。

お父さんは、オレくらいの、つまり九歳とか十歳の時から、いわさき食堂に来ていた。親と一緒に、だよな。お父さんのお母さんが死んだ時に、店に一人で来た。その時に、おじいちゃんが、お父さんの好物だった大エビフライを作ってあげた。お父さんは、それを食べて、コックになろうって決めた。

　お父さんのお母さん、オレのもう一人のおばあさんは、もう死んでいないんだ。オレのもう一人のおじいさんは、生きているのかな？　甲子園事件の次の日に、そのことを、お父さんじゃなくて、お母さんに聞いた。お母さんは、しばらく考えていたけど、お父さんの昔のことは、自分もよく知らないと答えた。「いつか、光希には話してくれると思うな」とお母さんは言ってた。

「お母さんがお父さんに初めて会ったのって、いつ？」

　と聞いてみた。

　おばあさんが死んで店に来たお父さんが、雨でずぶぬれになっているのを見て、中に入れたのがお母さんだって話だった。

「高校生の時」

　とお母さんは答えた。

　そして、その夜の話をしてくれた。店を手伝っていた高校生のお母さんが、看板を片付けようと外に出た時、雨に打たれて、店の中を見つめて、突っ立ってるお父さんを見つけた。高校生のお父さん。

「知らない人――だったんだけど、なんだか、そんな気がしなくて。知ってる人のような気がして。とにかく普通じゃなくて。何とかしなきゃいけないって思ったの」

　お母さんは笑って言った。

「変よね。すごく当たり前のように、手を引いて、中に連れて入ったのよ」

高校生のお父さんとお母さんを想像するのは、無理だった。すげえ恥ずかしいし。

「泣きながら、エビフライを食べる人を初めて見たな」

とお母さんは言った。

「ほんとはね、泣き虫なのよ、お父さん」

お母さん、お父さんのこと、好きすぎる……。

「お父さん、何も言わないけど、自分の親のこと、大切に思ってるはずなの」

お母さんは、ささやくように話した。

「結婚する時に、私の親は——おじいちゃんとおばあちゃんはね、お父さんにお婿さんに来てくれって頼んだのよ。つまり、岩崎の家の人になって、岩崎和人って名前になってくれってね」

「お婿さん……ムコヨウシ？」

オレが何かのドラマで覚えた言葉を口にすると、お母さんはうなずいた。

「そう、婿養子ね。でも、お父さんは、私をお嫁に欲しいって断ったのよ。津村の名前のままでいたかったみたいなの。お母さんがお嫁にいって、岩崎聖子から、津村聖子になったの。だから、あなたが、津村光希になったの」

ひょえー、オレは岩崎光希になるかもしれなかったのか。どうでもいいけど。

どこかに津村という家があって、そこでお父さんは子供から高校生になった。どんな家なのか、何人の家族がいたのか、どこにあるのか、考えたってわかるわけなかった。お父さんは黙っていて、お母さんも話してくれない。

津村という家は、ぼんやりと暗いイメージで遠くにあった。考えていると、少しこわくなった。

9

毎年、年末年始は、五日間くらい店をお休みして、伊豆や箱根の温泉に泊まりに行く。今年はお父さんが新メニュー作りをするって一人で残ったんだ。お母さんも残るって言いだして、旅行は中止になりかけたけど、お父さんに邪魔だって無理やり追い出された。

お正月に一人でいるなんてって、お母さんは心配してラインばっかり見てるから、おばあちゃんにスマホを取り上げられた。

「放っておいてあげなさいよ。楽しく過ごしてるよ。そんなもんだよ」

おばあちゃんの言う通りだと思ったけど、お父さんがいないと、海を見て砂浜を走っても、旅館のご馳走を食べても、ぜんぜん面白くなかった。温泉に一人で入ったのは、ちょっとドキドキしたけど。

三学期が始まり、一月がどんどん過ぎていく。寒い。オフの練習がきつい。ベイスターズの試合が観られない。冬は嫌いだ。

ビヨンドのバットを地面に置く。試合や練習の時、バットは、みんなのをきれいに並べて置く。野球の用具を丁寧に使うことに、学コーチはうるさい。ずっと欲しくて、お年玉で買ったばかりのバットは、置くのがもったいない気がする。並べて見ると、オレのバットだけ、ピカーッて光って見える感じ。同じの使ってる子いるし、お年玉で新しいバットを買ったのオレだけじゃないけどね。

イトーヨーカドーの隣のデポは、見るだけでも楽しい。何か買える時は、もうウハウハになる。バットの試し打ちができるから、どしっと重いビヨンドのバットを何回も振って打ってきた。振るのに力がいるけど、当たるとすげえ飛ぶんだよな。夏樹が持ってて、あいつは長打力あるから、でっかい当たりをボンボン飛ばしてて、うらやましかったんだ。

バットのグリップテープも買って巻いた。ＳＳＫの青いヤツ。手にピタッときて気持ちいい。あとゲームソフト買ったら、もう、それ以上使ったらダメってお母さんに止められた。

富士見公園の野球場での一日練習。ランニング、体操、ダッシュ、キャッチボール。基礎練習では、投手はオフにピッチングができないから、フォームがためをする。中学の軟式野球部で投手をやってたお父さんが、バッテリー・コーチをすることが多い。

モーションに入って足を上げる時、バランスがくずれないように、片足で立つ練習をする。オレだと右足を上げて左足だけで立って、５秒止まる。お父さんがカウントしながら、ふらつかないか、じっと見てる。それで、右足を踏み込んで、そこでまたストップ。しっかり踏み込めてるか、体重移動ができてるかをチェックされる。そのあとで、片足立ち10秒もやる。10秒ふらつかずに片足で立つのは、けっこう大変。タイちゃんはちゃんとできるし、晴ちゃんは途中でよろよろする。オレはできたり、できなかったり。

あとは、股割（またわり）で体重移動の練習と、タオルを使ってのシャドーピッチング。両端を球に結んだ長いタオルを振って、投球動作をする。体重移動、肩、肘（ひじ）の位置を細かくチェックされる。お父さんは一度に一つしか言わない。その日は、そのことだけ、ずっと直されることもある。

いつも言われるのは、「いい音たてようとするなよ。音の競争じゃないからな」。タオルを振ると、ビシッと大きな音をたてたくなる。腕がシャープに振れる気がするし、強い球を投げるイメージになる。でも、必ず怒られる。体全体を使って、なめらかに投げろと言われる。

オレは、投球フォームや守備の練習は好きだ。バッティング練習も大好き。野球やってる子で、バッティング嫌いなヤツいないけど。体幹の筋トレもそんなにイヤじゃない。

嫌いな練習は、アメリカン・ノックとラン・メニュー。とにかく走るヤツ。日が暮れて、すごく寒くなってからが、ラン・メニュー、地獄の始まりだ。中でも最悪なのが、タイム走。

野球場を出て少し歩いたところに、並木のまわりがぐるりと歩道になってる場所がある。一周すると200メートルくらいになる。三つのグループに分かれて、A班37秒、B班40秒、C班43秒で走る。何本走るかは、学コーチの気分次第。歩きながら、みんなも、もう顔が引きつってる。この練習、何がイヤかって、タイムオーバーすると、ペナルティでもう1本増えることだよ。全員が決められたタイムで、絶対全部を走らなきゃいけない。きついから遅れるっていうのがダメなんだ。

十一月から、この練習やってて今日が五回目。十二月に、オレはB班に入った。学年は関係なく、走れそうだと上の班になる。今のB班は、五年は山ちゃんだけ、四年三人、三年二人。B班の40秒、もう、ほんとにつらい。学コーチが、これまで、なんとかタイムオーバーしないで走れてるけど、本数が増えたら自信ない。学コーチが、ゴール近くのいつもの場所に座って、ストップウォッチを手にしたのを見て、走る前から気分悪くなった。

「20本な」

学コーチが言い、全員がぎゃーと叫んだ。

A班からスタートする。学コーチがストップウォッチを見ながら、残り5秒を大声でカウントする。

「33、34、35、36、37」

間に合わなそうだとダッシュすることになる。最後のほうを速くするるって、マジ地獄。A班はみんな37秒までにゴールして、次にB班がスタートする。

三年の時のオフは、タイム走が、ただ、イヤなだけだった。四年のシーズンを終えて、オフに走ることを頑張ろうって決めた。五年生が、オフに頑張ってすごくなったのを見てたから、オレも、あんなふうになりたいって思った。タイちゃんに少しでも追いつきたい。

タイちゃん、A班の先頭を走ってる。一番足が速いリョーマくんより前を行くんだ。オレについてこい、みたいなオーラ出してる。声も出してる。タイちゃんに引っ張られて、五年生は、みんな、イケイケで走ってる。つらそうに見えないよ。すげー。チクショー。BやCは、あんなふうにできない。

「つらそうな顔するなーっ」

学コーチから声が飛ぶ。

「試合でつらそうな顔しねーだろ？　したら、負けるだろ？」

「チュオオオオオオ」

夏樹が走りながら叫んだ。何の雄叫びだよ。

「ファイトォ、フレンズ！」

オレも叫んだ。ベイスターズのチャンテを頭の中で鳴らした。

夏樹と並んでゴールする。37秒。マジ？　10本目なのに、タイム上がってる。

12本目、C班の二年生のヨッチがタイムオーバーした。ペナルティでもう1本となって、二年のモリモリが「バカッ！　何してんだよっ」って怒鳴って、ヨッチが泣き出した。

「文句言ったら、ペナルティだ！　わかってるよな？　ルールは説明したよな？」

学コーチに怒られる。モリモリも泣き顔になる。

「野球は、チームプレーだ。エラーが出た時に責めたら、チームはバラバラになるだろ？　同じだよ。ミスしたら、全員でカバーするんだ。そういう気持ちがない人は、野球をやったらダメだ」

学さんは、きびしい声で言った。

全員でカバー、か。

14本目、今度は、A班でタイムオーバーが出た。サードの勇気くん。ごめんごめんって謝る。

次から、前のほうで走ってたリョーマくんが、一番後ろの勇気くんと並んで走る。間に合うぎりぎりのタイムで一緒に走って、勇気くんを励ましてる。優しいな、リョーマくん。臨海戦でオレが打たれてる時、ショートから、たくさん声かけてくれた。マウンドにも来てくれた。

15本目が終わった時、夏樹が「Aに行きたい」と言い出した。「走れそう」って。コーチはOKした。夏樹の後ろをついていく感じで頑張ってたオレは、あせった。でも、オレも行くって言えなかった。じゃ、B班をオレが引っ張るか。とにかく、20本しっかり走る。

C班の一年と二年は、半周でいいことになった。並木の途中で曲がって帰ってくる。

37秒は無理だったけど、38秒をキープして、残り5周とペナルティ1周を走り終えた。

「ナイスラン!」

みんなが、みんなをほめる。抱き合ったり、ハイタッチしたり。

「ナイスラン!」

見ていたお母さんたちが、大きく拍手してくれる。学コーチもお父さんも拍手する。

みんなで、やりきった感、すげー。

でも、タイム走、もうイヤ。ほんとイヤ。二度とやりたくない。

10

お父さんは、新メニューについて、ずっと悩んでいた。すごいコックだから、好きにやれば、あれもこれも、魔法のようにおいしいお料理が出てくると思ってた。お母さんにこっそりそう言うと、もちろん、色々なものが作れるし、アイデアもあるし、逆に一つにしぼるのがむずかしいんじゃないかなって笑ってた。

なるほど！　オレのユニみたいなもんか。一つに決められない！

でも、そういうことじゃないって、お父さんが話してくれた。

「洋食屋さんって、色々あるんだよ」

一月末の日曜日の夜、お父さんの部屋でパワプロの対戦をして、1ゲーム終わったあとで、何となくしゃべりはじめた。

「もともと、洋食って言葉が、日本にしかない西洋風の料理なのか、フランス、イギリス、アメリカとかの伝統料理も含めるかで違ってくる」

話がむずかしくて、オレがわかんない顔をしていたら、

「エビフライ、ナポリタン、ハヤシライス、オムライス、トンカツなんかは、日本にしかない料理なんだ」

お父さんは説明してくれた。

「ハンバーグも、もとはタルタルステーキってひき肉を焼いた料理が起源でドイツ生まれなんだ。アメリカに渡って今みたいに卵のツナギを使う形になって、でも、ハンバーグだけを焼いて食べるハンバーグステーキって、アメリカにはないらしい。だから、これも、日本独自のメニューって言える。カレーはインド、まあ、詳しく言うと、イギリスから来て……」

途中で話すのをやめて、おでこを押さえてしばらく考えをまとめていた。

「コーさんは——お義父さんは、若い頃、横須賀の海軍基地の食堂で雑用をしていて、そのうち料理をさせてもらうようになって、それから横浜のホテルに採用されて見習いコックになった」

「お店にあるおじいちゃんの写真？」

「あれは二つ目のホテルの時だな。ストーブ前でメインを任されるまで、腕を磨いた」

オレがまたわからない顔になると、

「すごいコックになったってこと」

お父さんは笑った。おじいちゃんの話をする時のお父さんは、とても幸せそうだ。どんなに大好きで尊敬してたかって、しゃべり方だけでわかるよ。

「自分の店を作った時、いい素材を使って、シンプルに調理して、品格のある妥協のないメニューにしよう。でも、ホテルのような高級料理じゃなく、あたたかい、なつかしい、家庭料理のような洋食を作りたい。そんなコンセプトだったらしい」

お父さんは、いわさき食堂のメニューをずらずらと挙げていった。オレが毎日食べてるものだから、全部知ってる。エビフライ、ポテトコロッケ、ポークカツ、チキンカツ、グラタン、ナポリタン、ハンバーグステーキ、ビーフストロガノフ、ビーフシチュー、チキンクリームシチュー、トマトシチュー、カレー、ビーフステーキ、チキンのグリル……。

「全部そろってると思う」

お父さんは言った。

「味を変えず、落とさず、原料が値上がりした時に、どれだけ値段をおさえられるか。コーさんが作っていった王道の本当においしい洋食をしっかり守っていく、それだけ考えてやってきた」

おばあちゃんがよく語る話だ。

「変えないことがテーマだった。目先を変えるのなんか簡単だから。マイナーチェンジして新しがって喜ばれてもしょうがない」

お父さんは、だんだん苦しい顔つきになってきた。

「いらないんだよ、新しいメニューなんか」

「だって、やるんだろ？」

オレは混乱して、不安にもなってきた。

「おばあちゃんが決心して、お父さんも喜んでたじゃん」

「嬉しかったよ。お義母さんに認めてもらったと思って」

お父さんはうなずいた。

「でも、何を考えて、何を作ってみても、いらない気がするんだ。コーさんのメニューと肩を並べるものなんて作れない。作ったら、いけない気がする」

そこまで話して、お父さんはハッとした顔つきになった。

「悪い、ミッキ。愚痴を言っちゃったな」

オレは首を横に振った。お父さんが本気で仕事の話してくれるなんて、大人扱いされたみたいで嬉しかった。でも、そんな話をオレにするって、めっちゃテンパッてねえ？　心配だよ。お母さんにも、おばあちゃんにも、言えないんだな。

「オレさ、お父さんはオレのお父さんだから、お父さんが考えて作った料理、食べたいな」

そう言うと、お父さんはちょっと目を見開いて、オレの顔をじっと見た。

「おじいちゃんが、どんなにすごくても、オレはお父さんをひいきするよ。お父さんだから」

そう言うと、お父さんは何も言わずに、黙って、ずっとしばらくオレを見ていたんだ。


二月の二週目の日曜日、お父さんは、お店でやることがあるからってコーチを休んだ。めったに休まないし、二週間くらい前に新メニューで悩んでる話を聞いてたから、何だか心配してた。

一日練習の時は、昼食と補食を持っていく。フレンズの食事は、全部おにぎりって決まってる。食べたいおかずがあれば、おにぎりに詰めこんでもらえって。唐揚げ、煮卵、ツナマヨはよくあるし、タコヤキなんかも。コンビニのおにぎりの子もいる。オレはお母さんがいつもケチャップライスの中にマヨ味のデカいチキンを入れたチキンライス風おにぎりを作ってくれる。海苔まいてね、チョーうまいよ。他の子たちにも人気で、一人ぶんより多く持っていくから、ジャンケンして勝った子がもらってく。親がプロっていいなって言われる。お母さんは店でコックをしてないけど、やろうとしたら、たぶんできるよね。

お昼に、みんなで輪になって、おにぎりを食べてしゃべってた。

「オレ、体重、40kgになってた」

三年の大海（ひろみ）が報告する。

「マジ？　やべえ」

オレはビックリした。身長は真ん中へんだけど、33kgしかなくて体重は少ない。

43kg、38kg、45kg、五年生たちが、自分の体重を次々と言っていく。

「オレ、今年は、ご飯三杯食べるんだ」

43kgのタイちゃんが宣言した。

「胃袋デカくしねえと」

「桜中の野球部、めっちゃ食わされるってな」

「あれ？　2リットル・タッパーの弁当？」

「シニアも食育あるよな」

2リットルって、でっかいペットボトルの中身をまるっと食う感じ？　オレも店で食べる時ライス大盛りにしてもらおうかな、なんて考えてると、後ろのほうから聞きなれた声がした。振り向くと、ウチの親がいた。

お母さん？　お父さんも！

なんで二人で来たんだろうって、すげえ気になったけど、みんなといる時に親のとこ行くのって恥ずかしいから、チラチラ見てた。

「今日はすみません。差し入れ、持ってきました。ちょっとずつだけど」

お父さんは、大きなポットみたいなもの、お母さんは大きなタッパーを持っていた。

「いつも顔出せなくて、すみません」

とお母さんが謝ってる。他のお母さんたちは、気にしないでとか、ありがとうとかわいわい言ってて、にぎやかでいい雰囲気だった。

みんなを集めて、熱いから気を付けてと渡されたのは、紙コップに入った白いスープと紙皿に載った真ん丸のフライ。フライは、がんばれば一口にいけそうなサイズだけど、半分だけかじる。外側は冷めてるけど、中が熱い。チーズだ。チーズのフライ？　さくさくだ。あ、これポテトだ。めっちゃうまい！　一年生から配ったから、先に食べた子が、うめーうめーって騒いでる。みんな、フライから行ってるな。

白いスープは海の味がした。貝とベーコンとポテトかな。アツアツで、クリーミーなのにサラッとしてて、うめー。

「これ、カズコーチが作ったの？」

くいしんぼの大海が聞いてる。

「うん。そう」

お父さん、すげー恥ずかしそう。

「ほんとに、コックさんなんだね？」

モリモリに不思議そうに聞かれて、

「コーチでいいよ」

って、ひたすら照れていた。

そうか。チームのみんな、いわさき食堂に来てくれるけど、お父さんが料理するところは見てないもんな。

寒くて、おなかへってる時に、ほかほかの洋食は、しみるようにうまかった。

「力出た！　タイム走30本行ける！」

オレが叫ぶと、やめろ、バカと、みんなにわあわあ怒られた。

「ウソでーす」

すぐに言ったけど、

「ミッキ、ＯＫだ」

学コーチが親指をたてる。

チョーやべえ。

午後の練習が始まってから、オレは気づいた。チーズのフライも海の味の白いスープも食べたことないものだって。いわさき食堂のメニューにはない。家で作ってもらったこともない。

新メニュー？

もしかして、コック津村和人の新しい料理？　夢中になって考えていて、ノックのゴロをはじいてしまった。

「こらーっ、ミッキ、お母さんにいいとこ見せろーっ」

学コーチに怒鳴られる。

お父さんは、上着を脱いで、守備練習のコーチに加わっていて、お母さんも帰らずに見ていた。

集中するのが難しかった。新メニューがめちゃめちゃ気になるし、寒い中でお母さんが立ってるのも心配だった。でも、カバーリングの練習は、ぼやっとしてたらできない。サードランナーがホームに走る設定で、マウンドからホームベースのカバーに走った。ライトからの送球がそれて、捕手の高志くんが捕れなかったのを追いかけて、飛びつくようにキャッチする。

「ナイスカバー！」

学コーチがほめてくれる。

思わず、お母さんを見ると、手をたたいてくれてる。やった！

お母さんが、ここに来てくれて嬉しい。オレのプレー見てくれて、ほんと嬉しい。こんなに嬉しくなるなんて思わなかった。お父さんがコーチだから、それでよかった。でも、本当は、すごくすごくお母さんに見てほしかったことに、今気づいた。

☆レギュラー☆

1

二月十八日、土曜日の夜に、六年生のお別れ会があった。チーム全員、スタッフ、親たち、OBの人たちが、集まった。

食べて飲んで、ビンゴ大会をやって、六年生がお別れの挨拶(あいさつ)をしてプレゼントをもらう。省吾くんと一馬(かずま)くんがプレーしてる自分の写真がプリントされた野球ボールだ。かっこいい!

新キャプテンは、リョーマくんに決まった。背番号も変わった。

前は、入部した順番に監督から背番号もらったけど、学コーチが少しずつずらして、ポジションと合うように変えていってるらしい。

1番をもらって、タイちゃんはめっちゃうれしそうだった。やっぱ、エースは1だよな。オレは14をもらった。これまで13をつけてて、11に替えるってなったけど、14が欲しいって学コーチにお願いしたんだ。ぽかんとされた。高校野球は、1がエース、二番手、三番手の投手が10、11をつけるよね。オレらだと、10がキャプテン番号、11は二番手投手。だから、11が欲しくないって、ぽかーんだな。けど、FAで出てった山口(やまぐち)より、だんぜん石田だよ。21でもいい、46でも47でもって言ったら、四十七人もウチにいるか、おまえ、またベイスターズかってあきれられた。

フレンズで14をつけることになったけど、ベイスターズのユニは買えてない。十一月の誕生日に買うつもりだったのが、決められなくて、延ばしているうちに、ドラフト1位で、左腕の濵口が入団した。ちょっとオレと顔似てるってお父さんが言うんだ。まだ投げるとこ見てないけど、すごい好きになっちゃった。濵口は26番。

……決めらんねえ！

オレ、一生、ベイのユニ買えないかも。

ユニと言えば、フレンズ、変わったんだ！　これまで紺地に赤のロゴだったのが、白地に水色のストライプで、襟と袖の縁とロゴが紺色になった。お母さんたちが考えて、子供たちがＯＫしたんだけど、最初はなんか慣れない感じがした。違うチームで試合してるみたい。

オフが終わった。やっと、試合ができる！　二月末に練習試合、三月に入るとリーグのオープン戦が始まる。三年生に二人、二年生に一人、新しいメンバーが入った。

四月にリーグ戦の開会式が、桜川球場で行われた。リーグで戦う8チームが順番に入場する。先頭が去年の優勝チームだ。あの先頭を行進するのが、オレらの夢。中学の吹奏楽部が行進の時に演奏してくれる。フレンズに入って、開会式は三回目だけど、いつもわくわくする。

五月の大会は、勝ち進むと、全国まで行けるヤツだ。区、市、県、全国って、何回勝てば行けるんだろう。全国試合で戦うチームって、どんなプレーするのかな。臨海より、もっとずっと強いんだよね。想像もつかない。

フレンズは、まず、区で、がんばって勝たないと……。上位になると、他のカップ戦の出場資格がもらえる大会だ。

クジでシードになったから、二回戦と三回戦は土日の連戦だった。二回戦の先発はタイちゃんだけど、オレも必ず投げるつもりで準備しておけと監督に言われた。

土田監督は、七十……何歳か忘れたけど、もう二十年くらい、フレンズを指揮してる。練習の時はコーチのほうがたくさんのことをしてるけど、試合のメンバーや作戦は監督が決める。土田監督は、のんびりしてて優しい。ＯＢが遊びに来たり、指導にきたりしてくれることがあるけど、みんな、監督の孫みたいな感じだね。昨日までチームにいたみたいに話をする。

フレンズがリーグで優勝したのが十年前。市の大会に進んだのが十二年前なんだって。その頃の強かったチームで４番を打ってた松本さんは東京の大学生で、今でも草野球をしていて、よく教えに来てくれる。このオフも二回来てくれて、ぜったい優勝できるぞって励ましてくれた。

大師少年野球場は、川崎大師の近くの公園にあって、二つある野球場の小さいほうだ。内野が土で外野が芝。川崎球場の昔の写真を見せてもらった時に、大師に似てるって思っちゃった。

六日の土曜日、オレは朝からドキドキしてたけど、出番はなくて、タイちゃんが延長戦まで投げ切って勝利。でも、タイちゃん、１１０球、投げちゃった。秋にちょっと痛めた肩は心配ないらしいけど、明日も絶対投げたいっていうエースを監督は心配そうに見て考えていた。

明日勝ったら、ベスト４で、準決勝に進める。相手は、違うリーグの強豪、サイクロンズ。チームのためには、タイちゃんが完投するのが一番いい。でも、ウチの監督は、選手に無理をさせない人だから、たぶん、オレがどこかで投げることになると思う。先発で、いきなり試合をぶっこわしたら？　今日みたいな延長戦になったら？　死ぬよ、オレ死ぬよ。

「投げたくねえのかよ?」って自分に聞いてみたら、「投げたい」って心の奥で自分が返事した。今から震えてくるけど、マウンドでガタガタ震えそうだけど、それでも投げたい。

七日の日曜日、同じ曇りだけど、昨日みたいに蒸し暑くなかった。

4回表、大師のマウンドに上がった。0－6のビハインドで、タイちゃんをリリーフ。

タイちゃんは、監督や学コーチ、親ともよく話し合って、アップの時に投球動作を色々チェックされて、やっと連投のＯＫが出たんだ。早めに替わるかもしれないと、オレは言われていた。

タイちゃんは、2回までゼロにおさえたけど、3回に打たれた。急にストライクがぜんぜん入らなくなって、そこからは盗塁と連打、エラーもからんで、あっという間に6点取られた。いつものタイちゃんの流れるようなキレイなフォームがバラバラになったのは、オレにもわかった。やっぱ疲れてるんだ。

新人戦は五年生以下だから、今日が本当のレギュラーの公式戦のデビューだった。でも、オレが考えてたのはデビューとかのことじゃなくて、点やったら終わるぞってこと。フレンズが得点できないままで、この回4点、5回からは1点取られたら、コールドゲームになる。強制的試合終了だ。タイちゃんが1回に6点取られるんだから、オレから4点なんてちょろいじゃん。

思い切って投げろって、送り出された。タイちゃんが外野に残るかと思ったけど、ベンチに下がった。ってことは、この試合で投げられるのは、オレと晴ちゃんだけじゃん。

緊張して頭が真っ白になった。その真っ白の霧みたいな頭の中に、晴ちゃんに替わるのはイヤって気持ちが、少しずつもくもく湧いてきた。最後まで投げたい。コールドになっても、オレがそこまで投げたい。1回でも多く投げたい。試合を続けたい。

リーグが違うから、打者のことはよくわからなかった。学コーチが昨日から色々教えてくれてたんだけど、忘れちゃった。マウンドに上がる前に言われたこと、何だっけ？　ま、いいや、高志くんが覚えてるだろ。高志くんのミットだけ見て投げる。サインの出たとこに、ちゃんと行くように。

一番……いい球、行け！

すげえ大きなスイング、フライ、高く上がったフライ、オレが捕れる。サードのほうに少し動いて、ちゃんと目の上で捕球した。アウトー。右手のグラブで自分で感じられるアウトって、いいな。

一つアウト取ると、落ちついた。チャレンジャーだし、点差あるし、打たれてもともと、みたいな？

ショートフライ、センターフライと全部フライアウトにして三人で片付けた。「ナイスピッチ！」とベンチでみんなにバシバシたたかれたけど、うーんって思ってた。相手、すっげえバット振ってるもん。オレの球、打ちやすく見えるんだろうな。タイちゃんのあとに投げると、打者が力んだり、振りすぎたりすることがある。速い右投手のあとの遅い左投手って、ギャップがあっていいって学コーチは言うけど、オレ的には恐いし、悔しいよ。

サイクロンズの新六年生エースは、背が高くて、ヘンなタイミングで投げる人で、上からぴょーんとボールが来て、オレ、打席でいつバット振るか、ぜんぜんわからなかった。オレの次は4番の勇気くんだった。すれ違う時、「打ってやるよ」って言ってくれて、漫画みたいだなって思ってたら、ほんとに漫画みたいにパカーンって、左中間の三塁打打った。勇気くんのバッティングで打線に火が付いたのかな。ずっと合わなかったタイミングが取れるようになったのかな。エラーや四球もあったけど、ヒット3本集めて4点取った。

やべえ、かっこよすぎる、みんな。

コールドは遠くなった。けど、勝てるかもしれない試合になっちゃった。オレ、投げてていいわけ？　そんな試合で。

マウンドに向かおうとした時、タイちゃんが近寄ってきてオレの肩を抱いてささやいた。

「前と同じ感じで行けよ」

前の回と同じように投げろってことだよね。

「いい感じだから」

マジか。

勇気くんが「打ってやる」って、タイちゃんが「いい感じ」って、言ってくれた。オレ、なんだか、初めて、野球をやってるような気がした。本物の野球。

同じ感じで行くのはむずかしかった。前の回は何も考えずに夢中で投げられた。おさえられたことで、点差がつまったことで、打たれたくないって、すげえ思う。だから、タイちゃんが「前と同じ」って言ってくれたんだ。投手だから、わかるんだ。

初球、力んで、すっぽぬけたボールになった。でも、バッターも力んで、クソボールを空振りしてくれた。ずっと、こんなふうに振り回してくれてたら、何とかなる。

5回は何とかなった。6回につかまった。真ン中へんにボールが集まっちゃって、さすがに打たれた。エラーも出た。3点取られて、裏の攻撃で1点返したけど、そこで時間切れ。負け。

3回投げただけなのに、ドリームで完投した時より百倍くらい疲れた。監督やコーチ、チームメイトにも「よく投げた」って言ってもらったけど、オレ、何やってたか、あんまり覚えてない。

七日の試合には負けた。でも、ベスト8に入って、ジャビットカップの区大会に出場が決まった。20チームある中で8チームしか出られないんだから、フレンズえらい！

2

いわさき食堂の新しいメニューは、人気みたいだ！

チーズボールフライ。

クラムチャウダー。

どっちも、フレンズの練習の差し入れに持ってきてくれたものを、お父さんがもっと考えて完成させた。

チーズボールフライは三月にデビューした。トマトソース味のひき肉入りのマッシュポテトの中にとろけるチーズがたっぷり入ってて、外はさくっとしたフライだ。卓球の球くらいの大きさで、三個と五個で注文できる。

差し入れに持ってきた時、これは、ほんとはオマケだったんだって。コロッケの中身が余ってたから、ちょっと作ってみたって。でも、みんなが、スープより喜んだから、お店で出したくなったってお父さんは言ってた。

海の味の白いスープは、アメリカ料理のクラムチャウダーだった。二枚貝と野菜を煮込むクリームスープ。具はけっこう何でもよくて、簡単にできる家庭料理でもある。日本ではアサリで作ることが多いけど、このスープがアメリカでできた時の貝をお父さんは使ってるんだって。デカい貝だよ。オレ、この貝の名前覚えられないの。ホン……ナントカだよ、確か。あと、ジャガイモとニンジンとタマネギとベーコンの厚切り。クラムチャウダーは、四月にデビュー。

どっちも、日曜日の夜に、家で試食会をやったよ。オレは、すぐにバクバク食ったけど、お父さんはかたまったように、おばあちゃんが食べるのをじっと見てた。チーズボールフライもクラムチャウダーも、リアクションは似たような感じだった。お皿の料理を見た時、「何これ？」みたいながっかりした顔して、食べてから、しばらく黙ってて、どんなダメ出しするのかと思ったら、「おいしいね」ってぽつりと。

家で簡単に作れそうなものだけど、しっかりとお店の味がする、いわさき食堂の味になってるって、おばあちゃんはＯＫを出した。お父さん、ほんとにほんとに嬉しそうだった。お客が何を食べているかわかるくらい、できるだけ具を少なくして、それでもインパクトのある味にするっていうのが、おじいちゃん――岩崎光一のテーマだって、お父さんは語っていたよ。

そんなふうにして、新しいメニューが、いわさき食堂の壁に現れたんだ。おじいちゃんの手書きのメニューは、模造紙にマジックでざっくり書かれたもので、ボロくなってきたから、何年か前に、お父さんが額を買ってきて入れて壁に掛け直した。その紙には、もう何かを書き加えるスペースはなかった。おじいちゃんのメニューの横に、お父さんが手書きした、小さな紙を張り出した。

小さな紙だけど、目立った。ただ、料理の名前と値段を黒字で書いた紙。新メニューとか何も説明してないけど、おじいちゃんとは違う字で書かれた紙に、お客さんたちがすぐ気づいて、驚いて、注文してくれたらしい。

五月二十一日、宮野（みやの）小学校校庭、日ハム杯川崎区大会の桜谷リーグ予選。五年生以下の選手で戦う大会で、勝ち進むと上部大会がある。

チーム的には、タイちゃんたち六年生なしでどこまで公式戦を戦えるかっていうチャレンジ。オレ的には、トーナメント戦の初先発。対戦相手は、小野田（おのだ）少年野球部。敵も味方も、去年までドリームで戦ってたメンツだ。

青山くんのメジャーリーガーみたいな腕力でぶんと投げる重い速球をオレらは打てなくて、四球とエラーで塁に出るけどホームには帰れない。オレのほうは、ぽんぽんヒットを打たれる。得意の牽制で二回アウトにして、夏樹も一度盗塁を刺してくれたけど、4回までに6点取られた。

レギュラーチームと一番違うのは、守備だ。エラーが多い。練習でできることが、試合でできない。イージーゴロをはじいたり、送球をこぼしたり、フライを落としたり。六年生が、どれだけミスをしないか、改めて気づいた。でも、あの人たちも、五年の初めの頃は、そんなにうまくなかった。ポロポロやってたし、連係もイマイチだった。オレら、五年生以下も、練習をがんばるしかない。

そろそろ替えられるかと思ったけど、5回も投げさせてもらえた。最初のバッターが4番の青山くんだから、マウンドに行く前に、夏樹にささやいた。

「あれ、サイン出して」

フルカウントになるまで、夏樹はそのサインを出してくれなかった。出す前は、ベンチに確認したし。バレるじゃん。

スローボール。

去年からお父さんと取り組んでるけど、ストライクにならなかったり、速球とフォームが違いすぎたりで、あんまり投げられない。最悪なのは、あんまり遅くないボールがゾーンにいった時だ。チャンスボールになっちまう。でも、オフに下半身を鍛えて、長くボールを持てるようになってきたし、この前練習で投げてみたら、そこそこいい感じだったんだ。

腕は振れた。いい軌道で行ってる。遅い球になってる。青山くんは、大きな空振りをして、おっとっとと打席から飛び出した。

やったぜ！　オレのイメージとしては、止まって見えるという濵口のチェンジアップみたいな？　ただの半速球だけどね。中学生になったら、変化球、投げてみたいな。

いい感じだったから、忘れないうちに、たくさん投げておきたかった。夏樹のサインに首を振りまくってると、あきらめて投げさせてくれた。やっぱり、すぐわかるくらいフォームが違うみたいで、小野田の打者は、スローボールにタイミングをあわせて、ためてバットを振ってきたけど、ミートはできなかった。この回を三人で片付けてベンチに戻ると、監督やコーチは、なぜか笑っていて、応援に来ていた六年生たちが、

「ミッキ、ナイピッ！」

「いいぞー。おっせえ球！」

と叫んでくれた。

3－6、5回時間切れ、敗戦。

二回戦にも進めなくて、正直、へこんだ。

でも、完投したたし、四球出さなかったたし、スローボールで打ち取れたし、牽制も二つ刺せたし、たくさんヒット打たれたけど、すげえ楽しかった。

五月二十八日、大師球場、ジャビットカップ川崎区大会で、上島フレンズは、旭町（あさひちょう）子ども野

球部と対戦。タイちゃん、すごい頑張ってたけど、相手の打線が鬼で、コールド負けくらっちゃった。相手の投手も鬼だったな。
オレの出番はもちろんなかった。待機してただけで、ドキドキしたけど。予選勝って行く大会って、やっぱ雰囲気違うね。来年、あそこで投げたいよ。

3

七月一日、ベイスターズは、貯金1。去年の七月三十日以来、チョー久しぶりの貯金、やっと5割の壁ってヤツを越えた。首位広島はぜんぜん遠くて、2位の阪神もまだちょっと上、でも、もう一ヵ月もずっとAクラス3位って、すげえよ。広島が強すぎて、優勝はきついけど、CSをハマスタで観たいな。去年、ドームに行けなかったから、今年は、絶対に球場でCSを観たいんだ。

夏休み前の日曜日に、連合の顔合わせがあった。連合は、桜谷リーグの五、六年の集まりだ。夏に合同練習をして、秋に選抜チームを作って試合をする。六年は桜谷クラブ、五年は桜谷クラブジュニア。
連合の顔合わせで、名前を呼ばれたり、挨拶したりすると、五年生なんだって、マジで感じた。同じ校庭で練習や試合してて、去年までも連合のことは見てたけど。上の人たちって感じだった。

桜谷クラブジュニアの五年生は、いつも試合するリーグの同学年だから、みんな顔も名前も知ってる。同じ学校の子もいる。チームは町内会から出来てるから、同じ学校でも住むところが離れてると、違うチームに入るんだ。

学さんは連合の六年生のコーチをしてる。お父さんは連合はやってない。五年生のコーチは、桜葉と小野田の人で、ちょっと緊張する。

七月二十三日、二十五日、筒香(つつごう)のホームランで勝つ！　2位阪神に追いついた！

首位広島は遠いけど、筒香キャプテンは、ヒーローインタビューで、優勝を目指すって、ずっと言ってる。2位でハマスタCSじゃなくて優勝って筒香が言うなら、オレらも信じて応援する。

八月は、毎週、連合の練習があった。桜谷リーグだけの練習と、川崎区全体の合同練習がある。リーグだと、五年生と六年生、それぞれ二十人くらい集まったかな。夏休みだから、家族で旅行に行くとか、塾の夏期講習とか、予定が入る。でも、連合の練習のために、どこにも行かない人もいる。フレンズの五、六年は、ほとんど全部の練習に出たんじゃないかな。

五年生だけで練習するのって、すごくやりやすい。下級生は、強い球を投げると捕れなかったりするし、四年生でも、プレーのスピードが遅い。連合では、何もかもが速い。全力でやれる。

ていうか、全力MAXでやらないと、ついていけない。

やっぱり、最強チームの臨海の子たちは、ものすごくうまい。タイちゃんたち六年生がうまいっていうのと違うな。同じ年なのに、こんなにやれるって見せつけられると、悔しいし、燃えるな。

五年のピッチャーの中で、オレは少しでも目立ちたかった。ピカピカの実力がないのはわかってる。力が足りないぶんは、練習を頑張ってアピールしたい。投げるだけじゃなくて、走る、捕る、打つ、全部、全力で、倒れそうになるまで頑張った。オレ、わりと暑さに強いんだよ。アクエリアスと塩レモンタブレットで、ギラギラ日光とも戦う。

六年、五年、それぞれの中で組み分けしてチームを作って、練習試合をやる。オレは夏樹と違うチームになって、臨海のユイくんとバッテリーを組んで、二番手で登板した。2回を投げて1失点。

「ミッキ、球、速くなった？」

ってユイくんに聞かれた。

うーん、オレは首を傾げた。今年の一月のチームの体力測定で計った球速は、75キロだった。80にはまだまだで悔しい、去年より速くなってて嬉しいと、両方の気持ちがあった。

「まあね。一年前よりは」

そんなふうに答えたけど、ユイくんに速くなったって感じてもらえて、すごく嬉しかった。

ベイスターズは、ずっと関東で試合してる。新幹線移動がないのは楽かもしれないけど、ハマスタ、神宮と外の球場が多くて、暑さとの戦いになる。リリーフが打たれて負ける試合が増えてきた。

十八日からの4位の巨人との対戦で、3タテくらって、へこむ。でも、次の広島三連戦は、すげーことになった！　こんなの誰も観たことないよ。オレは、いわさき食堂に電話して、お父さんを呼び出して、叫んだ。

「ねえーっ、筒香とロペスと宮崎が、続けてホームラン打って、サヨナラだよ。みんな打ったんだよ！　三人だよ。続けて。ねえねえ、聞いてる？　こんなこと、あんのかよー」

お父さんがどんなに忙しくしてても、後から怒られてもいいって思った。リビングのテレビから、わあわあ騒いでるハマスタの音が響いてる。

「信じらんなくねー？　ほんとなんだよー。ねえ、お父さん！　ねえねえっ！」

「三連続？　すごいな！　ピッチャー誰だ？」

お父さんも興奮した声で聞いてきた。

「野村と今村。野村をぜんぜん打てなかったのに」

「すごいな！　帰ったらすぐに録画観るよ！」

それが1戦目。2戦目も3戦目もサヨナラ勝ちして、オレは毎晩店に電話してわめいて、最後はおばあちゃんにめっちゃ怒られた。

三人連続ホームランのサヨナラは、プロ野球史上初だって。同一カード三試合連続サヨナラは最初の大洋の優勝の時以来、五十七年ぶりだって。そういうのもすごいけど、3戦目の倉本の打席で、絶対にサヨナラしかないって空気になってたのサイコーだった。

ハッシャンのヤツ、最高の奇跡を全部目の前で観やがって。チクショー！　うらやましすぎる！　また、南無阿弥陀仏って言い始めてるし。一発殴る。

八月最後の土曜日が、市学童川崎大会の一回戦だった。六年生が上島フレンズのチームで戦う公式戦は、このトーナメントが最後になる。負けたらそこで終わり。リーグ戦は十一月まであるし、連合もあるけど、この大会は、すごく特別なものだ。

初戦は、堂本少年野球部に完勝。一週間後の二回戦の相手は、桜葉だった。トーナメントで、リーグの強豪と戦うと、いつもより、もっと強い気がする。リーグでは時々勝てても、トーナメントだとワンサイドで負けちゃう。強いチームって、勝たなきゃいけない時にちゃんと勝てるよな。

タイちゃんの調子は、そんなに悪くなかった。エラーがたくさん出たわけでもない。でも、先週12点取った打線が、桜葉の二人の六年生投手を打てなかった。球の速い大野くん、腕が遅れて出てくる変則フォームのマッチン。二人とも、リーグ戦の時より、すごいピッチングしてた。6回で時間切れ、1－6の負け。

六年生が、みんな悔しそうで、泣きそうな顔ばかりで、つらくなった。

九月十七日の夕方練習の時、リーグの選抜チームに選ばれた選手の背番号が、監督から配られた。六年は五人。五年は二人、オレは18番、夏樹は12番をもらった。

選ばれた！　やった！　やった！

オレなんか、普通なら、絶対無理なんだ、連合のメンバーになるのって。

今日の昼間やった秋の大会の準決勝で、桜谷リーグ最強の臨海が勝って決勝に進んだ。明日、その大会の決勝戦と連合の試合を両方やるから、臨海の選手たちは自分たちのチームで戦って連合には入れない。それで、オレにもチャンスが来た。

もらった18番の背番号——番長！——は、お母さんが、桜谷ジュニアのユニフォームに縫いつけてくれた。紺色の縦縞のかっこいいユニだよ。明日は、祭日でお店が休みだから、応援に来てくれるって、お母さんは約束してくれた。


オレは、三試合目、大師クラブジュニアとの対戦の二番手で登板した。一試合目で、大師選抜は勝ってる。二試合目で、桜谷選抜は負けてる。セントラル選抜が一勝一敗。つまり、この試合に大師が勝てば優勝、オレたちが勝つと、三試合の総得点で順位が決まる。

バックがフレンズのチームメートじゃないと、緊張するよ。元々知ってる子たちだし、練習試合もやってたけど、やっぱり、公式戦は違う。

0－3で、リードされてる4回にマウンドに上がった。

「光希ーっ！」

お母さんが大きな声で名前を呼んでくれて、見たら、両手を振ってて、なんか頭がカーッとした。当番じゃない時に、試合を観に来てくれたのって初めてだよな。

キャッチャーは、桜葉のタムタムだった。こいつ、よく打つんだよな。いつも打たれてる相手のミットに投げるのって、すごくヘンな感じ。

大師選抜の打順は、3番からだった。いきなりクリーンアップ。すごい打者はみんな怖いけど、せっかく背番号をもらったんだ。お母さんがつけてくれたんだ。お母さんが見てる。

タムタムのサインは、外、低め。番長みたいなアウトロー、行けっ。

はずれた。低すぎた。でも、しっかり投げられた。

同じサイン。少し高くなって、岡くんはぐわんとバットを振る。飛ばされたっと思ったけど、センターのキッちゃんが捕ってくれた。外野まで飛ばされると、どっと汗が出る。

4番は、金谷くん。セントラル選抜のピッチャーをみんな打ってたよな。

サインは、外、遅い球。真ん中へんに行っちまって、チャンスボールすぎて金谷くん、空振り。チョーこええ。次も同じサインで、タムタムって続けるの好きかー？　真ん中にだけは投げないように狙って、めっちゃ外にはずれたのを打者が飛びついて振って、セカンドゴロ。ウエノンがしっかりさばいてくれた。

5番の篠田くんには、初球を打たれて、すぐに盗塁、続けて三盗。サードへの送球がファールゾーンにそれて篠田くんは、ホームイン。タムタムに謝られたから、オレは、「ツーダン、ツーダン」って、左手の人差し指と小指でキツネを作って、内野から外野まで見せた。

6番の和田(わだ)くんは、スローボールの後の速球で、ファーストフライ、アウトにできた。

ベンチでは、ナイピって褒めてもらったけど、マジか？　クリーンアップに1失点なら、いいよな？　緩急が効きそうなのは、わかった。

オレは5回でおしまいで、次は桜葉の丈(じょう)くんが投げて、6回に2点取られて、時間切れ試合終了になった。

桜谷ジュニア、は打てなかったよなあ。結局、2敗して、3位。

チームとしては悔しいけど、オレはいい感じで投げられたな。もっと球が速くなると、スローボールももっと効く。同じようなフォームで投げられたら、かなりイケるよな。

六年生たちの桜谷選抜は、2勝して優勝してた。

4

九月のベイスターズは、4位の巨人とデッドヒート。直接対決でエース級の先発ばっかりぶつけられて、十三日に順位を逆転された。十八日に、またゲーム差なしまで戻したけど、苦手の阪神戦がいっぱい残ってるのは、きつい。シーズンの終わりの頃は、中止になった試合をやるから変わった日程になり、十九日から四日間、ベイスターズはお休みだった。その間に、巨人が二つ負けてくれたのが、超ラッキー。四日の休養で、ベイは元気を盛り返し、3位キープ……とは簡単にいかなくて、二十八日に、苦手阪神にボロ負けして、またゲーム差なしまで追いつかれる。

次の日に負けてたら、マジ終わってたかも。九月に調子がよくなった石田がきっちり投げて、捕手の戸柱がスリーラン打って、バッテリーは、これから先全部勝ちますって、お立ち台で宣言した。

十月一日の広島戦、先発ウィーランドが7失点したのに自分で4打点あげて、5本のホームランで13点と打ち勝って、二年連続のCS進出を決めた！　2本の特大ホームランを打った筒香がお立ち台で、「まずはファーストステージで阪神に全力で立ち向かい、ファイナルステージも勝ち抜き、必ず日本シリーズの舞台で横浜スタジアムに戻ってきます！」って約束してくれた。

横浜スタジアムに戻ってくる——なんて、すてきな言葉なんだ。オレ、頭の中で、ずっと筒香キャプテンの言葉がぐるぐるまわり続けてる。戻ってくる、戻ってくる、口に出して何度もつぶやいてみた。

CSをハマスタで観る夢はかなわなかったけど、日本シリーズ……。

「苦手中の苦手の苦手の阪神に勝って？　マツダのまっ赤っ赤なとこじゃ無敵の広島に勝って？　全部遠くのビジターで、横浜ファンなんか入れねえぞ？」

去年とはぜんぜん違う、どうやって勝つんだ？　一つだって勝てるもんかと、ハッシャンがぶつぶつ言うほど、オレはなんか、やれそうな気がしてくる。

「チーム全員の気持ちだよ。みんな、勝って帰るって思ってるよ。去年、マツダで悔しい思いをしたのを忘れた選手なんかいないよ」

オレはマジで言った。

ハッシャンは、しばらく黙ってオレを見ていて、急にニヤリと笑った。

「ガキはいいな」

バカにされたと思って、ちょっとにらむと、

「ミッキ、その気持ちをジジイになるまで持っていけ」

とハッシャンは言った。

「強い時も弱い時も、雨の日も風の日も、フロントがクソでもベンチがアホでも、チーム名が変わってもマスコットが変わっても」

言われたことを想像しようとしたけど、よくわかんないよ。

「スターマンがいなくなるのはイヤだ」

オレが言うと、ハッシャンは深くうなずいた。

「それは、泣く」

それから、ぽつんと付け加えた。

「ホッシーが消えた時も泣いたよ」

ホッシーは、黄色いデカい星の形の頭をした前のマスコットだ。今のマスコット、ハムスターのスターマンの飼い主を、オレも覚えてるよ。

今シーズン、ハマスタ観戦は三試合だった。お父さんは、番長が引退しても、やっぱり18番のユニを着てる。見てて、ちょっとさびしくなるけど、安心もする。もうマウンドで投げなくなっても、スタンドのファンの中に18番はいる。お父さん以外にもたくさんいる。

十月八日、九日は、連合の桜谷クラブの市の大会があった。オレたちジュニアは負けて市大会には出られない。でも、六年チームの応援に行けるのは嬉しかった。幸区にある看護短大、いつもと違うグラウンドに行くのも楽しい。

八日は、麻生区の連合のファイターズに8－3で勝利！　タイちゃんは二番手で2回を投げて1失点におさえた。勇気くんは先発メンバーで出てヒットを2本打ち、リョーマくんは最後の回に出てショートをしっかり守った。

九日は、宮崎第一公園球場で、中原レインボースに、0－5で完封負けしちゃった。

でも、市の大会を連合で二回も戦えて、フレンズの六年生たちが、なんか、すごくえらい人に見えたよ。桜谷クラブのユニがかっこいい。オーラ出てた。オレもジュニアで同じユニ着れたことが、誇らしくなった。

十四日の土曜日、甲子園のデーゲームで、クライマックスシリーズが始まった。オレは練習、お父さんは仕事だった。結果を知らないで観たかったから、オレは店に行かずに家でカップラーメン食べながら、一人で録画を見た。がっくり。天敵のメッセンジャーと福留にやられちゃった。

帰ってきたお父さんは結果を知ってて、

「明日、試合できるといいな。このまま敗退だと悔しいな」

と心配そうに言った。

CSのファーストステージは、3戦の予定で、先に2勝したほうが勝ち。あとに日本シリーズをやるせいで、きつきつの日程になってる。

明日も明後日も甲子園は雨の予報で、試合ができないかもしれなかった。中止の時の予備日は一日しかない。つまり、もし、二日とも中止だったら、試合をやらずに阪神の勝ち抜けが決まる。勝ちが同じだったら、上の順位のチームがファイナルステージ進出というルール。あと一日しかやれなかったら、そこで勝っても1勝1敗で、ベイスターズのCSは終わりなんだ。

オレ、お父さんに何度も説明してもらって、やっと、このルールを理解した。わかったら、めっちゃムカついた。一試合負けただけで終わりって、あんなにぎりぎりの戦いを勝って、やっとやっと巨人より上になってCSに出れたのに。

十五日は、川崎も雨だった。リーグ戦は中止になったけど、室内の練習はあった。甲子園で試合をやってるのかどうかもわからなくてじりじりしてたけど、早めに終わったから、お父さんと超高速で家に帰って、リビングのテレビをつけた。

映った画面にビックリした。

デカい水たまりだ。マウンドの後ろのほうが、池みたいになってる。雨が降りこんで、水たまりのあちこちに輪ができる。バッテリー間にも、小さい水たまりができてる。

今はそんなに強い雨が降ってないけど、試合ができそうなグラウンドには見えなかった。

二時から始まったはずの試合は、三時間近くたって、まだ5回表だった。ベイスターズの攻撃。2－3で負けてる。

「この回、追いつかないと、試合が成立して、終わりかな」

お父さんがつぶやいた。

雨天コールド？　そうなると、2敗して、CSは終わり？

「そんなのダメだよ」

オレはあせった。

「絶対に追いつかなきゃ！」

阪神の投手は岩崎だった。ワンアウトから桑原が四球を選び、梶谷が一塁手の右を抜くヒット。桑原はサードまで行った。サードベース上の桑原の青いヘルメットに雨が水玉の模様みたいにたくさんついてる。グラウンドが白くギラギラ光って見える。阪神の投手交代で出てきたリリーフカーが走ると、外野の芝から水しぶきが噴き上がった。あっちもこっちも、水、水、水だ。

投手は石崎、打者はロペス。

ロペスはさっきも同点タイムリーを打ったみたい。頼む、打って、打って！　応援歌からチャンテ2になる。オレの好きなヤツ。フレンズの試合でもオレがやってて、みんなが覚えたヤツ。レッツゴー！　三塁側には、黄色と白の雨合羽に交じって青が点々と目立つ。バックネット裏にも青い人がいる。レフトスタンドからの応援の声は、テレビから大きく響いてくる。ハッシャン、ベイファン、ちゃんと甲子園にいるよ。選手に届くデカい声の応援してくれてるよ。

打った！　フェンス際の大きな外野フライで桑原がタッチアップ、ホームイン。同点！　お父

さんと抱き合って喜んだけど、

「同点じゃダメか……」

　とお父さんは言い出した。

「1敗1分けで次に勝っても、1勝1敗1分け。これだと阪神が勝ち抜けるから……試合やる必要がなくなって、今日で終わりになる」

　ツーアウト一塁で筒香だ。筒香がアウトになったら、試合が終わり、すべてが終わるかもしれない。

　マウンドが、ぼこぼこして見える。初球を投げたあとで石崎はバランスを崩してよろめいた。そして、内角高めに投げた二球目が、筒香の顔の脇をきわどくかすめた。

　オレもお父さんも悲鳴をあげた。

　筒香は体をそらして避けて、地面に倒れた。バットを濡れた地面につけないように、守るようにして、自分は転げるように倒れた。すぐに、のっそりと起き上がる。怪我はなさそう。良かった！　ユニフォームの左側が上から下まで土で真っ黒に汚れている。おしりの部分は全部黒い。地面は、土ってより、もう完全に泥だった。

　ベンチに戻って、髙城（たかじょう）がバットを受け取って拭き、筒香はタオルで顔や頭をぬぐう。怖い目になってた。

　打席に戻り、フルカウントからの外の球をかったたいて、打球はセカンドの左を抜けた。つないだ！　終わらない。そして、宮﨑。宮﨑が勝ち越し打を放つ。終わらない。終わらないぞ。

試合をやるかやめるかを決めるのは、審判、NPBの人だってお父さんは言った。

雨はどんどん激しくなっていった。グラウンドは、整備が上手で有名な阪神園芸が頑張って頑張って土や砂を入れて、それでも、もう、内野も外野も打球がバウンドしないでのろのろと転がり、水たまりにぼてんと落ちて止まる。走者は全力では走れず、守備範囲も狭い。もう、ぜんぜん野球じゃなかった。雨の中の何かの戦い。でも、すごい戦い。死闘。

6回裏に阪神が追いついても、試合は続行された。阪神の金本監督は、同点になったタイミングで抗議や要求をしなかった。ホームだから、少しは有利な判断をしてもらえたかもしれないのに。金本さんはえらい人だとお父さんがテレビの前で頭を下げたから、オレも敬礼した。7回表に横浜が6点リードしても中止にならなかった。どんなに雨がひどくても中断もされなかった。

土砂降りの中、青いカッパは声を出し続け、黄色と白のカッパは大差がついても大勢が残っていた。四時間半を超える試合、開始予定時刻からは五時間半、両軍のファンは球場で頑張った。選手もファンも死闘。9回フルに戦い、6－13で、ベイスターズが勝った。

次の日は雨で中止。その次の予備日に、先発ウィーランドで勝利して、ベイスターズはファイナルステージに進んだ。

「神風ならぬ神雨だな」

とハッシャンは言った。

「あれで変わったな。筒香が泥だらけになって殺し屋の眼になった時から、横浜に何かが憑いたよ」

憑いたって、ホラーみたいに言うなよ。

でも、ちょっとわかる。

マツダスタジアムでの1戦目も雨だった。今度の雨は台風が近づいている雨で、ファイナルステージも、また、どれだけ試合がやれるかわからなくなってしまった。

甲子園の時に比べると、たいして降ってなかった。阪神園芸の神業に比べると、マツダの整備はのんびりして見えた。広島がリードして5回裏を終えたところで、審判団の判断でコールドゲームが成立した。台風の影響とかあったかもしれない。でも、あの雨でやったのに、この雨でやめるのかって、多くの人が思ったはずだよ。ベイファンは怒ったよ。たぶん阪神ファンも怒ってたよ。一番怒ったのは、ベイスターズの選手たちだと思う。次の日から二勝、二日間雨で中止になってから、また二勝、ベイスターズは二度と負けなかった。

日本シリーズ進出を決めた5戦目、ベイ打線は5本のホームランを炸裂させ、レフト側のビジターパフォーマンス席以外は、燃えるような一面の赤に埋め尽くされたマツダのファンが静かになった。

去年は一つしか勝てなかったベイスターズが、今年は一つしか負けなかった。

シーズンでは、横浜は広島に14・5ゲーム差をつけられての3位だ。セ・リーグの優勝は広島だ。だけど、ベイスターズは、クライマックスシリーズを勝ち抜いた。日本シリーズに出られる！

「キャプテンは、約束を守ってくれただろ？」

オレはハッシャンに威張った。

「CS優勝して、横浜に戻ってきたよ」

「日本シリーズかあ……」

ハッシャンは、大きなため息をついた。1960年と1998年のどっちを思い出してるのか、わかんないけど。

「ハッシャンも、約束守れよ」

オレは、ズルして逃げられないかどうか、疑いの目でにらんだ。

「おまえが、おまえんチで食っても、おまえんチが儲かるだけだろう? 意味ねえ」

ハッシャンは、やっぱり逃げようとする。

「ハッシャンがお金払うんだから、ウチは儲かるんだ」

絶対に、だまされないぞ。

そして、オレはいわさき食堂の大エビフライを奢ってもらった。ベイスターズが日本シリーズに出たら、食わせてくれるって賭けに、ちゃんと勝ったんだからな。

初めて、食べるよ、これ。

うめー! 最高にうまいけど、でも、お父さんが、これを食べた時の話を思い出しちゃったよ。雨の夜に店の前で泣いてた、大エビフライ食べながら泣いてたってお父さん。

5

家の郵便受けに、オレ宛ての手紙を見つけて、ちょっとビックリ。手紙なんて、もらうことないもん。誰がくれたんだろうって裏を見て、知らない名前で、もっとビックリ。

津村昇介(しょうすけ)？

誰？

住所は書いてない。

津村は、オレの名字。昇介って読めないよ。誰だよ？　津村は、オレとお父さんとお母さんと……。前にお母さんから聞いた話を思い出した。お母さんが、結婚して岩崎から津村になった話。ヤバい感じでドキドキしてきた。なんだ、これ。マジ危険物みたいな？

開けてもいいのかな？　オレ宛てだし、いいよな。やっぱ、お母さんかお父さんに渡したほうがいい？　すごく考えてから、開けることにした。見たいし。マジヤバいもので、見せてくれなかったらイヤだし。

中には、紙が三枚入ってた。一番大きいのが、野球のチケット——日本シリーズの？　うわ、すっげえ！　すげえ、すげえ！　でも、ハマスタじゃない。ヤフオクドーム……？　薄い緑の固い紙は、電車の切符？　新幹線の？　新横浜、博多(はかた)って書いてある。回数券って何だろう？　折りたたんだ白い紙は手紙っていうよりメモみたいだ。汚い字だなあ。

「横浜がこっちに来るみたいだから、来たかったらおいで」

何のこと？

野球のチケットだから、横浜ってベイスターズだな？

切符があるから、新幹線で博多のヤフオクドームへ行く？

来たかったらおいで。そりゃ行きたいけど、チケットも切符も一枚だけだよ。

茶色い薄い封筒をよくよく見てから、逆さまにして振ってみたけど、他には何もなかった。

津村光希様——オレの名前だよな？　まちがいないな？

津村昇介——知らない人、でも、同じ名字の……。

封筒をもう一度よく見ると、切手のところに押してあるスタンプみたいなものが、魚の形をしていた。下関（しものせき）という字と、町の絵が魚の中にあった。


店からお父さんたちが帰ってくるのを寝ないで待ってた。ぜんぜん眠くなんかならなかった。

リビングで、黙って手紙を渡すと、裏の津村昇介の名前を見たとたん、お父さんは目をぐわっとデカくした。目をむいた怖い顔でオレの顔を見て、中のチケットとメモを見て、またオレの顔をじっと見た。

「おじいちゃんでしょ？　オレの」

聞いても、お父さんは答えずに、封筒とチケットと切符とメモをまとめてぐしゃっと握りしめた。そのままぐしゃぐしゃにして捨てられちゃうのかと思ったけど、「見せて」って、お母さんがお父さんの指をこじあけるみたいにして、全部取った。お母さんが汚い字のメモを読んでいる時に、おばあちゃんが来て横からのぞきこんだ。

「何を騒いでるの？　こんな遅くに。光希はまた夜更かしして」

おばあちゃんもメモを読んだ。

「何これ……」

信じられないというように頭を何度も横に振り、

「なんで、こんな手紙が来るんだよ！　どういうことよ？」

怒鳴りつけるように、お父さんに聞いた。

「違うの。私なの」

お母さんがあわててそう言った。

「あのね……」

説明を始めようとして、忘れ物を思い出したようにオレを見た。

「ツムラショウスケさん。お父さんのお父さん。あなたのおじいさんよ、このお手紙をくれた人」

十年以上前に、お父さんのお兄さんという人が、いわさき食堂に来たことがあった。オムライスを注文して、お金を払う時に、お母さんにメモを渡して帰った。「カズの兄です。親父の居所がわかったから、一応、渡しておきます」それだけ言って、お母さんが何か聞く間もなく走るように出て行ってしまった。

メモには下関の住所だけが書いてあった。お父さんは、そのメモを見たけど、すぐにゴミ箱に捨ててしまった。お母さんは、それを拾い上げて、ずっと持っていた。そして、オレが生まれて、家族写真の年賀状を印刷して出すようになってから、毎年、その住所に送った。返事は一度も来なかったけど、年賀葉書が届かずに戻ってくることもなかった。

「ごめんなさいね。勝手なことして」

お母さんは、お父さんに謝った。

「でも、かわいい孫がいるって、ちゃんといい子に育ってるって、教えてあげたかったの。お父さんが亡くなって、光希には、たった一人のおじいさんだから」

「馬鹿なことを！」

おばあちゃんが吐き捨てるように言った。

「うちの住所を教えて、光希の顔がわかって、もし、何かされたら、どうするつもりなんだい」

無表情で石みたいに固まってたお父さんは、その時、急に魔法が解けたみたいにハッとして、おばあちゃんのほうを向いた。

「親父は……、いい父親ではなかったけど、……そんな人じゃない。まっとうな人間です」

とぎれとぎれに、そう言った。かすれたような小さな声で、

「気持ちのままにしか生きられない人なので、母はつらかったと思いますが」

ぼそぼそとしゃべる。

「めったに家に寄り付かなくて、兄も俺も寂しい思いをした。兄は俺が中学の時に家を出まし

た。俺は母と一緒に父を恨んだ。ずっと意地になって、嫌い続けました。母が亡くなってからは、もうこの世にいない人だと思うことにしました」

「そのどこがまっとうな人間なんだい？」

おばあちゃんは突っ込んだ。

「親父は……」

お父さんの口調が変わった。

「親父は、会う人みんなに好かれる……、あとについていこうって気にさせる男です」

お父さんのそんな声は聞いたことがなかった。つらそうな、悲しそうな、でも、優しい声。

「下関で、ずっと居酒屋をやっていて、二年前に心臓を悪くしてから、あまり店には出なくなったみたいで」

お父さんはぽつりぽつりと語る。

「俺は親父に連絡できなかった。でも、兄貴のことは探しました。時間がかかったけど、何とか見つかって。それから、ずっと連絡を取り合ってる。兄貴は、親父のところに時々行ってるようです。岡山に住んでいて、親父が病気になった時も看病してくれてた」

下を向いて小さな声で続けた。

「悪い息子なんです。ぜんぶ兄に任せて」

「そんなの、当たり前だ」

おばあちゃんは、きっぱりと言った。

「子育てを放棄した父親の面倒を見る義務なんかないよ。お兄さんがどんなつもりなのかは知らないけど。あんたが気に病むことじゃない」

お父さんの顔をのぞきこむようにして、

「カズくんは、うちの息子なんだから。お母さんの供養はちゃんとしてるし、もう、それでいいだろ？」

お父さんは何も答えず、お母さんも黙っていて、その時は、それで話が終わってしまった。

――オレは空気を読んだよ。

日本シリーズ見たい！　って言えなかった。

普通に行きたいよ。日本シリーズなんて、ハッシャンみたいに長生きしてても二回しか見てないのに、行きたくないわけないじゃん。ハマスタのチケット取れるかどうかわからないしさ。

でも、そんなすごい野球のチケットってことより、もっともっと、オレ、もう一人のおじいちゃんに会ってみたかった。

お父さんのお父さんに。

そんな家の問題と別に、野球の問題があった。送られてきたチケットは、第6戦なんだよ。

日本シリーズは、1、2戦がソフトバンクホークスの本拠地のヤフオクドーム、3、4、5戦がハマスタ、6、7戦がまたヤフオクドームって決まってる。でも、どっちかのチームが四つ勝ったら、日本シリーズは終わるから、6戦目って、あるかないか、ものすごくビミョーだった。

ハマスタの日本シリーズのチケットの抽選申し込みは、CSが始まる前で、オレとお父さんは三日申し込んで、全部はずれた。当たっても、平日だから、お父さんは困ったかもしれないけど、とにかくはずれちゃった。CS終わってからの争奪戦もダメだった。やっぱり、シーズンからもっとたくさん行ってないと、ハマスタの神様が呼んでくれないのかな。

それで、超ビックリなんだけど、おばあちゃんが、店を休みにするし、お金を出してあげるから、お父さんと光希と二人で、金券ショップで高いチケットを買って、ハマスタに行っておいでと言うんだ。その代わり、博多に行ったらダメだって。おばあちゃん、絶対に、オレをヤフオクドームに行かせたくないんだ。もう一人のおじいさんに会わせたくないんだ。

オレが知らない人だから？　お父さんに悲しい思いをさせた人だから？　五年生の子供が一人で長い時間、新幹線に乗って、初めての所に行くのが、危ないから？

お母さんは、行ってもいいけど、お父さんがついていったほうがいいって言う。

お父さんは、ずっと悩んだり、迷ったりしてるみたいで、いつもより、もっとしゃべらなくなっていた。

ハマスタで日本シリーズが観たいよ。どこより一番ハマスタで観たい。お父さんと一緒に観たい。誰より一緒に観たい。

ヤフオクドームに遠征すると、フレンズの練習と試合を休まなきゃいけなくなる。桜谷リーグの優勝を狙うのに、大切な時だ。

でも、オレ、おばあちゃんに言ったんだ。

「ヤフドの試合は、あるかないかわからないんだよ。ホークスは、パ・リーグの優勝チームで、めっちゃ強い。前のシリーズで、阪神もヤクルトもぜんぜん勝てなかったよ。一つしか勝てなかった。二つ勝たないと、あのチケットの試合、ないんだ。やらない」

野球のことを知らないおばあちゃんは、へえって顔で聞いてた。

「逆にね、ベイスターズがCSの時みたいに強くて、バリバリ勝っちゃって、試合がなくなるかもしれない」

ハッシャンによると、何かが憑いたらしいし。

「だからさ」

深呼吸した。決心した。

「6戦目があったら、オレ、ヤフドに行くよ」

宣言する。

「一人で行く。一人で行って、お父さんのお父さんに会ってくる」

ここで会えなかったら、ずっと会えないまんまかもしれない。どんな人なのか、永久にわからないかもしれない。

「オレ、会いたいんだ。すごく会いたい」

「わかった」

と言ったのは、お父さんだった。

「親父に電話して、ミッキがちゃんと行けるように、心配しなくていいように色々確認しておく」

「電話番号、わかるの？」

とお母さんが心配そうに聞いた。

「兄貴が知ってる。聞けばいい」

お父さんは答えた。

「なんで、カズくんは呼ばないんだ？　普通、親子で来いって言うでしょうが」

おばあちゃんは、まだ納得できないようだった。

「俺は来ないって思ったのかも」

お父さんは、ちょっと苦いような顔でそう言った。

「チケットが取れなかったんだよ」

オレは言った。

「日本シリーズのチケットって、ほんとにほんとに取れないんだよ！」

そしたら、お父さんは笑った。

「そうだよなあ」

ふわっと笑っても、なんだか寂しい感じの顔だなって、オレは思った。

ヤフオクドームでの最初の二試合、ベイスターズは負けた。二十九日の日曜日の夜、リビングで、おばあちゃんとお母さんまで一緒に試合を観た。オレの博多行きがかかってて、気になったんだと思う。

初戦は大差負けだけど、2戦目は接戦だった。今永が先発して、よく粘って好投したけど、ベイ自慢のリリーフ陣が三人とも1点ずつ取られた。逆にホークスのリリーフをベイ打線は打てなかった。試合後に、おばあちゃんが満足そうなのが、すげえ悔しかった。

ハマスタに帰ってきて、伝説の98年以来の日本シリーズ！ って盛り上がりの中、また、負けた。3敗して、もう後がなくなった。

オレ、また、やっちまったな。去年もそう。なんで、すごい試合を観られるチャンスを、自分でなくしちゃうかな？ 負けた試合でもよかった。3戦目でも、4戦目でも……。ほんとは売り買いしたらいけない高いチケットで行けばよかった。

しょうがない。津村のおじいさんに会いたいもん。一人で新幹線に乗るのは怖いし、知らない人ばっかりのところに行くのも不安だけど、もう一人のおじいさんが、どんな人なのかどうしても知りたいんだ。ヤフオクドームにも行ってみたいよ。

まだ、チャンスはある。ここから、二つ、勝てばいいんだ。オレの左腕ズが投げる。先発は、たぶん濵口と石田。

負けたら終わりって試合なのに、濵口が6回を終わって、まだヒットを1本も打たれてないほうが、気になってドキドキが止まらなくなってた。リードは2点だった。いつ、引っ繰り返されてもおかしくなかった。お父さんは店だし、ハッシャンはハマスタだし、オレは一人でテレビの前でかたまってた。日本シリーズで、ノーヒットノーランやった投手はいないらしい。中日の山井が完全試合やりかけて交代したって有名な話は、前にハッシャンから聞いた。濵口はルーキーだよ。ここで、ノーノーやったら、きっと、日本一すごいルーキーになる。しかも、相手は、超強力ホークス打線だ。心配してたのは、若手の先発が好投してても、さくさく替えちまう監督が、交代させたら、どうしようってこと。

ノーノーの夢は、8回になくなった。ホークスの捕手の鶴岡に二塁打を打たれた。2本目のヒットが出たところで交代となった。オレ、がっかりして、しばらくボーッとしちゃった。でも、その裏に、ベイ打線が3点とって、勝ちは見えてきたよ。この日本シリーズの初勝利！　十九年ぶりの勝利だって。

キタ、キターーーー！

試合を観れなかったお父さんが帰ってくるのを待ち構えていて、濵口の奇跡の7回ノーノー、宮崎や髙城のホームランのことを熱くしゃべりたおした。

「オレ、ヤフドに行けるかな？」

って聞いたら、

「ミッキ、ありがとな」

なぜか、いきなり、お礼を言われた。

「親父に会いたいって言ってくれて、嬉しかったよ。俺がずっと行けなかったのに」

「お父さんの代わりに行くんじゃないよ。オレが行きたくて行くんだよ」

オレは言った。

「だって、津村のおじいさんは、オレに、おいでって言ってくれたんでしょ？」

お父さんはうなずいた。

「明日、勝ったら、親父の話をするよ」

お父さんは言った。

「ミッキには面白い話だと思う」

「ほんと？」

聞きたくて死にそう。

明日、ベイスターズが負けたら、オレ、日本シリーズに行けないだけじゃなくて、お父さんの話も聞けないの？

6

十一月四日、土曜日、新幹線ののぞみ号に、乗ってる。新幹線に乗るのは、初めてだった。オレがよく知ってる電車は、京急、根岸線、小田急線、横須賀線、伊豆急。あと、ディズニーランドやサマーランドに行った時、たぶん違う電車に乗ってる。オレが行ったことがある県って、東京、千葉、静岡だけかな。フレンズの遠征の時、埼玉にも行ったっけ？

窓のそばの席だから、外の景色を見てた。すげえ速さで景色が飛んでいって、頭がグラグラする。小田原駅を過ぎたくらいから、慣れたのか、やっと物がよく見えるようになってきた。富士山キター！　箱根でキレイな富士山を何度も見てるけど、新幹線から見ると、テンション上がるな。一番デカく見えるところは、なんか工場みたいな建物が邪魔だったけど。

二人掛けの隣の席の人はまだ乗っていなかった。隣の人に、オレのことをよろしくってお願いしようとしてたお母さんは、あわてて、後ろの席のおじさん二人に頼んでた。

お父さんとお母さん、二人で、新横浜まで送ってくれたんだ。お母さんのスマホを持たされたよ。津村のおじいさんの携帯番号が登録してあって、何かあったら、ここにかけろって何度も言われた。オレのキッズ携帯も持ったけどね。

四時間半以上、乗る。

まだ、一時間たってない。ペットボトルのコーラを飲んでたら、おなかがすいてきて、まだお昼前だけど、駅弁を食べることにした。お母さんがお弁当を作ってくれるって言ったけど、オレ、駅弁を食べたかったんだ。焼肉弁当の包み紙をはがしてると、なんだか緊張した。今食べていいのかな、ほんとに席で食べていいのかな、誰かに怒られそうな気がして、まわりを見まわしたりしちゃった。ななめ後ろのおばさんたちが、お弁当食べてたから、大丈夫かな。なんだか、あわてて食べて、ご飯がのどにつまりそうになった。

オレ、ずっと緊張してるな。

後ろの席のおじさんが、トイレに行ったのか、デッキから戻ってきた時に、のぞきこんで、大丈夫かって聞いてくれた。僕たちは新大阪で降りちゃうけど、近くの人に頼んでおくよ、とも言ってくれた。オレはお礼を言って頭を下げた。

田んぼや畑、地平線に山、時々川、建物が増えたり減ったり。変わっていくけど、だいたい同じような外の景色を見てるのもつまらなくなった。ゲームでもしようか。DSの電源を入れようとした時に、博多駅に、津村のおじいさんが、本当にちゃんと迎えに来てくれるのかなって、急に不安になった。

おばあちゃんは最後まで反対してた。お母さんはずっと心配してた。その二人の顔が頭に浮かんだ。それから、お父さんの顔。


「親父は、ベイスターズの応援団をやってたんだ」

お父さんの声が、頭の中で響いた。

ベイスターズが勝った、シリーズ5戦目の試合のあと、仕事から帰ってきたお父さんは、約束した「面白い話」をオレにしてくれた。

応援団って、あの、外野で、ハッピ着て、トランペット吹いて、太鼓叩いて、旗を振って、応援のリードをする……。ファンの先頭にいるみたいな人たち。ハマスタ、ライトスタンドのチケットはめったに取れないから、オレは近くでちゃんと見たことはない。

「親父は、下関の漁師の家に生まれて、十代から漁船に乗ってたんだけど、海の男が天職ってわけじゃなかったらしい。まあ、落ちつかないところもあって、二十代の頃、ふらふら横浜に出てきたんだ。明るくて気風が良くて、とにかく人に好かれた。同じ下関出身の大洋漁業の知り合いに、川崎球場へ連れていってもらったりして、野球に興味を持つようになったんだ」

今のベイスターズの前の球団ホエールズのオーナーが、大洋漁業、今のマルハニチロって会社で、下関にあった。ホエールズも、下関生まれの球団なのだとお父さんは説明してくれた。ハッシャンもしない、一番古い時代の話だった。

「じゃあ、下関にチームができた時から、津村のおじいさんは観てたの？」

とオレが聞くと、

「親父の年だと、川崎球場からだよな」

お父さんは笑った。

お父さんのお母さんとは、応援団に入る前からの付き合いだった。おばあさんは、おじいさんがよく行ってた、横浜の床屋さんの娘だった。おじいさんも勉強して資格を取り、理容師になって結婚して息子が二人生まれた。でも、おじいさんは、応援団の活動に夢中で、どんどん床屋さんの仕事をしなくなり、おばあさんに任せっきりで、球団について全国を飛び歩いていた。

「親父は、俺が中学の頃には、ほとんど家にいたことがなかった。オフクロは、お母さんを早くに亡くしていて、お父さんと二人で理容店をやってたんだけど、俺が高校に入った年に、そのおじいさんが交通事故で亡くなった。それから、しばらくは、親父も店で働いてオフクロを助けてたんだけど」

夫婦のことはむずかしい、とお父さんは語った。ミッキには、わかるように話せないし、自分も全部わかってるわけじゃないって。

「仲が悪くはなかったね。オフクロは、親父に心底惚れていたし。余裕があれば、好きなことを好きなようにさせてあげたかっただろうな。そんなオフクロに親父は甘えていたんだな。最初はそれでよかった。でも、だんだん困るようになった。お金のことで色々あったんだ。相続とか、店の経営とか。兄貴が関西の大学にいて、オレも高校で学費がかかった。結局、店も実家も売りはらって、川崎に引っ越したんだけど、その頃から、親父は本当に帰ってこなくなった」

お父さんは話しながら、眉をひそめた。

「面白い話にならないな」

少し笑って話題を変えた。

「子供の頃、スタジアムに行って、応援団の近くでよく観ていた。親父がリードをとるところも、ドラを叩くところも、大漁旗を振るところも見たよ。試合の後で、親父に支えてもらって一緒に旗を振ったり、ドラを叩かせてもらったこともある。あれは、本当に楽しかった。だから、俺はミッキと同じで、子供の頃からの横浜ファンなんだ」

「おじいさんは、かっこよかった？」

「そう。かっこよかったね。子供の頃は、ずっとそう思ってた」

「応援団をやってると、チームがお給料をくれるの？」

オレは聞いた。

「いや、そうじゃないんだ。私設応援団っていって、自分たちで自由に作って応援してるから、活動するお金は全部自分たちで払うんだ。交通費や宿泊費も何もかも」

お父さんは答えた。

「横浜でも、応援団は一つじゃないし、長年に色々な団体が出来たり消えたりしたし、もめごともあった。でも、みんな、チームの応援がしたくて、体を張って頑張っていたのは一緒だ」

お父さんは、子供の頃は、おじいさんのことが好きで仲良しだったんだ。でも、いつからか、ぜんぜん会わなくなった。そのへんの話は聞きたくないような気がした。

「オフクロが死んでから、スタジアムに行かなくなった。野球を観なくなった。あの98年の優勝の時ですら、俺はろくに観てないんだ。だから、ハッシャンみたいに、立派なファンじゃない」

「そんなことないっ」

お父さんが、どんなに立派なファンかは、オレが一番よく知ってる。

「ちょっとお休みしてただけだよ。今は、すごい応援してるだろ?」

オレが言うと、

「ミッキと、番長のせいかな」

お父さんは笑った。

「ミッキはね、まだ、一人でちゃんと座れない赤ちゃんの頃から、ボールが大好きだったんだ。大きなビーチボールやサッカーボールとかより、野球のサイズのゴムボールを投げたり、かじったりするのが好きだった」

お父さんは言った。

「だから、ゼロ歳の頃から、二人でキャッチボールをしてる。俺も親父とよくキャッチボールをしていたことを思い出したな。不思議な気がした」

話を続けた。

「ミッキが二歳の時に、番長のＦＡ騒動があった。横浜が強かった時は、俺は親父が喜んでる気がして、そっぽを向いてた。でも、どんどん弱くなって、どん底になって、そんな中で、希望がなさそうなチームに残って、そこで自分が優勝させるって宣言したんだよ、番長は。迷ってからの最後の決断としてね」

あれほど番長が好きなお父さんから、その話を聞くのは初めてだった。

「その時に、なんだか、またスタジアムに行きたくなった。それで、次の年にミッキを連れて行ったんだ。八月に、おばあちゃんが知り合いのお葬式に出るって店を休みにした日にね、ぶらっと行った。ミッキが、すごい喜んだんだよな。二歳の子が、野球なんてわからないのに、緑のグラウンドで選手が動いて、ボールが飛んでって、そんなのが楽しかったのかな。みかん氷を食べるのをやめなくて、おなかこわすからって、取り上げるのに苦労したんだ」

自分が小さい時の話って、恥ずかしい。でも、お父さんが悲しい顔から、優しい顔に変わったから、ほっとして聞いていた。

「予告先発はなかったけど、ローテの順番で番長が投げるだろうって思ってた。ヤクルト相手に完投勝利して、かっこよかったな。セルテに寄って、ユニフォーム買って帰ったんだ。あの日、息子と一緒にスタジアムに行けて、幸せだって思えた」

お父さんはオレの顔をじっと見て、しみじみと言った。

「悪い夢から醒めたような気がしたんだよ」

それが木曜日の夜のこと。金曜日はバタバタと旅行の準備をして、土曜日の今日、新幹線に乗ってる。

名古屋についた。

人がガタガタと乗り降りする。

あと、いくつの駅に停まるんだっけ？　オレ、終点まで行くんだな。

ちょっといいかげんで、だけど人気者で、応援団をやってたおじいさんが、博多駅のホームでオレを見つけてくれることになってる。今夜は、ヤフオクドームで試合を観て、おじいさんと博多のホテルに泊まる予定。万一、会えなかった時は、おじいさんの携帯に電話して、つながらなかったら、すぐにお父さんに連絡するって、順番まできっちり決められていた。新幹線が博多につく時間に、お父さんはずっとスマホを見てるって約束してくれた。

でも、新幹線が走れば走るほど、どんどん心配になる。新横浜から離れるだけ、博多が近づくぶん、不安がふくらんでいく。

おじいさん、本当にホームにいてくれるかな？　会ったことないのにオレの顔、ほんとにわかるのかな？　年賀状で知ってるって話だけど、そんなに大きな写真じゃないよね。もし、会えなかったら、すぐにそのまま博多駅から新幹線で帰るのかな？　切符はどうやって買うの？　また長い長い時間、乗って帰るのは超イヤだな……。

ネガなことを色々考えすぎて気分が悪くなってきた時に、京都についた。

ずっと空いていた隣の席に、髪の長いオネエサンが座った。真っ赤なジャケットを着てる。年とかわかんないけど、フレンズの一番若いお母さんより年下だと思う。

オネエサンはオレをちらっと見たけど、話しかけてきたりはしなくて、すぐにスマホを出して鬼のような速さで両手打ちしてる。挨拶したかったけど、声をかける隙がない。

オネエサンのスマホを見て、オレはお母さんから借りたヤツを取り出した。お父さんがラインしろって言ってたっけ。忘れてた。たまに貸してもらうから、使い方は知ってる。

「京都。隣にオネエサンが来た」

ラインすると、すぐにお父さんが書いてきた。

「お昼は食べた？　元気？」

「食べた。元気」

ほんとに元気かどうかは、わかんない。さっき、すげえネガってたことは、秘密だ。お父さんと話したいこと、たくさんあるけど、なんだか、それ以上、何も書けなかった。

お父さんは、スタンプを送ってきた。スターマンが笑ってるスタンプだ。お母さんのスマホには面白いスタンプがない。しょうがないから、トトロが笑ってるスタンプを返した。

新大阪で後ろの席のおじさんたちが降りる時に、隣のオネエサンにオレが一人で博多まで行くからって話が伝わった。

「小学生？」

オネエサンは話しかけてきた。思ったほど美人じゃない。でも、すごくカラフルなまぶたと長いまつげとつやつやの唇をしてる。

「はい」

とオレは答えた。

「何か困ったことある？」

オネエサンは聞いた。

「ないです」

オレは答えた。

「あったら言って」

オネエサンは、ずいぶんクールなタイプのようだった。つまんない質問をされなくてよかったけど、もう少し話したかった気もした。

山陽新幹線になると、トンネルが多くなった。コーラは、だいぶぬるくなってた。おやつのチヨコパイを食べる時、オネエサンにいりますか？　と一つ勧めたら、いらないとクールに断られたけど、かわりにフリスクをもらった。オレはクールに断ることができなくて、ものすごく辛い（から）フリスクを我慢してなめていると、頭がキンキンしてきた。

マリオカートを始めた。

岡山、倉敷（くらしき）……。

トイレに行って席に戻ろうとした時、オレが座ってる反対側の窓から、野球場が見えた。

「うわっ、マツダ！」

オレは叫んでしまった。

テレビでしか見たことのない赤いマツダスタジアムが、窓の向こうにあり、あっという間に見えなくなった。オレは、通路に突っ立って、最後までスタジアムを見ようとしたけど、広島駅で降りる人たちが、どんどん歩いてきて邪魔になってたから、あわててはしに寄った。荷物を持った隣の席のオネエサンとすれ違った。

「がんばるんよ」

とオネエサンにぽんと肩を叩かれた。

「ホークスに勝ちんさいね」

いきなり言われて、え？　って叫んだけど、オネエサンはもう行ってしまった。

オレは、ベイスターズロゴのリュックを足元に置いてて、スターマンの巾着袋からお菓子を出して――野球を好きな人ならわかるか。もしかして、オネエサンは、カープ女子だったのか？　最後のは広島弁か？　マツダで赤いユニを着る人なのか？

マツダスタジアム……。

あそこで、ベイスターズは、カープとCSを戦ったんだ。マツダスタジアムを窓からでも近くで見ると、そのことが、すごくリアルだった。ドキドキした。

甲子園は……。新大阪、新神戸――停(と)まってきた駅を思い出した。駅からは見えないけど、甲子園に近い駅。

ハマスタに近い新横浜から乗って、甲子園に近い新大阪、新神戸を通って、マツダが見える広島に停まった。そして、ヤフオクドームのある終点の博多に向かっている。

ベイスターズが戦って勝ってきた遠い道を、オレが追っかけているような気がした。

7

博多の一つ前の駅の小倉（こくら）を出たところで、オレはリュックを背負ってデッキに出て、ドアの前にスタンバイした。十五分以上かかるけど、なんか、もう座ってられない。じっとしてるの、もう限界。

山陽新幹線になってから多かったけど、小倉からは、怒濤（どとう）のトンネル攻撃だった。いくつあるんだよ。ドアのすぐそばにいると、トンネルに入る時と出る時にドンって大きな音で風が来て、吹き飛ばされそう。爆撃されてるみたいだよ。

「まもなく博多駅に到着します」ってアナウンスが来て、オレの後ろに降りる人の列ができていく。やべえ。マジでやべえ。こんなに緊張したことない。タイム走の時より心臓苦しい。

駅だ！　プラットホームに人の顔が見える。おじいさん、いるかな？　ほんとにいるかな？

わかんねえな。あ、停まった。

プシューッって音がしてドアが開く。オレはホームに飛び出した。なんか、グラッときた。足元がぐにょぐにょする。このホーム、なんかヘン。ていうか、地震？

いきなり、目の前に、くしゃっとした笑顔があった。

「光希くん」

と名前を呼ばれた。

背の低いおじいさんが立ってる。おじいさんっていうか、ぎりぎりおじさんくらいの感じの男の人。白髪あるけど、そんなに多くない、短い髪。

えー？　お父さんと似てねーっ。

お父さんは、さっぱりした細い顔で、わりと背が高くて痩せてる。おじいさんは、笑うとしわしわになる、まん丸い顔だ。ぎょろんとしたデカい目が、面白そうにオレを見てる。

「はいっ！」

って返事した。はいって、なんかヘンかもって、

「津村光希です」

って頭を下げると、

「津村昇介です」

もっと深々と頭を下げられた。

津村って言われて、なんか安心する。

津村昇介――おじいさんは、カーキ色のブルゾンにベージュのパンツをはいてる。川崎の町でよく見る、おじいさんやおじさんの感じ。当たり前のことが当たり前に思えない。どんな服着てるって思ってたんだろ。あ、ベイスターズブルー、じゃなくても青色の服。

「ケツが痛くなっただろ？　長いこと乗ってきてな」

おじいさんの声は、甲高くて、よく響く。

「ちょっと……ぐらぐらする」

オレがつぶやくと、

「そりゃ、五時間も揺られてりゃ、ぐらぐらもするな」

五時間は乗ってないけど、言わないでいると、おじいさんは、

「行こうか。そのリュック持ってやろうか？」

と言った。

背負ってるリュックは、ナイキとコラボしたベイスターズのグッズ。新幹線で、カープ女子にロックオンされてたっぽいヤツ。

「大丈夫」

首を振って、手に持った紙袋を差し出した。

「お土産です。お母さんとお父さんが、よろしくって。揚げ煎餅(せんべい)、のり巻いてるヤツ」

お父さんが好きなヤツ。

「ああ、大師巻か。ありがとう」

おじいさんは、ぴょこんと頭を下げた。

知ってるんだな、川崎のお菓子。

おじいさんは、川崎のこと、どう思ってるんだろう。下関で生まれて、横浜に行って、今はまた下関にいる。川崎に住んでたことがあるのかどうか、お父さんの話じゃぼんやりしてる。

「チケット三枚取れば良かったなあ」

おじいさんは言った。

「四枚か。お母さんは、野球は観ないか?」

オレだけ呼ぶつもりじゃなかったのか? って、ちょっとほっとしたような、がっかりしたような変な気分になった。

「観ない。でも、ここには来たかも」

オレは言った。オレが一人で行くの心配してたし、お父さんが忘れようとしてたおじいさんに、ずっと年賀はがき出してたし。

「そうか。そりゃ悪かった。きれいな人だな、お母さん。カズは、いい嫁さん、もらって良かったな」

カズ——。なんだか、胸がぎゅんとした。お父さんは、カズくんと呼ばれるけど、カズと呼び捨てにされたのを聞くのは初めてだった。

この人、本当に、お父さんのお父さんなんだな。

「横浜がシリーズ出るっていうんで、じゃあ、たまには観ようかってな。誰か行くだろうって外野二枚買ったんだ。あとから、カズのこと思い出したんだよ」

おじいさんは言った。

「今年くれた年賀状で、横浜のユニ着てたじゃねえか、あいつ。光希くんも」

ユニ着ようって言ったのはオレだった。スターナイトユニで写りたかったたし、お父さんにも一緒に番長のユニを着てほしかった。

「息子と野球、観てるのかーってよ」

おじいさんは、くしゃくしゃって笑った。

「まだ横浜好きかー、良かったーってよ」

高い、よく響く大きな声で言うから、まわりの人が、みんな振り向いた。

「今年の正月は、ほんとに嬉しかったよ」

オレは黙ってうなずいた。なんて言ったらいいのかわからなかったんだ。でも、今のおじいさんの言葉をそのまんま、その言い方のまんまで、お父さんに聞かせたい。

「お父さんを呼べばよかったのに」

オレは言った。スネたんじゃなくて、ほんとにそう思ったから。

「そりゃダメだ」

また、おじいさんは、くしゃって笑う。

「俺は、いっつも、子供を贔屓(ひいき)するんだ。球場じゃ、子供が喜んで笑ったり泣いたりするのを見るのが、一番幸せだったんだ。だって、あいつら、本気で喜ぶじゃねえか。なかなか勝てねえ時は、子供はしゅんとしてるのよ。でも、たまに勝つと、そりゃあ泣いて喜ぶから、こっちも泣きたくなっちまうよ」

おじいさんに、子供の頃、応援団のドラを叩かせてもらったっていうお父さんの話を思い出した。自分だけじゃなくて、他の子たちにもやらせてあげてたって。

「じゃ、オレが来て、よかったんだ」

「おまえのチケットだよ」

やっぱり、オレが呼ばれたんだ！　そう思うと、なんか、すごく嬉しかった。

「着いたよ、おじいさんに会えたよ！」って、お父さんにラインした。「良かったな。よろしくって言っておいて」とすぐに返信が来た。

「お父さんが、よろしくって」

その短い言葉を伝えると、おじいさんは黙ってうなずいた。少し嬉しそうで、なぜか悲しそうで、他にもなんだかわからない色々な気持ちが混ざっているような表情だった。

オレがここに来る前に、お父さんとおじいさんは、電話でしゃべってるはずだ。どんな話をしたのかは聞いてないけど。

川崎にいるお父さんが今何を思ってるのか、目の前のおじいさんが今何を考えてるのか、どっちもオレにはわからない。

オレは、なんで、おじいさんに会いたかったんだろうって、背の低い、お父さんに似てない男の人を見て考えた。

わかんないけど……。

しばらく考えて、一つ答えが出た。

おじいさんが生きてるから。

生きてるのに、長い間、おじいさんのことを何も知らなかった。お父さんが、ずっと黙って秘密にしていたから。

岩崎のおじいちゃんには、会えない。何時間新幹線に乗っても、飛行機に乗っても、絶対に会えない。たくさん話を聞いてるけど、写真の顔しか知ることはない、これからも、ずっと。

博多駅から地下鉄に乗り、十分くらいで降りた。唐人町——トウジンマチ——読めなかった漢字をおじいさんが教えてくれた。四時十五分前だった。

「とりあえずホテル行って……」

おじいさんは言いかけて、

「腹減ってねえか？」

と聞いた。

オレは首を横に振った。

「新幹線でお弁当食べた。チョコパイも」

思い出して付け加えた。

「フリスクも」

「フリスクって何だい？」

「辛(から)い……飴(あめ)？」

「辛いもの好きか？」

「好きじゃない。隣の席のオネエサンがくれた」

「やるな、おめー」

何をほめられたんだか、わからないけど、オネエサンの話をもっとすると、

「そりゃー、たまんねえ女だな」

って、すごくウケてて、

「旅は行きずりってな」

急に歌いだした。

「詫(わ)びてもすまない　この俺だけど　幸せ祈っているんだよ　ゆきずりの町に来て　ゆきずりの酒を飲む」

いきなり演歌みたいなのを歌われて、オレがキョドッてると、

「細川たかし、知ってるか?」

って聞かれた。ハッシャンが時々音痴な鼻歌で歌ってる人かもしれない。適当にうなずくと、

「そっかー。なんて歌だっけな、これ」

とタイトルが思い出せないみたいだった。

大通りから右に入っていく道の先に、茶色い小山みたいなぽこんとした形のものが見えて、

「あの山、何?」

って聞いたら、

「あれが、ヤフドだぞお」

って笑われた。

「山ってよ、ホークスファンに殴られるぞ」

オレがあわてて道の左右を見まわすと、おじいさんは、また、ひゃーひゃー笑った。

お父さんが言ってた通り、明るい人なのは、よくわかった。オレは同じテンションになれなくて、少しあせってきた。ハッシャンとみたいにワーワーしゃべれない。

人見知りとかしないほうなんだけど。

何を話したらいいのかわからないし、リアクションもとれない。

「博多は久しぶりだよなあ。ホテルなんか泊まらねえからな。近いもんな。横浜と東京くらいの近さだと泊まらねえだろ？」

おじいさんは、普通にしゃべってる。

「オレ、横浜、住んでねえし」

川崎は、横浜と東京の間にある。どっちにも、もっと近い。

「そりゃ、そうだな」

おじいさんは、ちょっと真面目な顔つきになった。

「川崎は、ずいぶんきれいな町になってたな。なんかのテレビで見たけどよ」

オレは今の町しか知らない。でも、きれいかどうかなんて、考えたこともない。

「横浜に住みたいけど。ベイの選手が学校来てくれたりするし」

横浜のうらやましいところ。

「ウチのチームで、ベイの応援歌うたうと、つっこまれるんだ、ヨコハマじゃないって。横浜の空高くって、川崎の空にしちゃダメだろ?」

「ウチのチーム?」

おじいさんは、オレの顔をひょいとのぞきこむようにして聞き返した。

「あ、上島フレンズって、少年野球のチームです。川崎市川崎区の」

なぜか、ていねいに答えて少し緊張した。

「野球、やってるのか」

おじいさんの笑顔には三段階くらいあるなって思う。くしゃくしゃの弱い、普通、強い、みたいなの。強いくしゃくしゃになると、なんか違う生き物みたいに見える。

「ピッチャー。左利きだから、ピッチャー」

簡単に言った。野球では、左投げは守備の都合で一塁と外野しか守れないから、ストライクを投げられれば、まず投手になる。

「カズも投手やってたな」

お父さんの話になった。

「あいつは右で、スピードもコントロールもたいしたことなかったけどな、マウンド度胸だけはあったな」

おじいさんがお父さんの話をすると、なんだか嬉しくなる。

「おとなしいのに、妙に腹がすわってるところがあってな」

オレはうなずいた。お父さんって、そんな感じする。

「お父さんは、コーチをやってて、投げ方を教えてくれる」
オレが言うと、おじいさんは、くしゃくしゃ強になった。

大通りにあるホテルに行った。部屋が狭くて、ベッドがあってビックリした。まだプレーボールまでには時間があったけど、オレは練習が見たいって言った。ビジターだとホームチームの後で練習するから、開門してすぐに入るといいって、ハッシャンに教えてもらってたんだ。おじいさんは、もう長いこと、球場に行ってない、テレビでもあんまり観ないって話した。ハッシャンみたいに、球場ばっかり行ってるすごいファンって勝手に思ってたから、驚いた。応援団って、ファンの中で一番気合入ってる人じゃないのか。元応援団だから、昔はそうでも、今は違うのか……。

川に沿った道をしばらく歩く。この川の先は海で、ヤフオクドームはその手前に建っているって、おじいさんは言った。

まわりの人は、みんな、野球を観に行く人の感じだった。わりと寒かったから、上着を着てて、ユニ姿は少ないけど、何か野球のグッズを持ってたりしてわかる。オレもまだユニはリュックの中。たまに見えるユニが青いヤツだと、すげえ嬉しい。オレもオレもってアピールしに行きたくなる。知らない人でもチョー友達、敵ばっかりの中で味方見つけたーっていうか。今日は、どのくらいのベイファン来るだろう。数じゃ勝てないけど、応援は負けられない。

あ、見えた！　ヤフオクドーム！

山みたいに見えたのは、丸い屋根だ。「ヤフオク！ドーム」の大きなカタカナの文字がはっきりと見える。オレ、ドーム球場って見たことないから、ものすごくデカいホールみたいで、ビックリした。

歩道橋を渡る。

まだ、開門したばかりの早い時間だけど、たくさんの人がドームへの階段をのぼっていく。6ゲートから入ってコンコースを歩いて、チケットを見せて通路から中に入る。明るい緑のグラウンドと、黒っぽい金属の大きな天井が目に入った。寒くない。風がない。野球場なのに、室内って、ものすごく不思議な感じがする。

まだ、あんまり人が入っていなくて、シートの色が目立った。緑や紺色。

レフトスタンドのビジター席に座った。外野のレフトの一部がベイスターズファンの応援席になってる。ここは青いユニばっか。

あ、グラウンドにも、青いユニ！　本物のユニフォーム！　選手！

内野では二つのケージでバッティング練習をやってて、外野には投手陣がいた！　ケージの中でストレッチしてる人、走ってる人、キャッチボールしてる人。体を動かしながら、けっこうしゃべったり笑ったりしてる。外野席って、試合だとピッチャーが遠くだけど、練習は近くで見れるんだ。

5戦目の先発だった石田が、もくもくとライトのほうを走っていた。リリーフ陣がわりと近くで練習してる。オレ、どんどん前に行って、フェンスに張りついて立って見た。内野では、打撃練習が続いていて、二塁ベースからスタートして走塁練習をしてる。三塁ベースの前では守備練習だ。

プロって、うめーっ！　あたりまえのことだけど、練習を見てると、すっごいそう思う。

三上(みかみ)が大きなバランスボールを足で蹴りながら、引き上げていく。背が高いなあ。投手陣がそろそろ練習終わりみたい。野手も……。

オレは席に戻って、ユニフォームに着替えた。スターナイトユニの色はいつもブルーだから、ビジターユニで青く染まる応援席でも、ぴったりだ。ビジター用のキャップは持ってないからホーム用。タオルマフラーを首にかけて戦闘準備完了だ。

おじいさんも、上着を脱いで白いロンTの上にユニを羽織っていた。ビジユニ。背番号はないヤツ。新しいものみたいに見える。ちょっとビックリした。昔の選手が試合で着てた、サイン入り——みたいなお宝ユニとかじゃないんだ。

「えっと、おじいさん、好きな選手って、誰？」

オレは聞いてみた。

「ベイスターズで、一番好きな人って誰？」

お父さんにとっての番長みたいに、一番応援してきた選手がいると思ったんだ。

「そら、わかんねえや」

おじいさんは、ニヤッとした。

「選手はみんな好きだ」

ちょっと考えてから付け加えた。

「よくしゃべるのと、そうでもないのは、いたけどな。人間だからな。でも、試合になったら、そんなのァ関係ねえ」

「選手としゃべるんだ……？」

応援団って、やっぱ、すげえな。

「あんまり選手に行かねえ団員もいるけどな。俺は人間が好きだからな。なるべく声かけたいし。いいところをいいって言いたかったし。チームは人が作ってるからな。それを人が応援してるんだ。人と人だよな」

人と人……。選手って、手の届かない遠い世界でキラキラしてる人たちで、オレたちとは、ぜんぜん別だと思ってた。

「光希くんは？　好きな選手がいるのか？」

おじいさんに聞かれて、

「オレ……もみんな好きだけど、ユニ欲しいのは左のピッチャー全員」

そう答えると、おじいさんは大笑いした。

「全員は金かかるな」

コンコースに降りて食事をした。色んな店がある。食べるためのテーブルや椅子があるのにビックリした。広いんだよ。ハマスタなんて、歩くのも大変なのに。二人とも、トンコツラーメンを食べた。番号札をもらって、かなり待たされた。麺が細くて白いスープでうまかった。おじい

さんは、ビールを飲んでた。「のんべい」のハッシャンとハマスタに行くと、打ったと言っては
ビールを飲み、打たれたと言ってはまた飲む。

「のんべいなの？」

って聞いてみると、

「ヘンな言葉知ってやがるな」

と笑われてから、

「カズは飲むのか？」

って聞かれた。

「お父さんは、あんまりお酒が飲めないよ」

そんなことも知らないのかって思ったけど、お父さんがお酒を飲める年になる前から、会って
ないんだって気づいた。

「のんべいじゃなかったけど、飲む時はひっくり返るまで飲んだなあ」

おじいさんは自分のことを話した。

「心臓やっちまってからは、酒は止められてる。だから、今は、ちょこっとだな」

ああ、そうだ、心臓の病気だったっけ。

「それ、飲んでも平気？」

オレはおじいさんの持ってるビールのプラカップを心配して見つめた。

「大丈夫だあ」

とおじいさんはうなずく。

なんだか、大丈夫って言葉が、あんまり大丈夫じゃないような気がした。年とってる人なのに言うこときかない子供みたいな感じがする。いつも、同じバカやって、同じようにお母さんにがんがん怒られてる子供……。ウチのチームのモリモリみたいな。

おじいさんのお母さんは、もう、生きてないよなあ……。誰か、おじいさんのこと、怒ってあげる人がいるといいけど。

8

試合開始三十分前に、スターティングメンバーの発表があった。もうお客さんもぎっしり入っていて、選手の名前がアナウンスされると、それぞれのファンから、大きな歓声と拍手がわきおこった。

ベイスターズの先発投手は、今永！　ビジター席の青いユニ軍団が、うわあっと盛り上がった。今永は、シリーズ２戦目にも、ここヤフドで先発して、ランナーを出しながら粘りのピッチングをしたけど、試合は勝てなかった。

今日は、負けたら、日本シリーズが終わる。でも、そんな崖っぷちから2勝したベイは強い！

今永が前みたいに踏ん張ってくれれば、絶対勝てる！

ホークスの先発は東浜（ひがしはま）、２戦目と同じ投手対決になった。

1回表の攻撃、ビジター席は立ち応援だ。ハマスタのライトスタンドもそうだけど、攻撃の時だけ、みんな立って応援歌やチャンステーマを歌い、選手名をコールして応援する。ファンは手拍子と声で、応援団はトランペットや太鼓を使う。

ハッピを着て応援の指揮をする人が、応援席の一番前に出ていた。

「ああいうの、やってたの？」

おじいさんにこっそり聞くと、

「リードかァ？　俺はうまかったぜ」

とニヤリとした。

「チャンスの時にがんがん盛り上げるのも大事だけどな、負けてたり打てなかったりで客が元気がない時に、どんだけ引っ張っていけるかが、コールリーダーの腕の見せどころよ」

へえってオレはうなずいた。

「まあ、昔の応援は、ずっとシンプルだったけどな。大洋の頃なんかは、太鼓ばっかだよ。歌も簡単だし。今の応援は洒落(しゃれ)てるけど、むずかしくなったよ」

おじいさんは言う。

「ハッシャンは……、オレのベイ仲間のおじいさんで、おじいさんよりおじいさんで、八十過ぎてて」

言いながら、隣にいるおじいさんは年は幾つなんだろうって思った。

「チャンテの手拍子ができないんだ。リズム感ゼロで音痴で。いつも内野だし、チャンテは揺れてるだけ。でも、選手の名前呼んだり、相手を野次ったり、そういう声でかいの」

「いい友達いるんだな」

おじいさんは、くしゃくしゃ弱になった。

友達かあ、ハッシャンと、そうか、オレたち、友達だったのか。

「オレはね、新しい応援歌ができたら、すぐにパソコンで覚えるよ。ハマスタはあんま行けないけど、家でお父さんといつも歌ってる」

「そうかい。ありがてえな。そういうのは、選手にちゃんと届いてるよ。聞こえてるよ。わかるもんだよ。だから、勝てるんだよ」

おじいさんは、うなずきながら言った。

「強くなるよな、横浜も」

今も応援団の人みたいな言い方だった。

おじいさんは、なんだか不思議な人だった。今もバリバリの現役応援団みたいだし、百年前に引退して遠くに行っちゃってる気もする。


初回の攻撃は無得点。裏の守備で座る前に、「頑張れ、頑張れ、イーマナガッ」って投手のコールをする。オレは、今永昇太(しょうた)のネーム入りタオルマフラーを首からはずして掲(かか)げた。

初回、三者凡退。よしっ！

2回裏に、不調だったホークスのムードメーカーの松田(まつだ)がホームラン。5回表に、今日、一軍に上がったばかりの白崎(しらさき)がホームラン。

「ヤフドの中段に放り込むのは、なかなかねえぞ」

とおじいさんは驚いたように言った。

「ホームランが飛んでくるって、すっげー」

オレは興奮して叫んだ。取りに行けるほど近くなかったけど、思わず手を伸ばしちゃった。外野、最高！

1－1に追いついたところから、倉本、桑原とヒットが続いた。ホークスは投手を替える。チャンテ1が始まる。「レッツゴー・ベイスターズ、オイ！　オイ！　ゲッツ・ザ・チャンス、ゲッツ・ザ・チャンス……」好きなチャンテだ。ちょっと複雑な手拍子のリズムを、隣のおじいさんは、ぜんぜんはずさない。

選手の応援歌、全部、ちゃんと歌えてるし、誰より声がデカいし、まわりの人たちも、おじいさんのほうをちらちら見てるよ。

すげえオーラ出てるし。あのコールリーダーの人の場所に行ったら、おじいさん、今でも、がんがんに盛り上げちゃうかもしれないな。

ロペスがタイムリーを打って、一塁で吠(ほ)えた。ビジター席はハイタッチとハグの嵐だ。

1－3と逆転して、活躍した選手のコールをして座ると、オレはおじいさんに言った。

「お父さん、子供の頃、おじいさんのこと、かっこいいって思ってたって」

おじいさんはぽかんとした顔になった。

「なんか、オレ、わかっちゃった」

「何が?」

おじいさんは、なぜか困ったような表情になってる。

「かっこいいって」

オレが言うと、

「馬鹿言うんじゃねえよっ」

なぜか、力いっぱい頭をハタかれた。

「いてえなっ」

食いつくように言って、オレは急に笑った。ハッシャンに言うみたいに、友達っぽく言えて嬉しかったから。


日本シリーズって、ペナントレースと違うな。球場で観て、そう思った。テレビじゃわからない特別な空気がある。重い。ひたすら重い。6戦目だからかもしれない。敵地の球場ってことは絶対ある。

なんか、勝ってる気がしないんだ。

チャンスで中押し点が取れない——よくあることだ。相手のリリーフ陣がすごい——阪神で慣れてる。ビジターの雰囲気——マツダのほうが怖い。

ホークスは、パ・リーグのペナントレースのチャンピオンだ。ここ数年とかじゃなくて、ずっと前から何度も優勝や優勝争いをしている本当に強いチームだ。ベイスターズが、日本シリーズを戦うのは、十九年ぶり。CSに出るのは二回目。日本シリーズが始まって、ホークスが先に三つ勝った時、当然って思った人は多かったはず。交流戦や日本シリーズの結果を見ても、セ・リーグよりパ・リーグのほうが強い。その1位と3位だ。

でも、そんな数字や結果じゃなくて、なんだろう、この重さ、じわじわのしかかってくる怪物みたいな怖さ、やられそうな空気。

レフトスタンドから、マウンドは遠い。21番の背番号は小さく見える。小さいけど、あの21番が、このデカいヤフドを全部がっちり抑え込んでる気がした。必死で、めいっぱいで、ぎりぎりのところで。すごいピッチングをしてる。先制されたし、ピンチも作った。でも、最少失点で抑えて、三者三振を二回もやってる。7回をゼロで抑えた時、「最後まで投げて」ってオレは祈るようにつぶやいた。

ベイスターズのリリーフ陣だって、すごい。勝ち継投が、みんな残ってる。待ってる。出てくれば、きっとおさえてくれる。でも、なんだか、今日は今永じゃないとダメだって思ったんだ。今永だけが、目に見えない、ものすごい怪物みたいな何かをおさえられる気がした。それと戦ってるから。1回から、ずっと戦ってるから。知ってるから。怖さ、すごさ、重さ、のしかかってくる、目に見えないものすごい力。

「シーズンの十倍……じゃきかねえくらい、エネルギー使ってるだろう」

とおじいさんは言った。

「それでも……それでも、だよ」

オレは言った。

「そうか」

おじいさんはうなずいた。

「あと1点欲しいな」

うなるように言った。

「1点でいい」

2点リードしてて、あと2回だった。

8回表、チャンスを作った。ロペス、宮崎のヒット、柴田(しばた)のバントで、ツーアウト二、三塁、5回にホームランを打った白崎が三振した。あと1点が入らない……。

8回裏、先頭打者にツーベースを打たれたところで、今永はマウンドを降りた。大きな拍手が起こった。ナイスピッチング！　ホークスファンも手を叩いてたみたいだけど、ほめてくれたのか、いなくなって喜んだのか。

「やべえ、やべえ、やべえ」

オレはやべえと言い続けていた。

替わったのが、勝ちパターンのリリーフじゃなくて、先発の井納(いのう)だったのはビックリだった。代打明石(あかし)をゴロにしとめて、砂田に替わった。

ワンアウト、三塁。

オレは、急いでリュックから砂田毅樹のタオルマフラーを取り出して掲げた。左腕ズのタオマフは一つずつ買い集めてる。まだ、エスコバーのは買えてないけど、あとは全部持ってきた。打者は柳田。ハマスタのスコアボードにホームランをぶちあてて穴を開けた怖い長距離砲だ。ピッチャーゴロに打ち取ったのに、ホームアウトを取れなくて1失点した。

ホークスは、9回のマウンドに、絶対的守護神のサファテを出してきた。

「もうサファテ？　負けてるのに？」

オレが驚くと、

「これ以上絶対に点はやれねえってことだ。シーズンなら、この起用はねえだろうが」

おじいさんは言った。

「よっぽど、今日、負けたくねえんだな」

ホークスは、今日負けても、まだ明日がある。3勝3敗のタイになって、まだ、ホームで戦える。エース千賀もいる。

「延長って、15回あるんだよね？」

オレは確認した。ペナントレースやCSは延長戦は12回までだった。

「どっちも、投手使っちまってるな」

ホークスは5回から細かくリレーして勝ち継投のリリーフは、このサファテで終わりだ。ベイスターズも、井納、砂田、パットンと8回に三人使った。砂田とパットンは、1球ずつしか投げなかった。

絶対的守護神サファテの投げる球に、ベイスターズの打球は押されていた。三者凡退。

でも、こっちも、絶対的守護神山﨑康晃が登場した。ヤスアキジャンプの時間だ。ハマスタでは、山﨑がリリーフカーで出てくる前に、登場曲のゾンビネーションがかかり、ファンが歌いながらジャンプする。ビジターでは、ゾンビネーションの曲は鳴らないけど、ファンが自分たちで歌いながらヤスアキジャンプをやった。

「ヤ・ス・ア・キ！」

とやりながら、ハマスタを思い出した。今、ハマスタでも、絶対にヤスアキジャンプをやってる。今日は、ハマスタのバックスクリーンにヤフドの試合を中継して、スタンドにファンが入って応援しながら観るライブビューイングをやってる。ハッシャンが行ってるはず。

新幹線に乗ってきた四時間半が、どこかにすっと消えていく。遠く離れてるのに横浜にいるみたいだ。

デスパイネをショートゴロに打ち取る。あと二人だ。あと二つのアウトで勝てる！

ホームランは、レフトスタンドのほうに飛んできた。それが入った瞬間の、なんていうか、もうどうにもならないっていう気持ち、あんな気持ちになったことがない。

はっきりと見ちまった。それが越えてきたとこ。落ちたとこ。そこはダメって場所。

ヤフドは、燃え上がった。ホークスの選手とファンの喜び、叫び。

元ベイスターズ、現ホークス主砲の内川に打たれた。一番打たれたくない相手、一番打たれそうな相手に打たれてしまった。

まだ、同点だった。山﨑は、そのあとはおさえて、サヨナラ負けは防いだ。

延長戦になった。

15回までいったら、何時間戦うんだろう？

オレは、なんだかぼうっとしてた。すごくすごくすごく長いこと野球を観てる気がする。

「プレーボールだ」

おじいさんは力強く言った。

「ここから始めよう」

おじいさんの顔を見ると、ぜんぜんがっかりしてなくて、疲れてもいないみたい。

強いなあ。

「絶対、勝てる！」

心の底から信じている、がっしりした声だった。

あとをついていきたくなる人だ――お父さんが、そんなこと言ってたっけ。

だんだんと、今プレーボールがかかって試合が始まったばかりのような、新しい気持ちになってくる。

心は元気になったけど、体がバテてた。グラウンド整備後の10回表、攻撃の応援のために座席から立ち上がった時に、オレはふらっとした。目がまわりそう。

梶谷がヒット！　ライト前！　サファテから初めてヒットを打った。ノーアウトからのランナーでクリーンアップにつながって、ビジター席は沸きかえった。

大きな声を出そうとすると、胸が苦しい。さっきから、なんだか息が苦しい。やべえって隣のおじいさんを見ると、棒のようにまっすぐにしゃきっと立っている。

強い……。

かっこいい。

心臓が悪いのに。若くないのに。強いよ。

オレも頑張らないと。

とりあえず、一度座って目がまわるのを治そうとした。グラウンドを見ないほうが楽だ。だから、おじいさんの背中を見ていた。

背番号のない、真っ青なビジユニの背中。大きく見えた。体が小さいのに、背中はデカい。海みたいだな。青くて広い。

おじいさんの応援の声は、喉だけじゃなくて、体中で鳴ってるみたいだ。青い広い背中から、びんびんと球場に響いていく。

おじいさんの背中を見ていると、少しずつ気分がよくなってきた。オレが、また立ち上がった時、ロペスと筒香はアウトになってて、宮﨑の敬遠にものすごいブーイングが起こった。柴田がアウトになって、サファテから点を取るチャンスがダメになった。

しゃべらなくなったオレの様子に、おじいさんが気づいた。

「疲れたか？　光希くん」

「大丈夫」

ってオレは首を横に振ったけど、やっぱり本当のことを言った。

「さっき、ちょっと息が苦しくなった」

「酸欠になったかな。ドームは息苦しくなることあるな」

おじいさんは心配そうにオレの顔をのぞきこんだ。

「帰ろうか？」

「冗談」

オレは、さっきの五倍くらいぶんぶんと首を振りまわした。

「帰らない。ぶったおれても帰らない。明日になっても帰らない。勝つまで絶対に帰らない！絶対、絶対、絶対！」

おじいさんは笑った。聞こえたらしい、まわりのベイファンの人たちも笑った。


11回表、サファテが3イニングス目のマウンドにのぼった時、いやあな気持ちになった。おさえられてしまった時、おなかのへんが冷たくかたまった感じがした。今永がチョー頑張ってた時に、球場の空気を作ってた。今度は、サファテがチョー頑張って作ってる。

「この裏だけは、死んでもおさえろ」

おじいさんは言った。

「サファテが降りたら、あとの投手は打てる」

そうなったかもしれない。でも、そんなシーンを見ることはできなかった。

11回裏、回またぎになったエスコバーが、ワンアウトから、内川、中村を続けて歩かせる。投手交替で、三上。松田をサードゴロに打ち取る。ゲッツーでチェンジって当たりだったけど、サードベースを踏んでから投げた宮﨑の送球がわずかにそれ、一塁はセーフ。

ツーアウト、一、二塁。

ラストシーンは、ぼやけた悪夢みたいだった。

川島の当たりはライト前。梶谷はすごく前で守ってた。キャッチして……。セカンドランナーの中村がホームに突っ込んでくる。まだホームは遠い。暴走？　余裕でアウト……。

捕手の嶺井が万歳のように手を挙げた、その頭上をライトからの返球が越えていく。

中村がホームイン。

ホークスの全ての選手が、サヨナラヒットを打った川島を目掛けて突進していく。輪ができる。ドームがごうごうと鳴る。

オレは、ベンチに引き上げていく青いユニフォームを見ていた。それぞれの守備位置から、ゆっくりと歩いて帰っていた。

ヤフドの天井から降り注いできたチームカラーの黄色のキラキラした紙吹雪が、本当にきれいだった。

優秀選手賞に濵口が選ばれたから、濵口遥大のタオルマフラーを掲げた。濵口のタオルを掲げた時に、少しだけ悔しさを忘れた。

9

下関の駅から十五分くらい歩いた、町の中に、おじいさんの家はあった。のれんに「くじら」って平仮名で書いてある居酒屋の二階だ。二つの和室は、ちゃぶ台のある茶の間と、畳んだ布団が隅に置いてある寝室、あと、小さな台所とお風呂とトイレ。同じ一人暮らしでも、ハッシャンの家より、きれいに片付いている。ていうか、物が少ない。

「なんもねえだろ?」

おじいさんは、オレの考えてることがわかったみたいで笑って言った。

「この前、死にかけた時、みんな、人にあげちゃったんだ。あの世にゃ持ってけねえし、欲しい人が大事にしてくれたほうがいい」

「野球のもの?」

オレが聞くと、おじいさんはうなずいた。

「選手にもらった物だなあ。使ってたバットやグローブやユニな。優勝の時の記念品なんかも、結構あったな」

そんなお宝をあげてしまい、背番号のない新しい今のユニを着てるって、逆に、すげえかっこいい。でも、心配にもなった。

「病気になったら、どうするの？　熱出たとか、苦しくなったとか」

心臓が悪いおじいさんが「死にかけた」なんて言いながら一人で暮らしてる。

「日曜以外は、下の店に人がいるし。近くに住んでるし。大丈夫だ」

おじいさんは言った。

「うちの大将は、俺より一回りも年下だけど、腕がいいんだよ。ただ、しゃべんないヤツでな、だから、俺がカウンターで客の相手するんだ。ホステスみたいなもんよ。あ、ホストか。あ、子供にはわかんねえな」

「おじいさんに会いたくて、お客さんが来るんだね？」

オレが言うと、おじいさんに頭を小突（こづ）かれた。

「侮（あなど）れないガキだな、おめー」

お店の名物だっていう、鯨（くじら）の刺身やベーコンを食べてみたかった。どんな味がするか、お父さんに教えてあげたいから。

昨日の夜、ホテルまで歩いて帰ったら、もう十一時半を過ぎていた。近くのコンビニで買ってきた物をオレはほとんど食べられなかった。お風呂も入らずに寝ちまった。

朝は六時くらいに目が覚めたら、おじいさんも起きちゃって、そのままホテルから下関まで来た。駅のそばのモスバーガーで朝食にした。食べてから、歩いて家についたら、まだ、朝の九時半だった。

途中の博多駅で、「もう帰るか？」って聞かれた。「それとも、俺ンチまで来て少しぶらぶらするか？」どこかに行きたいとか、そういうのはなかったけど、もう少しおじいさんと一緒にいたくて、ぶらぶらするほうを選んだ。

リュックを背負って出た。リュックに、入ってるのが、下着と財布とお菓子のほかは全部応援グッズだってわかると、おじいさんは、すげえ笑ってた。タオマフを丸めて小さくして詰め込むのは大変だったよ。着替えなんか入れられない。

一階の「くじら」っていう店は、日曜定休日で閉まっていた。

おじいさんが運転する小さな黒い車で、三十分近くかけて、下関球場に連れて行ってもらった。

プロ野球チームの大洋ホエールズは、下関で生まれた。その時の一番最初の球場はもうないけど、その代わりにできた下関球場で、前はベイスターズが遠征試合に来たりしてた——車の中でおじいさんから、そんな話を聞いた。

「89年のオープン戦が最初だったかなあ。雨降りやがって、何とか試合できるようにって、グラウンドに灯油まいて火をつけて水分飛ばしてやったんだよ。相手は巨人で、シゲがホームラン打ったな」

CSの雨の阪神戦を思い出した。

「ヤクルト相手で公式戦で六時間超えたひでえ試合があったな。高津(たかつ)が5回も投げたんだよ。クローザーな。ウチの河原(かわはら)は二回打席に入った」

昨日のサファテが3回投げたことを思い出して、胸が苦しくなった。

「98年は勝った。満塁男の駒田が満塁ホーマーぶっぱなしたな。広島戦だっけな」

優勝した年か……。

「ひどかったのは、あれは、もうオレは援団をやめて、こっちにいたんだが。大矢さんが二回目の監督になった年だな、ヤクルトは古田監督で、あの頃めちゃめちゃ弱かったのに、三浦が先発して15点取られた」

「番長一人で？」

引退試合よりすごいぞ。

「いや、4回から秦が出たなあ。みんな打たれたよ。ラミちゃんにもがんがん打たれた。次の年から最下位街道だからな」

ラミちゃん――今のベイのラミレス監督。

下関球場での試合の話だけでも、ベイスターズの歴史がわかるみたいだった。

白い丸い、かわいい感じのする球場だった。「オーヴィジョンスタジアム下関」のゴシックっぽい文字と、照明塔の写真を撮った。お母さんのスマホのカメラ使っていいって言われてたのに、昨日はぜんぜん忘れてた。ヤフドの写真、一枚も撮ってない。くー。もったいねー。めちゃめちゃ後悔したけど、オレ、色々観るのに、もう全エネルギー使ったよな。

オーヴィジョンスタジアムの外側をぐるりと一周する。一塁側と三塁側に、白い柵みたいな金属の扉があり、そこから少しだけグラウンドが見えた。緑の芝と照明塔。

それから、球場のある広い公園の中を、オレたちはしばらくぶらぶらした。

今日は、朝から、どこにいてても、何をしてても、昨日の試合のことを、もやもやっと思い出してた。昨日より今日のほうが、ずっと悔しかった。

「勝てたよなあ……」

言うつもりじゃなかったのに独り言がもれていた。

「日本シリーズで負けるのは初めてだ」

おじいさんは言いだした。

「二回しか出てねえけど、二回とも勝ったからな。一回目は見ちゃいねえけど」

ふうとため息をついて、また言った。

「ペナントだと、どんな負け方をしても、明日、また次の試合って切り替えるんだよ。毎日毎日、応援するだろ？　俺は負けるのが嫌いでね、とにかく勝ちたくて、ほんとに悔しいんだよ、もう誰とも口もききたくなくなるくらいな。でも、一晩寝ると、もう次の試合をよし勝とうってなる。試合が始まる前は、どんな弱い時でも、先発が誰でも、故障者がぞくぞくいても、なんでもかんでも勝てる気になるんだ。不思議なくらい、絶対勝てるって思うんだ」

おじいさんの言葉は熱かった。

「日本シリーズで負けちまうと、明日がねえなあ。来シーズンは来るけど、まだ遠いしな。さみしいもんだなって、つくづく思ったよ」

「おじいさん、試合、観てるだろ？」

オレは言った。

「ベイの試合、すごい観てるよな？　あんなにチャンテとか歌えないよ」

「そりゃ、俺は元応援団だもん。ちょいと予習すりゃ、あのくらいちょいちょいなもんよ」

「なんで、観てないフリすんの？」

オレが聞くと、おじいさんはぽかんとした顔になった。

「ほんとに侮れないガキだよ、おまえさん」

困ったように笑った。

「ちょいとカッコつけたくてな」

「観てないとカッコイイのか？」

「さあねえ」

おじいさんは首を傾げた。

「応援団やめて、一度捨てた故郷に帰ってきて、人生やりなおして。スタジアムなんか、もう遠い別世界になってよ。それでも、まだ、試合が気になってしょうがねえって、なんだかカッコつかないな、そう思うんだよ」

「なんで、応援団やめたの？」

「色々あったんだ」

おじいさんは、歩きながら下を向いた。

「援団の中でも。家族のことも」

家族と言われて、ドキリとした。

「でも、一番は、優勝して、なんだか気ィ抜けちまったことだな。まさか優勝するなんて思わなかったんだ。そんなチームじゃなかった。97年に急に化けた。選手たちが、自分らでビックリしてた。98年に、俺は、なんだか自分の人生を使い切っちまった気がするんだ」

おじいさんは話を続けた。

「でもよ、やめてねえ奴らもいる。人が少なくなっても、あれこれ言われても、ずっと応援をやめねえ。そんな援団の奴らと、選手たち、どんどん人も変わっていくけど、その時その時の選手たち、みんな頑張ってる。俺はこっそり手を合わせて祈ってる。毎日」

おじいさんの話を聞いていると、昨日の試合が、なんだか違ったものに思えてきた。

選手たちがみんな、すごくすごくすごくすごく頑張ったのを、オレはこの目で見てきた。結果は悔しくても、見てきた一つひとつのプレーを絶対に忘れない。おじいさんやハッシャンの年になっても。

「チケット、ありがとう」

まだお礼を言っていないことに急に気づいた。

「なんだよ」

とおじいさんはくしゃっと笑った。

次は、港のそばの水族館に行くつもりだったけど、下関海響マラソンってイベントをやってて、そのあたりは交通規制で車が通れなくなっていた。

「どこも混んでるかもしれねえな」

とおじいさんは、眉をひそめた。

「帰るか？」って、また言われるのはイヤだった。「水族館は、次に来た時に連れてってよ」「また来てもいい？」「おじいさんのお店で、鯨のベーコンを食べたい」色んな言葉が頭の中に浮かんできて、でも、何だか一つも話せない。

すごくたくさんのことがあって、ここに来てるから。

ベイスターズがＣＳを勝ち抜いて日本シリーズに出たこと。シリーズで負けたら終わりの崖っぷちから二つ勝ってヤフドでまた戦えたこと。今年の年賀状で、オレとお父さんがベイのユニを着てたこと。お母さんが、十年間も家族写真の年賀状をおじいさんに送ってたこと。

全部の足し算だよ。奇跡みたいじゃない？　そんなすごい奇跡がないと、もう来られないような気がしちゃう。

「あの水族館は、えらい数のペンギンとフグが見れるとこで、まあ、ここらじゃ面白いよな。それで、市場で寿司でも食って、桟橋（さんばし）から船で巌流島（がんりゅうじま）に行って、そこから門司（もじ）に渡って焼きカレーでも食って、小倉に向かったら、ああ、欲張りすぎかな、着くのが夜遅くなっちまうなあ」

おじいさんは、予定してたらしい計画を一気に話した。すごい色々考えてくれてたんだな。一日で、あっちもこっちも。このあたりの面白いところを全部。

「昨日も夜遅かったのに、そりゃダメだな」

おじいさんは、渋滞してる道で動かなくなった車の中で、オレにというより自分に話すようにつぶやいた。

「オレ、船、乗りたいな」

やること、一つでいいと思って、そう言った。

「あ、でも、待って。焼きカレー？」

おいしいカレーがあるなら、食べておかないとって思った。

「カレーを焼くの？　それ食べたいな。それがいい」

一つだけなら、カレーがいいや。

「そうか。寿司よりカレーか。じゃ、とりあえず、門司に行くか」

おじいさんはうなずいて、ハンドルを切った。

門司に行くのは、電車より船のほうが早いみたいだけど、乗り場まで行くのが大変だった。だから、一度、家に戻って、車を置いてから、駅まで歩いて電車に乗った。一度乗り換えて着いた駅の名前が、平仮名で「もじこう」って大きく、下に漢字で小さく門司港って書いてある。大きな車輪の置物、自転車みたいに漕ぐ人力車なんかが置いてあって、昔っぽいいい感じの駅だった。

門司港の駅から海のへんには、お洒落な建物が色々あった。西洋館って言うらしい。江戸時代末期の開港より前から長崎の出島には外国人がたくさん来ていた。その影響で、門司港にも、昔ながらの西洋風の建物や文化が残されている。……っていうような話をおじいさんはしてくれた。お父さんから聞いた、洋食の話とちょっと似ている気がした。

焼きカレーは、あちこちに看板が出てる。駅から歩いてすぐの通りにある店に、おじいさんは案内してくれた。前に食べておいしかった店だって。有名なところみたいで、お昼の時間だし、店の前には行列ができていた。おじいさんは、よそに行こうって言ったけど、オレは、その店で食べたかった。

「おまえさん、くいしんぼなんだな」

って、おじいさんが言うから、

「だって、オレ、毎日、うちの店で、うまいもん食ってるもん」

オレは自慢した。

「こんなに行列できたりしないけど、でも、うちは、一番おいしい店なんだ。日本一とか、世界一とかじゃなくて、オレ一にうまいんだ」

「オレイチ？」

「オレ的に一番」

「そんな言葉流行(はや)ってんのか？」

流行ってるかどうかわからないけど、オレは言ってるな。

「光希くんのうちの店は、何屋さんなんだ？」

おじいさんは聞いた。あれ、その話してなかったっけ？

「洋食屋だよ。おじいちゃん、あ、もう一人のおじいちゃん、岩崎のおじいちゃんが作った店で、いわさき食堂って言うんだ」

うちの店の名前って、簡単すぎて、説明するのが恥ずかしい。

「おばあちゃんとお父さんがコックやってて、お母さんはお皿を運んだり洗ったり、色んなことしてる」

「川崎のー、あの、追分の交差点のところの店か？」

おじいさんは聞いた。

「そうそう。交差点から、ちょっと歩いたとこ。知ってる？」

おじいさんが、いわさき食堂を知ってるって、すげえ嬉しいな。うち、有名じゃん。

「娘さんがいたよな？」

「お母さんだよ！」

オレは思わず大きな声が出た。

「じゃあ、カズは、岩崎さんの娘さんと結婚したのか？」

「そうだよ！」

オレはもっと大きな声になった。

「あのね、雨の夜にね……」

お父さんとお母さんの出会いを話そうとして、途中で気づいた。それは、おばあさんが死んだ時のことだ。おばあさんって、おじいさんの奥さんだ。

オレが話をやめても、おじいさんは聞き直さなかった。列に並びながら、黙って何か考えているみたいだった。

二十分くらい並んだかな。やっと入れて、壁際の二人掛けの席に座った。ドアと反対側の窓からは、港が見えた。

メニューの写真を見ると、焼きカレーって、カレーってよりグラタンみたいだ。オレはスペシャルセットを頼んだ。サラダ、スープ、ラッシーがついてて、ビーフ入りのヤツ。高いけど、おじいさんが薦める(すす)から。おじいさんは、焼きカレー単品にビールを注文した。

店は、床、壁、テーブル、椅子、全部、薄い色の木で、飾りの少ない、さっぱりした感じだった。お洒落っぽくないところが、いい感じの店。広さは、うちと同じくらいかな。

おじいさんがしゃべらなくなっちゃったから、料理を待つ間、窓から見える景色を見てた。港を歩いてる人、少しだけ見える海。川崎区にも海はあるけど、工業地帯のへんだから、オレにとって海といえば横浜だった。あとはお正月に行く伊豆。

海は好きだった。うちの店からも、海が見えるといいのにね。

焼きカレーが運ばれてきた。

茶色い四角い大きなグラタン皿からは、カレーとチーズのいい匂いがした。それは、いわさき食堂のキッチンの匂いと似てた。色んな匂いがするんだ。フライとかソースとか、コーヒーとかも。色々混ざってるんだ。でも、カレーとチーズは強い匂いだから、目立つ。

めっちゃおなかすいてるのに、なんだか、急に喉のへんまで、いっぱいいっぱいになった。何か詰まってるっていうか、何か上がってくるっていうか。

オレ、遠くにいるなって思った。

うちは、遠いなって。

スプーンですくって口に入れる。すごく熱くて、吐き出しそうになる。口を開けて冷ましたけど、舌をやけどしたかも。チーズを載せて焼いたカレーだ。ご飯は白いところはほとんどなくて、しっかりカレーがしみてる。ビーフはころんと大きくて、柔らかい。たっぷりしたチーズはとろとろになって香ばしく焦げてる。すっげえ、うまかった。

うまいけど、泣きそうになって困った。ヘンなの。オレ、家に帰りたいわけじゃないのに。逆に、帰りたくないのに。

「お父さんに、これ、作ってもらいたいな」

オレは言った。

「お父さん、絶対に、これ、チョーうまく作るよ」

そんなこと言っちゃいけないんだ。この店は、このメニューにこだわりを持って、考えて考えて、最高のものを作ってるんだって、オレにはわかるから。

「つまり、オレ的にって話ね」

カッコつけて言うと、おじいさんは、ビールにむせた。しばらくゲホゲホ咳をしてたけど、おさまると言った。

「カズは、いいコックなんだな？」

「サイコー！」

オレは、強くうなずいた。

「いわさき食堂は、カズが小さい時に、何回か連れて行った」

おじいさんは、ビックリするようなことを、普通の感じで話した。

「四人で行ったよ」

オレが驚いてるのを見て、

「家族で」

と付け足した。

「カズはエビフライが好きで、ヒロはオムライス、嫁さんはビーフシチューを食ってたかな。俺は何食ったかな……」

自分が食べたものは忘れたらしい。

おじいさんは、焼きカレーを半分くらい食べて残していて、ビールのお代わりを頼んだ。

「嫁さんが死んだことを、俺は長いこと知らなかった。あの頃、家に帰ってなかったんだ」

お父さんが言わなかった話をおじいさんが始めて、胸のへんがぐっとかたくなるような緊張をした。

「葬式が済んで、半月もしてから初めて知って、あわてて帰ったけど、和人も浩史も、口をきいちゃくれなかったよ。ひとっこともな」

カズト、ヒロシと二人の息子をきちんと名前で呼んだ。

「家族を捨てたつもりも、ずっと放りっぱなしにするつもりもなかったよ」

そう言って、おじいさんは、ビールのジョッキの取っ手をぎゅっと握りしめた。

「あの頃の話は、どう言っても、言い訳にしかならねえ。言い訳すらできねえ」

そう言ったきり、黙ってしまったので、オレも何も言えないでいた。お父さんにも、オレが聞けなかった話だ。でも、しばらくしてから、おじいさんは、また話し出した。

「岩崎さんに叱られたんだ。光希くんのおじいさんだよ。まっとうなほうのおじいさんだ」

死んだ、もう一人のおじいちゃんのことを言われて、え？　っと叫んだ。

「叱られたってよりか、頼まれたんだよな。頭下げられた。カズをくれってな」

「え？」

店中の人が振り返るような声が出た。

「ウチの子にするから、カズをくれって言われた。血のつながりもない、長年つきあってきたっていうんでもない赤の他人だ」

おじいさんは、また長いこと黙った。

「色んな馬鹿をやってきた。人様に言えねえような馬鹿なことばっかりだ。でも、俺の人生で後悔したのは、あれっきりだな。あれだけだ。嫁さんの死に目に会えなかったことより、百倍も千倍も情けねえ。俺の息子は誰にも渡さねえって突っぱねられなかったことだ」

あの大きな声で気持ちよくしゃべるおじいさんが、聞こえないようなつぶやき方をした。

「……逃げちまったんだ」

そう聞こえた。

オレの頭の中に、お父さん、お母さん、おばあちゃん、写真の中のおじいちゃんが、ぼんやりとそろって浮かんできた。そのみんなの中に、目の前のおじいさんを入れて考えられなかった。なんだかわからなくて、苦しくなって、オレが逃げ出したくなった。

「岩崎さんは……どうしてる?」

おじいさんは聞いた。

「……死んだ……よ」

言っちゃいけない気がして口ごもった。

「オレが赤ちゃんの時。覚えてないんだ」

おじいさんは固まってしまった。顔も体も何もかも全部、そのまま、ずっと。

10

船に乗った。

巌流島に向かう連絡船だ。下関から乗るつもりだった船が、門司港からも出ていた。焼きカレーの店で、おじいさんが、何も食べず、飲まず、話もしなくなっちゃったから、オレは困って困って、しょうがなくて、「船に乗ろうよ」って言い出したんだ。

白い小さな船だった。船室もあったけど、甲板の座席に並んで座った。船が走り出すと、風が強く当たった。少し寒い。でも、すごく気持ちいい。

船には乗せてくれたけど、おじいさんはやっぱり黙ってるから、スピーカーから流れてくるアナウンスを聞いていた。

海っていっても、広くない。前も左右も、近くに陸がある。後ろのほうが少し広い。そこに白い目立つ橋があって、カンモンキョウって言うらしい。ここって、本州と九州にはさまれた、狭い海みたいだ。

行く先の巌流島のことを色々スピーカーから説明される。宮本武蔵(みやもとむさし)と佐々木小次郎(ささきこじろう)の名前は知ってる。二人の強い剣士が決闘した場所が、巌流島なんだ。オレはぼんやりと聞いてた。さっきのおじいさんの話が頭の中をぐるぐるしてるし、ずっと黙ってて心配だし。

空は青かった。すごく晴れていて、広くない海も青かった。太陽が当たってるところが白くギラギラ光って見える。後ろのほうに船が作る白い波が見える。風が強くて、海がまぶしくて、目を細める。

船はそんなに揺れない。乗った時は、かなり揺れたけど、走り出したら、そうでもなかった。新幹線を降りた時にぐらぐらしたっけ。ヤフドで延長戦になってくらくらしたっけ。二回、自分が揺れたことを思い出した。どっちも、すごい前のことのように感じた。

「オレさ」

おじいさんに話しかけた。

「こういうの好き。空と風があるのが好き」

おじいさんは、不思議そうな顔でオレを見た。

「晴れてて空がまぶしいんだ。風が強くて寒い時は、めっちゃ寒い。レフトのほうは、風に乗ると、すぐにホームランになっちゃう。ピッチャー大変だよ。デーゲームの時は、選手は目の下、黒くするし、ヘンじゃん、あれ」

自分でも何を言ってるのかわからなかった。

「オレ、外のほうがいいな。屋根がないとこ。空と風のある球場がいい」

言ってから気づいて、

「ごめん。ドーム連れてってくれたのに。えっとね……」

頭がごちゃごちゃになって困ってると、

「俺もそうさあ」

おじいさんは笑った。笑った顔を見るのが、久しぶりみたいな気がした。

「横浜スタジアムが最高だ」

「おじいちゃん」

オレは呼びかけた。ずっと、おじいさんって言ってたのに、なんで急におじいちゃんになったのか自分でもわからない。

「ハマスタにおいでよ」

そう言うと、おじいさんは、大きな目をいっぱいに広げた。

「ハマスタで、一緒に野球、観よう！」

オレの言葉に、おじいさんは返事をしなかった。かたまったように黙ったまま、ただ、オレの顔を見つめていた。

っちまった。

オレがお父さんを連れて、もう一度、ここに来るって言いたかったんだ。でも、違うことを言

「遠いよなあ」

おじいさんはつぶやいた。

小学生を一人で来させておいて、何言ってるんだ。

「横浜の試合なら、ヤフドで観られる」

おじいさんは言った。

そういうことじゃないって。

「オレの試合も観てよ!」

ヤケクソになって叫んだ。

「昼にオレの試合を観て、夜にハマスタでナイターだよ」

オレの試合は、ヤフドじゃ観られない。

「ダブルヘッダーか」

おじいさんはつぶやいた。

「何?　ダブルヘッダーって?」

オレは聞いた。

「ああ、今の子は知らないのか。昔は、時々一日に二試合やったんだ。雨で流れて日程が詰まっ

てくると、同じカードを一日に二つ消化するんだ。いつのまにか、やらなくなっちまったなあ」

一日、二試合って、オレらの野球でもある。大会の準決勝まで勝たないとないけど。準決勝と決勝が同じ日って、あるから。オレら、なかなか、そこまで行けないけど。

「ダブルヘッダーは伝説を生んだもんだよ。10・19とかな。ロッテ、近鉄のダブルヘッダー、ありゃー、川崎球場だったな……」

野球の話を聞くのは好きだけど、おじいさんの言葉を遮(さえぎ)った。

「川崎球場は、もうないんだ。でも、オレ大師球場で試合できるように頑張るよ。川崎大師のとこの球場、大師公園の。知ってる？　校庭より大師でやったほうがいいよな」

もし、来てくれるならと考えながら話す。

「来年、六年になったら、絶対にエースになる。オレが投げる。観に来てくれたら、オレが投げる。晴ちゃんにマウンド渡さないから。一人で全部投げる。完投する。それで、勝つ！」

オレは言いながら、マジかよーって心の中で自分にツッコんでいた。

「昼は大師球場、夜はハマスタ、両方、勝つ！」

一人で盛り上がってたら、船が桟橋についてしまった。

「ようこそ巌流島へ」と書かれた緑色の門をくぐった。海から近く、少し高くなったところに道がある。道の左は石畳で、木のベンチが置かれていて、右側が芝生で松みたいな木が並んでいる。

「十分後に船が出る。次が四十分後だ。十分でまわるにゃ足りねえし、四十分見るほどのもんはねえ」

おじいさんは言った。

「行こうよ」

オレは言った。

「帰ってきた時間の船に乗ればいいじゃん」

おじいさんは、感心した顔をして、何度もうなずく。

「光希くんは、たいしたもんだ」

と言う。何を褒められたのか、ぜんぜんわからない。

海を見ながら道を歩いていくと、巌流島と書かれた木の柱や石碑がある。眺めのいいところだ。

「あっちが門司で」

おじいさんが左側を指さし、

「あっちが下関」

と右側を指さす。

さっき船から見えた関門橋も見える。

「下関の関と門司の門を一字ずつ取って、関門海峡って言うんだよ」

下関は本州の山口県、門司は九州の福岡県にある。二つの地方がぐっと近くなったところが、潮の流れが速い関門海峡、目の前に見える海だと、おじいさんは説明してくれた。

島の内側の丘みたいなところに登ると、宮本武蔵と佐々木小次郎が刀を構えて戦っている緑色の像があった。今にも動き出して、刀と刀がぶつかりそうな勢いがある。オレは小次郎のポーズの真似をしてみた。そうしたら、おじいさんは、武蔵の真似をしてくれた。やーって打ち込んだら、おーって返してくれる。エア決闘だよ。巌流島のエア決闘。

少し歩いた先の砂浜に、壊れたようなボロい小舟があった。武蔵が乗ってきた伝馬船ってことだった。その船を見て思い出して、

「昔は、漁師さんだったの？」

とおじいさんに聞いてみた。

「十代の頃だなあ」

とおじいさんは答えた。

「イカ釣り船に乗ってたんだよ」

海にそった道を歩いていくと、ほとんど人がいなくなった。

オレは、この島のことをよく知らないし、そういえば、写真も撮ってない。でも、何か見るものがあって、それでおじいさんと話ができる。そういうのがよかった。

「昔の話をしてよ」

オレは頼んだ。

「漁師の話か？」

おじいさんは聞いた。

「それも聞きたいけど、応援団の話かな」

オレはリクエストした。話してくれないかもって思ったけど、おじいさんは思い出した順番に、色々しゃべってくれた。

ベンチに座って、海を見ながら、応援と喧嘩の話を聞いた。

「川崎球場に行ってた頃、応援団が外野席で旗を振ってて、それがかっこよくてな、振らせてくれって頼んだら、よそのもんには触らせねえって言うんだよ。それで、入ったんだ」

「ホエールズの旗？」

「大漁旗だな」

「入ったら、振らせてもらえたの？」

「いやいや、そんな簡単なもんじゃねえ。時間かかったな。まずは一番下っ端からやるからな」

「えらくならないと振れないの？」

「当時は、そんなふうだったたな」

入団するための「肝試し」があって、渋谷のハチ公の銅像にまたがって歌をうたって大きな旗を振った。目の前に交番があり、二人のおまわりさんに、すぐに引き下ろされて怒られた。

「入って三年目で旗を振らせてもらえたな。えらい重いもんだが、重さなんて感じないくらい嬉しかったなあ。コツがあるんだよ。俺は最初からわかってた。旗を振る方向にぐーっと体重をかけていくんだ」

喧嘩の話がすごかった。

よそのチームの応援団と本気の喧嘩をよくしていたって。バス四台で攻め込んできたことがあり、逃げ遅れたおじいさんは、木刀でボコボコに殴られた。

「でも、その時の殴られっぷりがいいって、認めてもらって、出世したんだ」

横浜のファンを守って喧嘩することも多かったらしい。

「腕っぷしが強くないとダメだったよ。お客さんを守れねえからなあ」

ちょっと言えないような話っていうのを、けっこう聞かせてもらえた。

応援の話もたくさん。

選手の応援歌は、元になる曲を選んで、二つくらい作ることがある。加藤博一（かとうひろかず）さんの時は、最初、「瀬戸内行進曲」をやったら三振して、次の打席で「蒲田行進曲」でヒットが出て、結局、蒲田行進曲に決まった。

「けっこう験（げん）をかつぐもんだよ」

とニコニコした。

話し出したら止まらなくなったみたいで、次から次から、聞いたこともない、面白い話が出てきた。

お父さんは、こういう話をどのくらい聞いてるんだろうって考えちゃった。少しは知ってるはず。子供の頃、応援団の旗を振ったって言ってたよな。お父さんは触らせてもらえたんだ。おじいさんと一緒に振ったって。どのくらい重いんだろう。オレも振ってみたかった。

「おっと、最終便を逃すと、島で夜更かしするはめになるわ」

とおじいさんが気づいて、あわてて、桟橋まで走るように戻ったけど、まだ、一時間くらいは大丈夫で、門司行きの連絡船に無事に乗れた。

甲板から、船がたてる白い波を見ながら、オレは言った。

「ダブル……？」

さっき聞いた言葉を思い出せなかった。

「なんだっけ？　ダブル……試合……」

「ダブルヘッダーか？」

「それだ！」

オレは手を打ち合わせた。

「ダブルヘッダーに来てよ」

おじいさんは、また答えてくれなさそうだった。でも、すごく黙っていてから、オレの顔を見て聞いた。

「おまえ、絶対に投げるか？」

オレはうなずいた。

「約束する！」

「ダブルヘッダーか」

おじいさんは笑った。

「選手も大変だが、応援するほうも大変だったよ」

「大変だよ」

オレは言った。

「オレの応援をして、ベイの応援をする」

「たいしたこたァねえな」

おじいさんは、ゆっくりと首を横に振った。

「たいしたこたァねえ」


おじいさんは、行くと約束はしてくれなかった。でも、オレは頑張るつもりだった。夜にハマスタで試合がある日に、フレンズの試合で投げる。できれば大会で投げる。チケットを三枚取って、下関に送る。

帰りの新幹線で、オレはベイスターズのユニフォームを、ついに買う決心をした。

青いビジター用のユニ。背番号なし。

ホームでも、ビジユニ着てる人が増えたし、スタジアムが青く染まるから、それでいいんだ。

選手はみんな好きだって言った、おじいさんの青くて広い背中が、最高にかっこよかった。

背番号のないユニは、特別に好きな選手がいないファンなのかって思ってた。数字が書いてなくても、見えなくても、全部の選手の背番号が、そこに詰まってる。

それが、一番かっこいいと思ったんだ。

あとがき

プロ野球の球場に足を運び、一つのチームを熱く応援するようになったのは、大学の頃からです。自宅から近かった神宮球場によく行きました。本作のイントロ的「レフトスタンド」は、当時の思い出がベースです。サナコウのように遠藤一彦投手に魅せられて横浜大洋ホエールズのファンになり、野球といえば、ヤクルト対大洋、それだけでした。

80年代の神宮球場のレフトスタンドは、とても良い場所でした。ホームチームのヤクルトも弱い時期で、だいたい下位争いをしていて、集まるお客さんも、ちょっとへそ曲がりで粋(いき)で観戦をのんきに楽しむ人ばかり。春、夏、秋の空の下、そこに野球があれば良し、その時代に培(つちか)われた心は四十年近く経ても、全然変わりません。

雑誌の特集号へ寄稿した掌編を読んでいただき、単行本を作らないかというオファーを幾つかいただきました。普通に短編集を、あるいは色々なスポーツをモチーフにした連作短編集をなど……。自分で出した答えが、この『いつの空にも星が出ていた』です。ホエールズ、ベイスターズを愛してやまない人々の物語を、さらに幾つか書き足し、まとめたいと思いました。

あとがき

スポーツ観戦が好きな中でも、特定のチームに肩入れする人は、また少し違う人種に思えます。なぜ、そこまで熱くなり一喜一憂するのか、時には日常生活に支障をきたすほどに、あるいは人生を左右してしまうほどに。そんな人たちを描いてみたいと思いました。それぞれの人生とそれぞれの応援の物語です。

「パレード」は、ベイスターズの優勝とその前年の物語です。当時、私自身は、子育てと仕事に追われ、ポケットラジオで中継や経過を聞いて一喜一憂していました。

日本シリーズ第6戦のチケットを奇跡的にゲットするも、娘を寝かしつけてから家を出て、川村丈夫投手がマウンドを降りる少し前に、ハマスタに着きました。そのあとで見た光景が美しすぎて、文字にするのが怖かったです。十代という自分が一番好きな世代の少女と少年に託して、祈る思いで書きました。

美咲と同い年で横浜育ちの編集者の大久保杏子さんに、当時の町のことをたくさん聞けたことで、ようやくイメージが湧き、担当の堀彩子さんに、横浜市役所、交通局の取材を企画していただき、物語の骨子が出来ました。交通局の取材時には、元職員の方に大勢おいでいただき、熱いお話をたくさんうかがえました。作中では実名も使わせていただきました。

「ストラックアウト」は、2010年、ベイスターズが最下位続きの苦しい時代の物語です。超真面目な電気店の青年と、超軽薄なお得意さんの息子、本来接点のない二人のコミカルな同居のストーリーです。

物語の舞台である横浜の麦田町と私の自宅近くの電気店に取材をお願いし、工事の細部まで色々うかがいました。野球ファンである登場人物たちの日常、人生をいかにしっかり描くかを一番に考えました。

この時代、私は東京でぼんやりテレビ中継を眺めていることが多く、横浜スタジアムでの観戦の知識が乏しかったので、いつも何かにつけお世話になっているライターの村瀬秀信さんに色々と詳しいお話をうかがいました。


「ダブルヘッダー」は、明るく若く強いチームに変わってきた今の横浜DeNAベイスターズをどう描くかと考えているうちに、夢のようだった16年のCS進出の先に、まさかの17年の日本シリーズ進出が訪れました。

CS、日本シリーズを追いかけて、西へ西へと応援に行きました。甲子園で大雨にうたれ阪神園芸に感謝し、真っ赤なマツダスタジアムで5戦目の勝利のあと球場近くの居酒屋でカープファンの方々に驚くほど温かく祝っていただきました。

この時もご一緒した、ベイスターズファン仲間の作家の吉野万理子さんが、日本シリーズの福岡ヤフオクドームの第6戦目のチケットを取って誘ってくださったので同行しました。行きの新幹線の中で、野球少年が、独りで博多まで観戦に行くというプロットが生まれました。試合後の悔しさを胸に、門司や巌流島を訪れて写真をたくさん撮りました。

少年野球については、川崎の中島子ども会野球部を中心に取材させていただきました。一年という時間で、小学生がどんなに成長するのかを目の当たりにして、胸がはずみました。詳しいこと、細かいことをメールでもお聞きして、丁寧に対応していただきました。光希たちが嫌がったタイム走はとても印象的でした。

選手を初め、実名が多く出てくる物語であり、多方面に取材して色々な濃いエピソードを頂戴しました。現実と非現実の狭間がわかりづらくなっているかもしれませんが、登場人物の設定や造形は、すべて作者の創作です。モデルはいません。主人公たちの考えや行動は、物語世界の虚構です。

ただ、私は、彼らが、球場の隣の席に座っていて得点の時にハイタッチしたり、コンコースですれちがったりしている気がします。

横浜スタジアムの呼び方は、今は「ハマスタ」で統一されていますが、以前は、「スタジアム」と呼ぶファンが地元を中心に多かったようです。そして、「横スタ」と呼ぶ人々も。せっかくなので、全部使ってみました。

また、昨今は、選手を名字で呼び捨てにすることが少なくなり、光希の語りに違和感を持たれるかもしれません。文章として読みづらいので、敢えて今の形にしました。会話の中のみ、呼称を使っています。

最後にお世話になった方々のお名前を挙げて、心からの感謝を伝えさせていただきます。お名前を出せない方々もいらっしゃいますが、同じく、熱く深く感謝いたします。

横浜市港南区副区長　齋藤紀子さん
横浜市温暖化対策統括本部　鈴木純子さん
元横浜市交通局職員　前田隆司さん
元横浜市交通局職員　根岸秀治さん
元横浜市交通局職員　金子充男さん
元横浜市交通局職員　関　善一郎さん
おおたに家電　大谷雷太さん
中島子ども会野球部の皆さん
桜川少年野球連盟の皆さん
新宿シニア　米本順一さん
村瀬秀信さん
吉野万理子さん

本当にありがとうございました。

２０２０年10月

佐藤多佳子

初出

「レフトスタンド」　「小説現代」２０１４年５月号
「パレード」　「小説現代」２０２０年８月号
「ストラックアウト」　「小説現代」２０１８年５月号掲載「三振の記憶」を改題
「ダブルヘッダー」　「小説現代　特別編集　吉川賞特集」２０１９年５月号

佐藤多佳子（さとう・たかこ）
1962年東京都生まれ。1989年「サマータイム」で月間MOE童話大賞を受賞しデビュー。『イグアナくんのおじゃまな毎日』で'98年、産経児童出版文化賞、日本児童文学者協会賞、'99年に路傍の石文学賞、2007年に『一瞬の風になれ』で本屋大賞と吉川英治文学新人賞、2011年『聖夜』で小学館児童出版文化賞、2017年『明るい夜に出かけて』で山本周五郎賞をそれぞれ受賞。ほかの著書に『しゃべれども　しゃべれども』『黄色い目の魚』『夏から夏へ』「シロガラス」シリーズなどがある。

JASRAC出2008365-001

いつの空にも星が出ていた

二〇二〇年十月二十七日　第一刷発行

著者　佐藤多佳子

発行者　渡瀬昌彦

発行所　株式会社講談社
〒一一二-八〇〇一
東京都文京区音羽二-一二-二一
電話　出版　〇三-五三九五-三五〇五
　　　販売　〇三-五三九五-五八一七
　　　業務　〇三-五三九五-三六一五

本文データ制作　講談社デジタル製作

印刷所　豊国印刷株式会社

製本所　株式会社国宝社

ISBN978-4-06-521203-5 N.D.C.913　414p 19cm